COLLECTION FOLIO

Alain Jaubert

Au bord de la mer violette

Gallimard

Alain Jaubert a été marin avant d'être journaliste scientifique, chroniqueur musical, enseignant. Réalisateur de nombreux films documentaires, il est l'auteur de la série « Palettes » diffusée depuis 1989 sur Arte et dans le monde entier. Il a déjà publié aux Éditions Gallimard trois essais, *Palettes*, *Lumière de l'image*, *D'Alice à Frankenstein*, et plusieurs romans, *Val Paradis*, récompensé par la bourse Goncourt du Premier Roman en 2005, *Une nuit à Pompéi*, en 2008, *Tableaux noirs* en 2011 et *Au bord de la mer violette*, en 2013, prix Éric Tabarly 2014.

Je dus voyager, distraire les enchantements assemblés sur mon cerveau. Sur la mer, que j'aimais comme si elle eut dû me laver d'une souillure, je voyais se lever la croix consolatrice. J'avais été damné par l'arc-en-ciel. Le Bonheur était ma fatalité, mon remords, mon ver : ma vie serait toujours trop immense pour être dévouée à la force et à la beauté.

A. R.

Jeudi 24 juin 1875

Matins d'été où s'élançaient les voiles ! Une phrase... Une simple phrase, soudain surgie... Ce n'est pourtant pas le matin, plutôt la fin du jour. Crépuscule interminable, soleil bas qui éclabousse tout, quais, façades, navires, d'une lumière orangée, irréelle. Et lui, le jeune marin, à nouveau devant le port. Bourdonnement calme des conversations. Bruits mêlés du bassin, des quais et des rues. Verre de rhum, carafe d'eau, petit bouquet, trois roses, journal roulé sur son tuteur de bois, plateau du guéridon. C'est comme s'il n'avait jamais quitté cet endroit. Assis dans le fauteuil de rotin, face aux cabanes des pêcheurs et des clubs nautiques entre lesquelles il aperçoit les navires amarrés, bien serrés, léger roulis à l'unisson, et l'orée d'un taillis touffu de mâts et de haubans, de flèches, d'antennes, de vergues, de drisses vibrantes, de filets séchant, de minces cheminées noires aux éclats d'or. Une tartane manœuvre devant lui sur la partie libre du plan d'eau, trois marins à bord, l'un barre, l'autre relève une défense d'osier, le troisième achève de hisser la voile, un homme resté sur le quai leur fait de grands gestes, l'embarcation pivote lentement, glisse en silence vers l'entrée du port puis disparaît.

Depuis un instant, son attention est attirée par une silhouette insolite, une sorte de vagabond débraillé, plus proche d'un épouvantail à moineaux que d'un véritable être humain, qui marche en boitillant, une canne à la main, et saute, maladroit, au-dessus des aussières tendues, des chaînes rouillées, des anneaux d'acier ou des bollards d'amarrage. Étonnant qu'il choisisse cet itinéraire risqué alors qu'à moins de deux mètres, plus en retrait, la voie est libre. Il s'arrête, contourne les alignements de tonneaux, reprend son chemin, jette un coup d'œil sur les guérites pointues ou les cabanes de bois qui ponctuent le quai, salue de la main un chien errant, revient au ras de l'eau. C'est dans sa mise que le personnage paraît le plus étrange. Un pantalon de toile trop court découvre ses chevilles très minces. Il est pieds nus dans des croquenots dépiautés et crottés. Un paletot rougeâtre usé, percé, sur une chemise blanche ouverte. Un chapeau de paille cache en partie son visage. Par moments, il s'arrête, se penche, attentif, comme s'il comptait les poissons morts, les lièges, les bouteilles, tout ce fatras de débris goudronneux et malodorants qui doit clapoter en contrebas. Il continue à sautiller par-dessus les obstacles dangereux. Puis soudain, se ravisant, il s'assied sans façon sur l'un des gros bollards et reste ainsi, immobile, à contempler le port.

Autour du jeune marin, les terrasses des estaminets découpent l'esplanade du quai, séparées par des caisses de troènes ou de fusains, territoires surveillés jalousement par les garçons. Il observe les visages des consommateurs, les uns pensifs, affalés dans leurs fauteuils, plusieurs lisant les gazettes avec une sorte de fausse attention studieuse, d'autres au contraire bavards, chuchotant, blaguant avec leurs amis, commentant les nouvelles, guettant on ne sait quoi vers les eaux, peut-être l'arrivée d'un fastueux navire oriental, d'un lourd paquebot écumant et fumant, ou d'une balancelle attardée, peut-être même une trombe, une vague géante, un horrible monstre marin qui viendrait briser la routine du port. Non, à cette heure, les gros navires sont au mouillage, loin d'ici, près des îles, dans l'espérance du prochain matin et des pilotes de l'aube, et les barques de pêche serrées au bout du bassin devant le quai Saint-Jean. Ou bien les hommes attablés, et les rares femmes qui leur tiennent compagnie, attendent-ils seulement que la nuit fraîche vienne, et en cette saison elle semble ne jamais devoir venir, le jour ne jamais pouvoir finir.

Il a choisi une table un peu à l'écart. Calme, aussi absent mais aussi attentif qu'un moine asiatique. Comme chaque soir, il veut profiter seul de ce moment particulier. De la même place, du même siège aussi peut-être. De ce coucher de soleil mou et lent qui devrait même se prolonger longtemps encore, avec ce ciel turquoise tout allumé de traînées mauves ou roses… Il a repris là ses habitudes depuis son débarquement un mois plus tôt. Et il a retrouvé avec bonheur, après des semaines de solitude en mer, les foules, les boutiques, les ruelles aventureuses et les bistrots bavards de la ville. Rien, pense-t-il, ne pourrait le distinguer des autres habitués. Sinon son extrême jeunesse. Les garçons de son âge ne traînent pas aux terrasses des cafés. Ils courent au long des tartanes, occupés aux derniers travaux du soir, ou bien ils sont penchés sur les quais, empilant les paniers vides, bondissant furtifs sur les planches mal arrimées, tirant des cordages pour mieux les démêler et les lover, tout doit être prêt pour le lendemain avant le lever du jour, se chamaillant avec leurs rivaux pour des riens, des niaiseries, des rivalités imbéciles, caracolant autour des rangées de tonneaux posés à même les gros pavés du quai, s'interpellant de leur accent si drôle avec cet art d'inventer chaque soir de nouvelles moqueries, regardant passer les belles poissonnières cambrées sous leurs couffins d'osier, les sifflant, guettant œillades et sourires, s'inventant des aventures brûlantes d'un soir.

D'autres traits pourraient surprendre, il s'en rend compte avec plaisir. Un visage particulier, presque asiatique, pommettes hautes, yeux légèrement bridés, regard bleu, cheveux longs coupés au ras de la nuque. Et une sorte de gravité qui n'est pas d'ici. Et aussi, bien sûr, l'accent qui étonne les garçons de café, pas un Provençal, même pas un Français du Nord, Parisien ou Breton ou Picard, non, une drôle de nuance que personne sans doute dans cette ville ne saurait identifier. Indéfinissable. Enfin des mains très longues, de pianiste lui disait-on naguère dans son pays natal, un pays qui avait vu naître le plus grand virtuose du clavier, et une discrète élégance qui le différencient encore des autres consommateurs attablés tout autour, bourgeois habillés à la diable, travailleurs du port dans leurs pantalons de grosse toile, officiers et matelots des navires aux uniformes disparates, cinq ou six femmes aux tenues trop voyantes, oisifs de toutes les classes sociales qui acceptent de se mêler et de partager ce mystérieux appel de la fin du jour, et la consommation sans limite des boissons alcoolisées. Sur plusieurs tables, disséminés parmi les verres à absinthe lourds et ventrus, des bouquets de saison, roses, tiges de lavande, branches de romarin.

Le tramway de La Joliette tourne au coin de la rue Cannebière, les deux chevaux, des vieilles rosses, omoplates et côtes saillantes, dérapent un peu sur le pavé glissant, des étincelles sous les fers, les roues grincent horriblement contre les rails, le conducteur a l'air endormi, trois passagers, seulement, eux aussi assoupis. L'attelage passe devant la terrasse et continue vers le bout du quai, son ferraillage décroissant peu à peu. Au bord du bassin, le vagabond semble plongé dans une méditation sans fin…

Matins d'été où s'élançaient les voiles ! La phrase l'a surpris au plus profond de sa songerie, jaillie de nulle part, comme une image enfouie appartenant à une enfance lointaine. Dans son pays, dans son enfance, pas de matins d'été, pas de voiles, et même pas de mer ! Le froid, la neige, la glace, la guerre, la mort, l'exil. Alors d'où ? Un vieux roman oublié ? Un poème effacé de sa mémoire ? Pourtant, cette phrase n'est ni en polonais ni en russe. Pas même en anglais. Une phrase qui a surgi en français, des termes bien français, matins, été, voiles… Sortie tout droit de son maudit cerveau qui n'arrête pas de fabriquer des mots, des phrases, des dialogues, des histoires, contre son gré, contre sa nonchalance bien affichée, contre sa volonté farouche d'écarter désormais toutes les horreurs de sa mémoire comme les fantaisies baroques de son imagination.

Pourquoi l'été ? Pourquoi les voiles ? S'élançant de quel rivage, de quel port ? Venues de quel passé ? Ou même, pourquoi pas, du futur ? Quel été ? Quelle enfance ? Quelle mer ? D'où provient donc cette espèce de vers qui n'est même pas un alexandrin correct ? Il faudrait ajouter un petit mot à « été », « passés », ou « perdus ». Mieux vaut garder l'image telle quelle. Des voiles sur l'horizon bleu, le départ, l'appel du ciel vide et de la mer lisse, l'élan vers l'aventure, l'oubli de tout… Et le matin, mot magique, le matin, promesse d'un jour neuf, d'un renouveau, d'un départ. « Aube » serait peut-être plus poétique. Aube d'été… Oui, l'oubli, l'oubli, c'est ce qui lui importe par-dessus tout. Et cette phrase qui le rejette dans un passé sans doute imaginaire, il n'en veut pas. Elle est pourtant là, insistante comme une ritournelle qui vous vrille la tête, obsédante, sans signification particulière, juste une phrase de rien du tout qui renvoie à un monde inconnu, à une vie rêvée, indistincte, à peine romanesque…

Il savoure l'instant. Jamais, dans les pires moments de froid et de deuil de son enfance, il n'aurait imaginé se trouver ainsi au bord de la mer grecque, prêt à s'embarquer à son tour pour des aventures que dans sa confiance juvénile il prévoit fastueuses, interminables. Il préfère la terrasse à ces arrière-salles de bistrots enfumées et puant l'absinthe, le savon et la sciure, où il se rend cependant pour y retrouver ses amis qui, plutôt que Konrad, son vrai prénom, l'ont surnommé « Monsieur Georges ». Salles pleines de conspirateurs, préparant des embarquements furtifs, des trafics douteux, des fuites au cœur de tropiques scabreux. La terrasse lui permet d'avoir une vue sur cette machine à rêver qu'est le port bondé de barques et de petits navires, un bassin fermé sur lui-même qui ne veut rien dévoiler de la pleine mer qu'on devine pourtant toute proche. Et, de temps à autre, il prend des notes dans ses carnets, façon de garder le souvenir de journées si bien remplies et aussi de perfectionner son français. Les noms des voiles par exemple, arabe, au tiers, à livarde, à corne, carrée, bermudienne, houari, latine, foc, trinquette, tourmentin, fortune, polacre, cacatois, clin-foc, diablotin, génois, hunier, misaine, perroquet… Bonheur des mots, énigmes chaque fois. À apprendre et à découvrir jour après jour…

Il tend le bras, s'empare du manche de bois, déroule le journal. *Le Sémaphore de Marseille*, le numéro d'aujourd'hui. Il feuillette distraitement. Dépêches, tribunes et réclames confondues. Un nouveau traitement de la phtisie, des encarts du Crédit Agricole, de la Société Générale, du Crédit Lyonnais, la lutte contre le phylloxera, des inondations à Toulouse où la Garonne a débordé, le gouvernement d'Haïti émet 169 906 obligations de 500 francs. Les objets perdus. Le cours des marchandises aux Bourses de Bordeaux, Le Havre, Anvers, Liverpool, Londres... Farine, blé, coton, pétrole, or, saindoux, sucre, lin, colza... La Bourse de Marseille, comme toujours triomphante... Les annonces des navires attendus, de ceux qui sont partis le matin même, des propositions d'affrétements pour d'autres bateaux, prêts à appareiller dans les cinq ou six prochaines semaines. Des offres de passages vers la Corse, l'Italie, l'Algérie, Constantinople... La lecture donne le vertige, et pourtant ce n'est qu'un faible reflet de l'activité de cette ville qui ne dort jamais.

Le vagabond, toujours assis au bord de l'eau, est resté figé un long moment. Il se lève brusquement, se tourne vers les façades du quai, marche vers la terrasse. Comme l'autre s'approche, Konrad découvre un tout jeune homme, très grand, à peu près du même âge que lui, le visage enflammé semble rongé par une sorte de lèpre blanchâtre.

— Je peux ? demande l'inconnu en désignant le fauteuil vide à côté de sa table.

Konrad lui fait un signe de la main. L'autre se laisse choir lourdement dans le fauteuil, appuie sa canne contre le guéridon et ferme les yeux une seconde.

— Coup de soleil, en Italie, dit-il simplement.

Il est en effet très rouge mais il reste attirant malgré la pelade blanche et squameuse qui le fait ressembler à un charmant animal en état de mue. Pour l'instant, l'animal, rouvrant les yeux, semble mesurer du regard le chemin qu'il vient de parcourir. Konrad en profite pour observer de plus près le jeune homme. Maigre, élancé, souple, en temps normal il doit être d'une grande beauté. Les yeux d'un bleu pâle presque blanc, nuance qui rappelle la teinte délicate d'anciennes faïences. Il ne peut laisser indifférent ni homme ni femme.

— Pardon ! Je m'invite à votre table, sans façon. Mais je suis un peu fatigué…

— Je vous en prie ! Voulez-vous boire quelque chose ?

— Oui, pourquoi pas ? Que buvez-vous ?

— Un rhum martiniquais.

— Alors, ça m'ira très bien. Vous avez un drôle d'accent ! Étranger ?

— Oui, du Nord. D'un pays lointain dans le Nord…

— Qui s'appelle ?

— En théorie, ça s'appelle la Pologne. Pratiquement, c'est selon les régions, la Russie, la Prusse ou l'Autriche…

— Je vois…

— Et vous ?

— Moi, du Nord aussi, mais moins loin. La frontière, la forêt, les sangliers, l'Ardenne. Ou plutôt « les » Ardennes comme ils disent dans les livres. Le Castrice romain, au bord de la Meuse. Jésuites, carmélites et capucins, tout le gratin catholique y a passé. Des églises et des pâtisseries pour la sortie de la messe du dimanche… le royaume de l'ennui.

La canne du jeune vagabond glisse le long du fauteuil et tombe à terre. Il ne fait aucun geste pour la ramasser. Elle va rester là en travers de l'allée qui s'ouvre entre les tables de la terrasse. Il a posé son chapeau de paille sur un guéridon voisin, il ne semble éprouver aucune gêne dans la vie…

Le soir maintenant commence à descendre sur le port. Le ciel a viré du turquoise au bleu pâle, les traînées roses sont devenues orange, des teintes douces se reflètent sur les eaux et sur les coques des navires, un grand calme s'est installé, les conversations sont plus retenues, on vide les verres, on s'apprête au retour, les jeunes marins des barques ont disparu. Konrad se sent heureux. Il songe à cette aventure étrange qui avait décidé de toute la suite. Sa grand-mère et son oncle avaient voulu le placer à Cracovie dans un pensionnat réservé aux orphelins de l'insurrection polonaise. Auparavant, en guise de vacances et pour renforcer sa santé, ils lui avaient offert un voyage plus au sud en Europe en compagnie de son tuteur, un jeune homme, son aîné de cinq ans, Adam Marek Pulman, l'étudiant en médecine qui s'était déjà occupé de lui lorsqu'il avait douze ans. Il avait perdu sa mère à huit ans, son père à onze, il n'allait pas bien du tout. Mission secrète de Pulman : dissuader le jeune homme de poursuivre ce rêve absurde de devenir marin. Un marin polonais, avait-on jamais vu pareille folie ! Un pays où les seuls marins étaient les bateliers de la Vistule ! Et encore, bien rares !

Konrad trouvait Pulman un peu trop prévenant, sans cesse soucieux de la santé de son pupille, mais comment ne pas profiter de l'occasion ? Les deux jeunes gens prennent des trains jusqu'à Vienne, remontent le Danube en bateau, visitent Linz puis Munich, s'attardent aux chutes du Rhin, descendent jusqu'à la Lorelei. Un courrier de la famille leur déconseille de rentrer au pays : une épidémie de choléra ravage Cracovie. Eh bien, quelques semaines de plus de vacances, ce sera l'Italie ! Ils reviennent sur leurs pas, traversent le lac de Constance, passent en Suisse, naviguent avec délices sur le lac de Lucerne, filent en voiture puis à cheval vers le Saint-Gothard, s'arrêtent dans un chalet et dînent à la table d'hôte où Konrad, médusé, entend pour la première fois parler anglais par les employés qui creusent le tunnel du Gothard. Des kilomètres de montagne à percer à la dynamite, la nouvelle invention d'un Suédois à demi fou. Ils poussent vers la Via Mala au son des explosions lointaines, se penchent en frissonnant vers les gouffres épouvantables, descendent à cheval les lacets vers le lac Majeur. Courbes austères, pelées et glaciales des hautes Alpes dominées par les pics enneigés.

Au détour des derniers virages, le jeune homme découvre soudain ces terrasses d'orangers et d'oliviers, de pins, de lauriers fleuris et de palmiers, et surtout cet air miraculeux, tiède, parfumé de toutes les senteurs méditerranéennes et qui transforme la riviera des grands lacs en paradis virgilien. Ils sont à Milan, visitent le Dôme. Prennent le train pour Mestre puis le vapeur pour Venise. Merveille du débarquement, ponts, gondoles, ruelles étroites, *campi* théâtraux où marchent des foules de magnifiques Vénitiens, ils s'installent à l'hôtel, visitent la Piazza et la basilique, rôdent le long des quais, dînent dans une taverne accueillante. Dès le lendemain matin, ils sautent dans le vapeur pour le Lido. Konrad bondit à terre avant même que la navette soit amarrée, il marche à toute allure, il a les cartes du monde en tête, il sait toujours où aller, Adam peine à le suivre, ils parviennent aux abords de l'hôtel des Bains, il court vers la plage, avance le plus loin possible sur le sable. Il s'arrête. La mer pour la première fois ! Il n'est pas déçu. L'horizon marin, vide, gris-bleu, un peu triste, sans limites. Sept ans plus tôt, paraît-il, son oncle Tadeusz l'avait emmené jusqu'à Odessa, il avait sans doute vu la mer, la mer « Noire », misérable diverticule de sa chère Méditerranée. Il n'était alors qu'un enfant, il se rappelait à peine l'épisode. Ou plutôt il ne voulait pas se souvenir de cette première fois, il ne pouvait pas avoir vu la mer en territoire russe ! L'Italie, la nouvelle Italie de Cavour et de Garibaldi, oui ! Avec la France, c'était un vrai pays, et, s'il fallait avoir au moins une patrie, pourquoi pas deux ?

Il se tient sur la plage de sable fin, longtemps, ravi, fouetté par le vent tiède estival. Debout, les bras croisés face à l'immensité, comme le capitaine Nemo sur le pont de son *Nautilus*. Pulman doit le tirer par la manche pour le ramener vers l'embarcadère. Après Venise, il rentre sagement en Pologne, il accepte d'aller à son pensionnat. Il ronge son frein. Il se met à fumer, il se montre très dissipé, il tourne autour des filles. Un an plus tard, il abandonne le lycée. Non, il n'y reviendra jamais ! Ni à l'école ni en Pologne ! Son oncle cède, le laisse partir. Train pour Vienne, puis Zurich où il va rendre visite à un ami de ses parents, encore un émigré. Ensuite Genève et Lyon. Enfin, à Lyon, le PLM ! Un train de nuit bondé l'amène à Marseille, il débarque à l'aube.

L'oncle Tadeusz avait eu l'idée de faire appel à la famille Chodzko, plus ou moins apparentée et en tout cas très liée au père de Konrad. Alexandre Chodzko, après avoir été diplomate en Perse, et avoir mené une vie de poète et d'érudit quelque peu aventurier, s'était installé à Paris, comme son ami Adam Mickiewicz, et, comme lui, avait été nommé professeur au Collège de France. Il appartenait au cercle des célébrités de l'émigration polonaise à Paris. Cette émigration était partout présente, réseau immense à travers l'Europe, et savait pratiquer une solidarité absolue. Alexandre s'était jadis marié à la comtesse Helena Dunin-Judzill, de noblesse polonaise ancienne, descendante directe du roi Stanislas. Le couple avait eu cinq enfants, Viktor, Adam, Alexandre, Thérèse et Marie. Thérèse avait épousé un médecin et tous deux tenaient à Hyères une pension de famille que fréquentaient beaucoup d'émigrés polonais ou russes. Quant à Viktor, après ses études à Paris, collège Stanislas puis lycée Saint-Louis, il s'était engagé dans la marine, avait fait la guerre de 1870, puis, démobilisé, avait navigué dans la marine marchande, surtout aux Messageries Maritimes. Il venait d'obtenir son brevet de capitaine. Il habitait tantôt à Toulon, tantôt à Marseille où il avait un pied-à-terre rue de l'Évêché. Il était donc rassurant pour Tadeusz que son neveu puisse être pris en charge par Viktor et sa sœur Thérèse. Quoi de mieux qu'un capitaine au long cours pour initier le jeune homme aux métiers de la mer ?

À l'aube, ce matin du premier séjour, octobre 74, Konrad saute sur le quai de la gare Saint-Charles. Il laisse la foule s'écouler, il est étourdi par les cris, les clameurs des familles, les appels des porteurs, les jets de vapeur de la locomotive. Un homme vient à sa rencontre sur le quai. Jean-Baptiste Solari. Tu peux m'appeler Baptistin ! Il est très jeune mais cependant un peu plus âgé que Konrad. Barbe noire, grands yeux sombres, jovial. Solari a été pendant plusieurs années l'un des camarades de bord de Viktor. Baptistin s'empare de la malle et entraîne Konrad vers l'esplanade. Il réveille un cocher, charge le bagage. Ils descendent vers le port par les rampes abruptes, au rythme nonchalant d'un vieux canasson. Viktor, absent de Marseille, lui a réservé une chambre dans un petit hôtel de la rue de la Coutellerie.

Chemin faisant, Baptistin commente. Il a navigué de sa quinzième année jusqu'à ses vingt-cinq ans. Il en a eu assez. Depuis deux ans, il est redevenu terrien. Il trouve que le métier de marin est « un métier de chien », il l'a écrit dans une lettre et la formule avait choqué l'oncle et le neveu. Grâce à ses relations de famille, il a choisi d'être une sorte de courtier maritime, d'homme à tout faire. Il est toujours marin, mais marin à terre ! Il court d'un quartier à l'autre, de la Compagnie des Docks aux entrepôts de la rive sud, de la gare maritime aux bureaux de la rue de la République. Il s'occupe d'affrètements, d'assurances, de nantissements, d'inventaires, de livraisons, de toutes sortes d'autres choses auxquelles Konrad ne comprend rien. Bref, il est heureux en affaires et ne quitte plus Marseille, sauf le dimanche pour aller à la pêche dans les calanques ou en Camargue, il a une barque. Ils déposent la malle dans la chambrette sous les toits. Une table, une chaise, un lit, un meuble de toilette avec cuvette et pot à eau, une fenêtre d'où l'on peut apercevoir au-dessus des toits la pointe des plus grands mâts… Une cellule de moine, parfaite pour un futur marin.

Les deux jeunes gens, qui déjà se tutoient, descendent une courte ruelle boueuse et se retrouvent, miracle, sur le port. Baptistin doit bientôt se rendre à un rendez-vous mais il a le temps de boire un café. Konrad est distrait, tout l'émerveille. Baptistin ne tarit pas. Les nouvelles du jour, les navires en partance, ceux qui arrivent, le temps qu'il va faire, les remous en ville, cette ville est toujours en mouvement, les personnalités, les lieux qu'il faut fréquenter, ceux qu'il faut éviter, mille informations que Konrad ne peut retenir. Après le café noir et les grosses tartines de pain, le jeune homme se sent mieux. Baptistin lui donne rendez-vous pour le début de l'après-midi et lui conseille d'aller se reposer, il est à peine sept heures.

Mais Konrad n'a plus qu'une idée, aller voir la mer. Il connaît le plan de la ville, dix fois étudié à Cracovie. Il fonce au bout du quai, vers le fort Saint-Jean, il en fait le tour, or avec la digue et le phare, et, de l'autre côté, la haute falaise du Pharo, il n'a qu'un champ de vision limité. Décevant. Il repart, contourne le port, marche, courant presque, longe le quai de Rive-Neuve et monte jusqu'aux jardins qu'il traverse au pas de course. Il a enfin, depuis les hauteurs, une pleine vue sur la Méditerranée. Les collines bordant la rade, les digues, les balises, les îles, le large, l'horizon gris et flou, le soleil orange encore très bas sur sa gauche. La mer grecque ! La mer violette d'Ulysse, de Calypso, de Nausicaa, la mer de Monte-Cristo !

Le lendemain matin, il dort profondément lorsque Baptistin fait irruption dans sa chambre, ouvre grand les persiennes et le somme de se lever d'urgence :

— Que dirais-tu d'un embarquement de trois ans pour les mers du Sud ?

Une telle proposition vous réveille d'un coup ! Ce n'est qu'une plaisanterie, Baptistin veut seulement l'entraîner à La Joliette pour assister à l'accostage et au débarquement des marchandises d'un joli brick-goélette qui rapporte une cargaison de charbon de bois d'Ajaccio. Ensuite ils vont voir les essais d'un nouveau remorqueur à vapeur, le *Moko* de la compagnie Chambon, puis le remplissage d'un bassin de radoub où l'on vient de terminer le remplacement des hélices du *Medeah*, un des paquebots de chez Fraissinet. Il lui montre, alignés dans leurs bassins, d'autres paquebots, le *Péluse*, l'*Éridan* et le *Moeris* des Messageries Maritimes, le *Poitou* de la Société générale des transports maritimes à vapeur, *Marabout*, *Caïd* et *Colon* de la Compagnie de navigation mixte, la *Meuse* et le *Cadiz* de chez Paquet, et aussi les autres navires de Fraissinet, *Byzantin* et *Protis*.

Tout en déambulant de La Joliette au Vieux-Port, Baptistin continue à tenir la chronique de la ville. Il indique à Konrad les cafés et les restaurants, *Casati*, *Bodoul*, le *Café Turc*, le *Café de France*, la *Maison Dorée*, le *Grand Café Glacier* avec ses cent vingt becs de gaz… Il évoque les salles de jeux, partout présentes, en général au premier étage, roulette, baccara, loteries, trente-et-quarante, domenico… Il lui raconte l'incendie de l'*Alcazar* l'an dernier : reconstruit en moins de quatre mois ! Il lui dit aussi comment son frère aîné, qui a participé aux révoltes de 1870, avait escaladé la statue de Napoléon III qui trônait dans le hall de la Bourse, et en avait scié la tête. Puis, ne sachant où la cacher et craignant de se faire arrêter malgré le rétablissement de la République, l'avait jetée de nuit dans le port.

Et voici que Konrad se retrouve au Vieux-Port, une fois de plus, et en compagnie d'un nouveau compagnon, un étrange personnage.

— Il fait doux, non ?

— Oui, depuis plusieurs jours c'est un vrai temps d'été !

— Normal, c'est l'été ! Hier, j'ai entendu qu'on fêtait la Saint-Jean. On peut se tutoyer, non ?

Konrad hésite un instant. Il ne connaît pas très bien les usages des Français. Mais avec ses amis du port, il a l'habitude…

— Oui, bien sûr. Comment t'appelles-tu ?

— On m'a baptisé Arthur. Jean-Arthur en vérité. Et je ne sais pas pourquoi. Comme le roi ! Peut-être que ma mère ou mon père rêvaient de la Table Ronde… Et toi ?

— Moi, j'ai plusieurs prénoms mais le plus courant c'est Konrad, avec un K. Ici, les gens m'appellent Monsieur Georges !

— Eh bien, Môssieu Georges, tu as le bonjour de Môssieu Arthur ! Et pourquoi avec un K ?

— Ça fait peut-être trop chic mais c'est ainsi en polonais. Je crois que mes parents voulaient un fils qui ressemblerait un jour au héros de Mickiewicz, tu connais ? Un prénom que je trouve plutôt lourd à porter… Peut-être autant que celui du roi Arthur ! Je ne suis pas à la hauteur, je ne suis pas un héros et je n'ai aucune envie de le devenir ni de sauver la veuve et l'orphelin ! Quant à Jean, tu es ici en ton pays, tout le monde se nomme Jean quelque chose. Jean-Marie, Jean-Jacques, et pourquoi pas Jean-Arthur ! Jean, c'est le patron des pêcheurs. Et c'était aussi le Prêcheur. Il y a peut-être là une sorte de jeu de mots…

— Pas mal, l'idée. Prêcheur, pêcheur… On enlève une lettre et que reste-t-il ? De pauvres racleurs d'écailles ! Moi, j'étais aussi Jean Nicolas Arthur, mais après on a dit Jean-Arthur et à la longue seulement Arthur !

Pendant ces premières semaines à Marseille, l'automne 74, Konrad est heureux dans sa mansarde. Il aime même être réveillé vers trois heures du matin par le fracas, les sabots des pêcheurs qui dévalent vers les quais. Il veille un moment, pensif, il est dans son nid, un avenir vertigineux s'ouvre devant lui, il est libre, parfaitement libre. Tout ce qu'il possède est là, dans sa petite malle posée sous la table. Il s'est déjà transformé en vrai marin. D'abord il a éliminé tous les vêtements ou objets dont il savait qu'ils seraient inutiles en mer. Puis il a rangé son nouveau trousseau, vareuses, caban épais, bottes, chaussettes de laine, sous-vêtements de flanelle, nécessaire de toilette, son Shakespeare complet, une édition épaisse, reliée en peau, éditée à Londres en 1831, et tenant dans une poche, car imprimée en minuscules caractères et sur deux colonnes. Et *Les Fleurs du mal*, une édition toute récente, de format réduit elle aussi. Ses papiers, les lettres de son oncle, son passeport russe, divers documents officiels, les portraits de son père et de sa mère, petits cadres dorés dont il a enlevé les verres pour alléger ses bagages, quelques babioles qui lui restent de son enfance.

Le vacarme s'apaise, il se rendort. Il se réveille beaucoup plus tard, le ciel est clair dans le rectangle du vasistas. Il se lève vite, chaque jour il espère une nouvelle aventure. Baptistin entraîne Konrad chez Viktor, qui vient de débarquer. Un marin polonais, en voici déjà au moins un ! C'est un capitaine de vingt-six ans, capitaine aujourd'hui sans navire certes, mais il a l'autorité de celui qui a beaucoup navigué et même participé à des manœuvres de guerre en 70. Heureusement, les Prussiens ne sont pas descendus jusqu'à Toulon ! Viktor va prendre le cousin sous sa protection et il demande à Baptistin de l'initier à tous les secrets de la ville et de sa marine. Konrad est ravi : ses deux mentors sont plus que sympathiques, de vrais amis qui vont lui faire gagner des mois, des années peut-être d'apprentissage. Viktor connaît les épreuves terribles par lesquelles est passé le jeune homme et il a d'instinct une sorte d'affection paternelle pour lui.

D'abord Konrad sillonne la ville en tous sens, louvoyant comme un marin saoul, nord-sud, est-ouest, mais revenant toujours au Vieux-Port, désormais pour lui le centre du monde. Il note et apprend les noms des objets dans les boutiques d'accastillage, ancres, mâts, vergues, tangons, bout-dehors, grappins, manilles, goujons, filoirs, mousquetons, chaînes, drailles, drisses, poulies… Sur les ardoises des cafés, il lit les noms des navires en partance ou attendus, noms qu'il retrouve dans les vitrines ou sur les panneaux d'affichage des compagnies de la rue de la République ou de la rue Cannebière. Toutes les destinations imaginables. La proche Méditerranée, avec ses îles, tous ces noms magiques égrenés, Corse, Sardaigne, Sicile, ou les rives d'en face, Algérie, Tunisie, Maroc. Les ports du Proche-Orient, la Grèce, le Levant, la Palestine, l'Égypte, la Turquie, la mer Noire. Le détroit de Gibraltar, une porte ouverte sur l'Afrique, des îles encore, Canaries, Açores, Cap-Vert, les Amériques, de la lointaine pointe patagonienne jusqu'aux rivages gelés de la baie d'Hudson, en passant par les grandes et les petites îles du golfe du Mexique. Et surtout l'au-delà de Suez, on vient d'ouvrir le canal et toute l'Europe fuit vers l'Orient ! L'Arabie, Aden, l'Abyssinie, Madagascar, l'Inde, Ceylan, le Siam, la Birmanie, le Tonkin, la Chine, le Japon, les milliers d'îles de la mer de Java, de la mer de Chine, de la Polynésie. Enfin, au bout du monde, l'Australie, la Nouvelle-Zélande… La planète entière, telle une de ces cartes que son père lui montrait naguère dans ses grandes encyclopédies polonaises, semble inscrite sur le plan d'eau rectangulaire du port. Il suffit de choisir au hasard des points cardinaux, au hasard des partances de navires, à voile ou à vapeur, au hasard des images qu'il se fait des lieux les plus divers, paysages composés à partir des vieilles gravures du *Tour du Monde* ou du *Magasin pittoresque* et que son imagination avait coloriés des nuances les plus rutilantes.

Ce Marseille ensoleillé, lumineux, ouvert à l'air du large, aux vents de l'aventure, possède aussi son envers, une ville nocturne, sombre, sale, lorsqu'on s'égare dans les ruelles aux pavés disjoints ou dans les escaliers ruisselants, enduits d'une boue gluante aux relents fétides, dans ces quartiers insalubres, pleins de passages, de maisons en ruine et de recoins ténébreux d'où il s'attend à voir surgir à chaque instant des égorgeurs de roman noir ou des goules de cauchemar. Il est pourtant tenté de s'enfoncer dans ces labyrinthes supposés du vice et de la perdition. Les enfers de la ville l'attirent, il pense y découvrir des choses secrètes, des mystères bien cachés, des êtres exceptionnels, anges lucifériens experts en maléfices, femmes damnées marquées d'un malheur flamboyant par le destin. Mais il ne longe que des maisons lugubres, sans lumières, à demi mortes, d'où ne sourdent que des cris de bébés affamés, et il ne croise que des miséreux, tête baissée, marchant vite vers les tristes tâches dont ils doivent remplir leurs nuits, ou encore des chats sournois, des chiens baveux, mornes errants de la nuit comme lui. Le contraste avec les foules animées du plein jour est saisissant. Il ne devrait pas traîner dans ces venelles ni grimper les marches où cavalent les rats d'un tas d'ordures à l'autre, il ne peut s'en empêcher. Il attend la rencontre exquise, l'épisode saugrenu, le danger, le drame aussi, une aventure romanesque pleine de surprises, de personnages singuliers et de péripéties risquées. Il est prêt à aller jusqu'au risque suprême, l'accident, la mort peut-être. Sans vraiment y croire. Les dangers de la ville ténébreuse lui semblent très exagérés. Ou bien il n'a pas l'air d'une proie intéressante pour tous les coupe-jarrets ou détrousseurs qui peuvent se fondre dans la nuit des porches. Il rentre chez lui très tard, et, à la lueur du bec de gaz, se replonge dans son cher Baudelaire…

Un des premiers lieux que lui a montrés Baptistin, mais d'abord sans lui dire un mot, comme pour le tester, c'est un mur près de la Préfecture. Un vieux mur sale, gris, constellé des éclats blancs du crépi fracassé. Nul besoin d'être un expert pour comprendre. Ensuite seulement, il lui a expliqué, c'est là qu'avaient été fusillés des Marseillais poursuivis et arrêtés par les troupes du général Espivent de La Villeboisnet. Celui-là, on le haïssait à Marseille, c'était le Diable. Ses canons hissés jusqu'à la colline de Notre-Dame de la Garde et au fort Saint-Jean avaient tiré des centaines d'obus sur la Préfecture, secondés par deux cuirassés mouillés devant la ville et lourdement équipés eux aussi d'énormes canons. Puis, aux cris de « Vive Jésus ! Vive le Sacré-Cœur ! », ses troupes, quelques milliers d'hommes renforcés par les fusiliers marins des cuirassés, avaient déferlé sur la ville, achevant les blessés dans les ruines de la canonnade déjà éclaboussées du sang des insurgés, poursuivant jusqu'au fond des cours aux murs écroulés les rescapés pour les aligner à l'entrée d'une ruelle voisine, encore quelques pauvres diables, des fuyards terrorisés qui avaient cru, un court moment, que la révolution serait possible dans leur ville.

À peine trois ans se sont écoulés depuis, des révolutionnaires ont fui en Amérique, d'autres se sont terrés à Montpellier, à Toulon, à Nice, à Paris, on parle davantage de la Commune de Paris que de celle de Marseille, et la ville a été reprise en main. Bien des familles ont perdu l'un des leurs, et certains pensent encore à la vengeance, il y a des quartiers où ne s'aventurent ni nobles ni bourgeois, ni gendarmes ni huissiers. Baptistin, qui décidément navigue au mieux dans la société marseillaise, connaît des journalistes, d'anciens communards et des républicains, et, discrètement, il fait comprendre à son ami qu'il partage en secret une partie de leurs idées.

Konrad contemple longuement ce mur hideux, écorché, éclaté de dizaines d'impacts, au fond desquels, ici ou là, il aperçoit le petit rond métallique de la balle enfouie. Il est sidéré, il pensait que ce genre de choses ne pouvait se produire qu'en Pologne. Il avait cru que le pays où il avait choisi de vivre était celui de la liberté, de la fraternité, et il découvre que la même histoire partout se répète, avec ses peuples révoltés, ses maîtres féroces faisant régner la terreur et tuant sans pitié ceux qui s'opposent à leur loi. Nul besoin d'une armée d'occupation étrangère. Toute nation est impitoyable, toute nation possède ses propres cosaques, et ses propres junkers. Et cela s'est produit il y a quelques saisons à peine dans cette douce Provence tant chantée par les poètes.

Et les marins ? N'ont-ils pas cette chance de vivre sur l'eau, loin de toutes ces épouvantes ? Konrad commence à en douter… car c'étaient bien des pêcheurs et des marins qu'on avait fusillés là sans hésitation… *Vive Jésus et le Sacré-Cœur…* Chez lui aussi, dans son pays glacial et tellement catholique, on aurait pu crier ce genre de profession de foi. Et comme Baptistin lui raconte quelques bribes de l'histoire de sa ville, il comprend que cette horreur sanguinaire a toujours fait partie de la vie de la région. Les forts n'ont pas seulement été bâtis ou renforcés pour résister aux anciens barbaresques. La moitié des créneaux sont tournés vers la ville : on peut y installer de gros canons et mater d'un coup les révoltes ou les remous de la populace…

Encore beaucoup d'animation sur le Vieux-Port. On dirait que la foule veut profiter du temps clément et de la lumière persistante. La douceur de ce soir d'été incite sans doute à l'errance. C'est comme si les Marseillais avaient peur de manquer une rencontre décisive, une aventure. Hommes et femmes passent avec nonchalance, longent le quai jusqu'au bout, reviennent, recommencent, se croisent, disparaissent enfin, d'autres arrivent…

— Et tu as des frères et sœurs ? demande Arthur.

— Non, je suis fils unique et orphelin. Et toi ?

— J'ai un frère qui a deux ans de plus que moi et deux sœurs, l'une de dix-sept ans, l'autre de quinze. Mon frère, c'est Frédéric, mes sœurs, Vitalie et Isabelle.

— J'aurais aimé avoir une sœur. J'ai connu plusieurs filles, des cousines, des amies de ma famille, j'aime bien mieux leur monde que celui des garçons. Les garçons sont toujours des espèces de matamores, ils ne pensent qu'à se battre et à jouer à la guerre…

— Moi aussi je préfère les filles. Quand j'avais huit ou dix ans, je ne m'intéressais qu'au tricot ou à la broderie, et si j'avais osé, j'aurais même joué à la poupée ! Mais il en a été autrement, il a fallu travailler dur pour passer toutes les classes jusqu'à la rhétorique, avec les meilleures notes possibles et les prix d'excellence… La mère veillait ! Elle est d'une sévérité infernale ! Quand elle allait en ville, elle nous faisait marcher au pas, les deux filles devant, les deux garçons derrière ! Et toi ?

— Mes classes ont été plutôt décousues. Avec la situation politique, je n'ai pu aller au lycée que rarement… Institutrices et professeurs venaient chez moi, j'ai appris des tas de choses mais dans le désordre. Il y a deux ans, j'ai pu suivre pour la première fois une année scolaire à Cracovie !

— En tout cas, tu parles rudement bien le français ! Bravo !

Dès son arrivée, Konrad a trouvé le port romanesque. Mouvements, arrivées, départs. Voiles déployées, voiles ferlées. Sirènes, fumées charbonneuses. Remorquages, mouillages, accostages. Va-et-vient entre les deux rives. Les ponts des grands navires déserts ou agités. Gestes, cris, conversations, appels, insultes, chansons. On se hèle, on s'invective, on hurle. Le retour de la pêche, les bousculades au bord du quai. Les couffins remplis de poissons brillants, frétillants. Filets qui sèchent au soleil, odeur forte. Criailleries obsédantes des goélands qu'on appelle ici des gabians. Attroupements, discussions, vente à la criée. Remous de la foule aux différentes heures du jour, seule marée de cette mer sans marée. Grouillante, follement agitée et bavarde, puis c'est midi et les quais se vident. Un gros commissionnaire, essoufflé, congestionné, sort d'un bureau d'affrètement et court sur le quai, un papier blanc à la main, son ventre ballotte, les passants rient. Un groupe de marins portugais se prend de querelle avec de jeunes voyous. Un bataillon de petits « décrotteurs », les cireurs de chaussures, s'envole sur les deux trottoirs de la rue Cannebière. De riches bourgeoises armées d'ombrelles claires quittent l'hôtel de Noailles et descendent vers le quai.

Les terrasses se remplissent et se vident, le soleil tourne autour du port, les ombres des immeubles font cadran solaire. Tout est en échafaudages, la Major, la basilique Notre-Dame de la Garde, jamais terminée, la Préfecture dont on achève de restaurer les parties bombardées. La ville se reconstruit sans cesse et bourdonne de douleur ou de plaisir. Le vent du nord porte jusqu'ici les sirènes des paquebots de La Joliette qui appareillent vers des pays de cannelle et de vanille. Des petits enfants, accrochés aux jupes de leur mère, s'émerveillent des manœuvres des grands voiliers. Futurs marins ? On pourrait rester là un an ou un siècle… Quand le soir tombe, la pulsation ralentit, la foule est moins dense, les cris plus rares. Des passants pressés semblent s'enfuir loin du port. À l'étage de l'Hôtel de Ville, dans la lumière jaune verdâtre des becs de gaz, des ombres chinoises, personnages massifs, fumée des pipes et des cigares, discussions véhémentes, grands gestes, conseil municipal, politiciens, armateurs, industriels, la vie continue. Aux fenêtres des maisons de pêcheurs, un peu plus loin, des silhouettes aussi s'activent. Familles, enfants, bonheurs et surtout drames. Petits théâtres d'une histoire renouvelée d'âge en âge.

Konrad marche le long du bassin aux heures les plus effervescentes. Parcourant le quai et les rues proches, y faisant maints allers et retours, se goinfrant de tout ce qu'il voit et entend, pas mal étonné par la succession de boutiques et d'enseignes étranges et par la foule bavarde qui coule le long des vitrines ou des étalages… Bazars, magasins d'accastillage, brasseries, chapeliers, hôtels, tabacs, pharmacies, salons de coiffure, poissonniers, chausseurs, fripiers, et les inévitables et innombrables compagnies de navigation avec leurs écussons prétentieux, leurs atlantes et leurs cariatides commandés aux meilleurs sculpteurs de Provence ou même de Paris, leurs vitrines décorées de maquettes de bateaux précises et raffinées, ou bien mettant en scène des assemblages d'objets, sable, galets, plumes, coquillages et noix de coco, ou encore tapissées d'affiches aux couleurs vives…

Il a enfin trouvé sa voie, lui, l'orphelin, l'exilé. Être loin, disparu, oublié, ignoré, sans attaches et, si seulement c'était possible, sans souvenirs. Il a trouvé son bout du monde, sa cachette absolue. Il n'est plus rien, il aime la saoulerie vertigineuse de la foule, cet anonymat définitif dans ces tourbillons de gens, cet immense brassage de classes sociales, de costumes pittoresques, de la redingote au burnous, du gibus au turban, les groupes les plus divers de tous ces quartiers, des villages des environs, des centaines de navires en escale, des foules se déversant, se mélangeant, repartant, revenant, se métamorphosant sans cesse, chaque jour, chaque heure. Et lui, perdu au milieu de tous, chantonnant, enfin joyeux, ivre de son invisibilité. Personne ne le connaît, il ne connaît personne, il est libre… La ville lui appartient.

Il s'attarde sur le parvis de la Major : deux cordiers ont apporté leur matériel dans une charrette à bras et se sont installés là parce qu'ils disposaient d'un grand espace au pied des échafaudages qui enchâssent encore l'édifice. Quelques badauds se sont arrêtés et les observent, intrigués. L'un des marins, un brun, court sur pattes, a planté son chantier, l'a lesté avec des gueuses de plomb. À trente mètres de lui, le second, plus vieux, élancé, cheveux grisonnants, a établi le carré avec son chariot à roulettes et ses manivelles. Ils tendent un fil de caret. Le premier marin tourne la manivelle. Le fil se tord. Ils recommencent avec deux autres fils. Enfin, ils fixent les trois torons au chantier, placent entre eux le toupin et, toujours à la manivelle, tordent ensemble les trois torons qui peu à peu prennent la forme d'une aussière qui se tend, le carré roule sur l'esplanade. Dextérité, vitesse, à peine quelques mots, quelques signes de la main et l'amarre neuve s'ébauche très vite. Le plus âgé s'empare de l'extrémité, à l'aide de son épissoir écarte les torons et, rabattant le bout du cordage, en tresse un à un les brins un peu plus haut dans l'épaisseur, faisant naître en un instant une grande et belle boucle. Il lâche son épissoir, s'empare d'un canif et coupe les extrémités des trois torons, les spectateurs applaudissent. Le plus jeune des deux cordiers pendant ce temps a fait une ligature d'arrêt à l'autre extrémité, l'aussière est là maintenant, posée sur les dalles, neuve, splendide, prête à être lovée et embarquée dans la charrette.

Konrad contourne le port, longe le quai de Rive-Neuve, franchit le petit pont du canal de la Douane, s'arrête au bassin de carénage. Les ouvriers sont en plein calfatage. Un brick est abattu en carène. On l'enduit de traînées de goudron à l'aide de longs balais. Konrad se délecte d'odeurs nouvelles, goudron, résine, vieux bois raboté, toile à voile humide. Autour de lui les gabians tournoient, lançant leurs cris stridents, tantôt bébés au berceau, tantôt vieillards à l'agonie. Les coups de marteau des charpentiers clouant des plaques de cuivre sur la coque d'une petite corvette, le grincement des roues de la haute machine à mâter que deux calfats manœuvrent, les cloches qui carillonnent tout près, à Saint-Victor, et plus loin, de l'autre côté du bassin, à Saint-Laurent et aux Accoules, les coups de sifflet du maître d'équipage commandant les gabiers d'un trois-mâts entrant au port, les sirènes de vapeurs lointains, les appels des lamaneurs et des portefaix, le battement de tambour d'un groupe de musiciens qui s'exercent au pied de Saint-Jean, un appel de clairon du fort Saint-Nicolas voisin, les fifres et tambours de la relève de la garde ou du salut aux couleurs, le roulement des roues cerclées de fer des charrettes sur les pavés du quai, la ville est aussi une symphonie de sons, de cris et de bribes musicales qui n'en finit jamais…

Il erre dans les quartiers du Sud, entre dans les ruelles où il retrouve d'autres bruits, pénètre dans les cours ouvertes, tonneliers, ébénistes, maçons, carreleurs… Il hume la fumée des brûleries de café. Changement de décor et d'odeur : il enjambe les ruisseaux déversant vers le port ou le canal de la Douane les glus fumantes, verdâtres, huileuses, épaisses, qui s'écoulent des savonneries. Les vapeurs de soude lui piquent les yeux, irritent un bref instant ses narines. Il s'éloigne, quitte cette rive, marche vite vers l'autre côté du port parce qu'il vient de découvrir que les pêcheurs de Saint-Jean sont rentrés. Il contourne l'Hôtel de Ville, s'approche de la halle Vivaux et c'est aussitôt un nouveau vacarme, de nouvelles odeurs, les odeurs qu'il préfère, celles de la marée. Les étals de la halle ne suffisent jamais, le marché déborde sur la place, sur la rue de la Loge et surtout sur les quais.

Les patrons sont là, en retrait, près de leurs barques, derrière les paniers vides accumulés. Chemise et casquette, mains épaisses gercées mais agiles, les *ramenderis* réparent les filets en bavant dans de grosses cigarettes mal roulées. Beaucoup de matelots sont blessés, aux mains, aux pieds. De fortes femmes armées de balances romaines partent au gré des rues, portant sur la tête leur couffin débordant de poissons, interpellant sans façon passantes et badauds. D'autres femmes travaillent un peu plus loin sur le quai, vêtues de grands tabliers souillés de sang et d'écailles, épouses, sœurs, filles, cousines. Jolies filles souvent mais sentant fort la marée. Des hommes les regardent, toujours des hommes, venus des autres quartiers, costume trois-pièces avec col dur, chaîne de montre, gibus ou chapeau melon. Elles lavent le poisson dans des baquets, le disposent dans des tas d'algues empilés sur les paniers retournés qui servent d'étals ou parfois sur des tables basses sommaires. Tout le monde crie. Cacophonie infernale, mal aux oreilles. Grondins, daurades, rascasses, mulets, anchois, merlus, girelles, gobies, sardines, calmars, rougets. « *Ah, lou rouget, un manja de prince.* » Ici ou là, des empilements de thons, un espadon au rostre immense qu'on doit contourner ou un gros mérou ventru aux bons yeux de vache qui vous regardent encore. Et, c'est tous les jours la fête, cigales de mer, langoustes, crabes, crevettes, oursins, violets, écrevisses. Et des paniers de tellines, d'arapèdes, de clovisses, d'huîtres, de moules. Des bachottes où se tordent et se détordent sans cesse des poulpes rougeâtres à la danse fascinante — il se souvient de la pieuvre de Victor Hugo —, des anguilles épaisses dont un grillage maintient l'incessant grouillement. Des couffins où évoluent lentement d'étranges escargots baveux, « *Limaçouns ! limaçouns !* ». Ici, tout se mange.

Parfois des parasols et de vraies tables, parfois tout se fait à même le pavé. Sur les étals des coups de hachoir, des flaques brunes, des têtes grimaçantes, des flots d'entrailles, les grattoirs en action avec leur bruit crissant, le sol est gluant de sang noir et d'écailles d'argent. Les femmes s'essuient les mains sur leurs longs tabliers, reviennent à la charge, s'emparent des grosses prises, les ouvrent et les vident d'un geste vif mais seulement quand le client le demande et qu'il est prêt à glisser la pièce. Une foule de Marseillais. Les patrons des restaurants ou des hôtels, le mégot au bec, se poussent du coude, se disputent pour des lots énormes, des bancs entiers, des bourriches débordantes. De simples acheteurs se faufilent entre eux pour de plus modestes emplettes. Des mots dans cette langue que Konrad ne comprend qu'à moitié, des arrangements mystérieux, des chuchotis, des promesses, des dédits, des retours, des engueulades homériques.

Les femmes hurlent, tentent de vendre la pêche du mari, c'est la vie ou la mort. À la fin, des cris, des appels, des supplications, des gémissements. On doit liquider à tout prix. On brade. On pleure presque. Théâtre antique. On conclut : « *Li vivènt au pres de morto !* », « Les vivants au prix des morts ! » Voilà quelque chose que Konrad va noter aussitôt. Une phrase de tragédie grecque, une phrase d'une grande beauté, un mot qui pourrait un jour servir. À cela même, une description de la criée, ou à tout autre chose. Les heures passent. Tout se calme peu à peu. Les quais restent couverts de détritus, algues, écailles, entrailles, têtes et queues. Du bout de leurs grands balais de genêt, des jeunes filles, le bas des jupes tout mouillé, viennent pousser le tout dans le port. Les vivants au prix des morts ! Une phrase éternelle ! Elle résonne encore en lui lorsqu'il a quitté le quartier et qu'il marche à nouveau, pour la centième fois peut-être, le long des quais. Les vivants au prix des morts…

Il pousse jusqu'au cours Belsunce, tourne autour des diligences dételées, écoute un instant les jérémiades des cochers qui se plaignent de la concurrence du chemin de fer, observe les petits troupeaux de mules serrées dans des enclos de fortune ou les chevaux qui se tiennent à l'écart, mâchant l'avoine des sacs de grosse toile pendus à leur cou. Pas loin de là, des arrière-cours avec des troupeaux de chèvres ou de vaches au service des laiteries. Des femmes font la queue, des bidons à la main. La ville n'a pas réussi à éliminer tout à fait la campagne… Des ruisselets de purin courent entre les pavés. Des groupes de tourlourous lèvent le pied pour ne pas tacher leur pantalon garance. Tout le monde crie. De faux ivrognes choisissent leurs voyageurs, s'y accrochent tendrement avant de les dévaliser. Une petite foule, un caftan turc, un burnous berbère, un habit basque, un boubou sénégalais…

Il lui arrive de rôder un peu plus haut dans la vieille ville. Il regarde les ailes des moulins tourner dans le mistral en sifflant au-dessus des masures, s'attarde sur les placettes pour voir jouer les enfants morveux, en guenilles, et les écouter se chamailler. Ce n'est vraiment pas la langue de ses parents ou de ses gouvernantes françaises ! Celle de Ronsard, de Racine, de Victor Hugo qu'il a apprise aussi bien que le polonais ! C'est une langue plus débraillée, mêlée de provençal, de corse, de maltais même ! Et d'italien, beaucoup d'Italiens à Marseille ! Selon Baptistin, les Italiens ont lancé la mode du linge qui sèche pendu entre les immeubles. Konrad s'étonne de scènes dont il est au hasard le témoin et dont il savoure la musique des mots échangés. Une dispute entre deux portefaix avinés. Une bouquetière ambulante qui chante ses fleurs d'une jolie voix de soprane. Des glaneuses bavardes balayant avec soin entre les pavés pour récupérer le grain tombé lors du déchargement d'un fret de céréales. Les petits décrotteurs qui courent au-devant des bourgeois en tapant sur leur caisse de bois avec leurs brosses à cirage. Un pauvre étal où un homme vend des *cachlofes à la barigoule*, des artichauts farcis aux légumes et à l'huile d'olive. Les ramasseurs de mégots, assis sur une borne, dépiautent paisiblement leur maigre butin, en chantonnant de vieilles rengaines tristes, et mêlent les touffes malodorantes avant d'en revendre de petits paquets à d'aussi misérables qu'eux. Le marchand de jujubes crie à tout va : « *Chichourles ! Chichourles !* » Ou le crieur du *Petit Marseillais*, « Le journal à un sou ! ». Tel autre vend des marrons dans des cornets de papier journal. Le balayeur de crottin de cheval recueille le précieux engrais dans sa brouette. Rémouleurs, rétameurs, chiffonniers, marchande de lait, acheteur de peaux de lapins... Une comédie permanente, à croire qu'il y a ainsi des centaines de figurants prêts à jaillir, pour lui seul, à chaque saison, des coulisses inépuisables de la ville.

D'autres images l'intriguent. En remontant la rue de la République vers La Joliette, Konrad découvre avec amusement les porches ornés des immeubles, bâtiments regorgeant de bureaux, industriels, constructeurs, importateurs, officines plus ou moins louches, banques, assureurs, courtiers en Bourse, armateurs à la tête des compagnies de navigation les plus conquérantes. Toutes ces constructions arrogantes, dont les seules variations, quelques motifs architecturaux ou sculpturaux, sont comme la concrétion des richesses colossales accumulées par les hommes d'affaires marseillais en moins de trois générations. Ils vendent de tout, du charbon, du savon, du bois, du pétrole, du ciment, des aliments, des huiles, des matériaux de construction, du bitume, des navires, des arbres, des pierres, de l'eau, du vin... Ils sont les maîtres de la ville.

L'orgueilleuse Bourse que les Marseillais ont plantée au bas de la rue Cannebière est le centre de toutes ces nouvelles affaires. Ils en ont fait un vrai temple grec et, pour qu'il n'y ait aucun doute sur la noblesse de leurs sentiments, ils ont dressé, de part et d'autre du fronton, les statues des deux explorateurs grecs et marseillais les plus célèbres, Pythéas et Euthymènes, car ils savent qu'aux yeux du public l'explorateur paraît toujours plus noble que le marchand. L'ampleur du bâtiment, qui surpasse en marbres et en décorations les plus riches monuments provençaux, sauf peut-être la Major et Notre-Dame de la Garde, prouve bien que la nouvelle religion universelle est le Commerce. Il y a même déjà des écoles de commerce, des cours, des offres d'emploi, toute une philosophie… Et aussi, dans l'ombre, des usuriers, des banquiers cupides, des spéculations diaboliques, des fortunes qui se font et se défont en un clin d'œil…

Alangui dans son fauteuil, Konrad savoure la douceur du soir, cette tiédeur voluptueuse, un léger frisson de bien-être parcourt son dos et sa nuque, il se sent comme lentement hypnotisé. Le Vieux-Port est l'alambic de sa transmutation, la chaleur phocéenne qui métamorphose le frileux Polonais en marin marseillais. Il veut oublier le froid. Des époques de son enfance qui lui semblent maintenant si lointaines, et cependant tous ces faits ne datent que de quelques années à peine, il n'a plus que des sensations corporelles. Le froid, qui avait tué sa mère et qui l'avait lui-même toujours tenu étroitement dans ses serres mortelles, était le milieu naturel dans lequel on l'avait forcé à naître et à vivre. Pourtant, il y avait des printemps et des étés en Pologne, des bourgeons, des arbres en fleurs jusque dans les rues de Varsovie, des roses et des pommiers, des jonquilles, des violettes, et cette étrange langueur qui envahissait soudain les rues et les jardins de la ville au tournant d'avril.

Il a tout oublié des printemps polonais. Il n'a souvenir que de bannissements, de déportations, d'hivers, de glace, de neige, de verglas, de boues, de toundras venteuses et de tourbières pétrifiées. Les doigts gelés, le nez qui coule, les yeux qui pleurent, les oreilles douloureuses, les orteils meurtris, le tremblement permanent d'un corps trop mince qu'on ne parvenait jamais à réchauffer. Et les chemins de l'exil où glissaient en silence les convois qui les emmenaient vers des retraites sinistres, loin à l'intérieur des frontières de l'ennemi, dans des provinces secrètes. Les gardes de l'escorte avaient des fourrures et des bivouacs confortables alors qu'eux partageaient et la peur et le froid lors des mornes haltes répétées de leur interminable transportation. Et, dans leur première maison, malgré la solidarité des autres exilés, son père s'activant à longueur de jour pour ramasser du bois et faire du feu, sa mère enfouie dans ses châles noirs et ses plaids de laine, grelottant, les lèvres bleuies, toussant, recroquevillée au bord de cheminées inefficaces. C'est l'un des rares souvenirs qu'il conserve de sa mère. Même les jeux de neige, les boules, les courses, les glissades, les combats, qui plaisaient tant aux autres enfants des exilés, tout cela l'effrayait, il rêvait de pays de sable et de palmiers où il faisait toujours doux, où la glace, la neige, le gel étaient à jamais inconnus des indigènes.

Les deux jeunes gens ont vite sifflé leur rhum tiède, Konrad fait un signe au serveur.

— Je te préviens, je n'ai pas un rotin.

— Pas grave, j'ai ce qu'il faut. Je t'invite !

— Alors, à ta santé !

— Attends que le verre soit là !

Le garçon, qui semble s'intéresser au nouveau venu, se précipite. Konrad commande la même chose. La pile de soucoupes rouges est déjà haute.

— Et d'où viens-tu ? demande Konrad.

— Oh, c'est une longue histoire ! J'étais à Stuttgart pour apprendre l'allemand. J'ai voulu aller vers le soleil, en Italie. J'ai vendu le contenu de ma malle, trois ou quatre liquettes, des bouquins, ça me permettait tout juste de prendre le train jusqu'à Zurich… J'ai traversé Zurich, j'ai continué vers le Sud. De temps à autre une voiture qui se traînait, m'amenait cinq kilomètres plus loin. J'ai fini par arriver à Lucerne…

— Tu as marché de Zurich à Lucerne ! Et alors ?

— Toujours vers le Sud. Mais tu entends ce bruit ?

— Ce n'est rien. Juste la sirène du port qui annonce quelque chose. Je n'ai pas fait attention, un noyé, un sauvetage, un naufrage, un incendie dans la ville… Et puis ?

— J'ai continué en contournant le lac par le sud, des kilomètres et des kilomètres, je n'avais pas assez pour prendre le bateau. Un soir, je n'avais rien mangé depuis deux jours, j'ai été accueilli par des paysans qui m'ont permis de coucher dans leur étable et d'abord m'ont donné à manger, pain, fromage et vin. Et aussi ils m'ont fait l'aumône de quelques sous. Le lendemain je suis arrivé à Altdorf, j'ai pris la route d'Andermatt, une grosse journée de marche encore, et là, j'ai dépensé trois sous à boire et à manger un peu de pain et de jambon. Mes beaux souliers avaient commencé à virer en quenouille. J'ai continué. J'ai dormi à la belle étoile. Le froid était terrible. Un homme qui passait en charrette m'a amené chez lui. J'ai mangé, dormi, je suis resté deux jours, je l'ai aidé à rentrer ses foins, il m'a bien nourri. Je suis reparti. La route montait. J'ai passé le Gothard…

— Le Gothard ! J'ai fait le même chemin l'an dernier mais à cheval et aussi en voiture !

— Oui, pas une affaire facile ! De beaux précipices. Beaucoup de froid, même au printemps, mais un chemin bien tracé. En partie le jour, en partie à la fin de la nuit…

— Et toi, toujours à pied !

— Toujours à pied, il n'y avait plus de voitures, aucun voyageur. Personne, le désert, la nuit, une folie…

Mais je marchais, je savais que je parviendrais bien un jour en Italie…

— Je ne pensais pas qu'on puisse faire toute cette route à pied !

— Je l'ai fait !

— Et après ?

— Après, il n'y a plus qu'à descendre ! C'est long. Je suis arrivé à Airolo. Encore deux jours de marche, Bellinzona puis, le même jour, Locarno. Et là quelqu'un m'a indiqué le monastère de Sainte-Catherine, les sœurs m'ont accueilli et m'ont donné à manger, elles m'ont permis de rester deux nuits. Je suis reparti. J'étais content. Un soir, dans une auberge, j'avais encore deux sous pour boire et manger, un type était sous une table, bourré comme c'est pas possible, il avait enlevé ses souliers, je les ai trouvés juste à ma taille, je suis parti. Sans payer l'aubergiste d'ailleurs… J'ai repris la route jusqu'à Milan. On m'avait donné quelques lires. J'ai loué une chambre en ville. J'ai soufflé plusieurs jours.

Konrad est fasciné par le récit. Il se sent proche d'Arthur. Il le comprend, et cependant l'autre l'étonne à la fois par son courage et par son obstination. Pourquoi tout cela ? Il pense au même périple fait deux ans auparavant mais avec le confort des berlines et des chevaux, des auberges, l'argent qui ne manquait pas. Comment peut-on être un vrai Ulysse sans argent, sans chaussures, sans provisions ? Un Ulysse marcheur ? Il aime marcher lui aussi. Mais à ce point !

Un jeudi ensoleillé de début novembre, l'année précédente, Konrad a quitté les abords du port, suivi la rue Paradis jusqu'au bout, puis le Prado. Il marche vite, il est un peu essoufflé. Il fait des kilomètres parmi les belles demeures entourées de jardins élégants. Il parvient au parc Borély. Des armées de jardiniers et de maçons aménagent pelouses et bosquets, il y a des palissades le long de l'hippodrome. Il erre un moment dans les allées, admire les collections d'arbres. Il aime les écriteaux au pied des plantes, il voudrait tout connaître, quinquinas, arbousiers, agaves, théiers, palmiers, cèdres, pins… Il entre au château et part à l'aventure dans les salles du musée. Il déchiffre le petit fascicule imprimé sur un mauvais papier qu'on lui a donné à l'entrée. Tout a commencé, à l'époque d'Homère justement, et, histoire ou légende, par l'arrivée d'une petite flotte qui s'enfonce dans une profonde calanque orientée au couchant, bordée au nord par des collines et au sud par des marécages insalubres. Les navigateurs viennent de Phocée, un port d'Asie Mineure, des Grecs des marges donc. Le chef de l'expédition est Protis. Les habitants de la région sont des Ségobriges, une tribu ligure. Le roi Nannos s'apprête à marier sa fille, Gyptis. Banquet. La jeune femme tend sa coupe à Protis, signe qu'elle l'a choisi. Protis et Gyptis ! Non seulement les prénoms riment mais encore c'est beau comme la rencontre entre Ulysse et Nausicaa. Les Marseillais s'étaient entichés de cette légende rapportée par un obscur écrivain antique. Une histoire trop merveilleuse, entre l'*Odyssée* et *La Belle au bois dormant.* Mais légende pour légende, il était bon qu'une pareille ville soit fille d'Homère !

Ainsi, de l'alliance entre les Phocéens et ces Gaulois ligures est née une nouvelle tribu qui fonde sur la calanque, à l'embouchure d'un fleuve minuscule, la ville de Massalia : temples sur les collines, rues et routes pavées, maisons, remparts et portes. Pendant des siècles, la ville se dévore elle-même et se rebâtit. Dans la terre et les gravats, on trouve les ruines et les débris des anciens temps. Les tessons de générations de Marseillais. Et même des fragments de papyrus… Fracas du temps. Bribes de mémoire… Konrad ne jette pas un regard vers les stucs rococo, ni vers les plafonds peints, ni vers les grandes toiles encadrées d'or du palais Borély. Il est venu voir ses Grecs. Sur les vieux parquets craquants et dans les vitrines poussiéreuses, le musée expose le passé, sarcophages, stèles phéniciennes, pierres gravées de lettres grecques, inscriptions romaines, amphores brisées, récipients de terre cuite, lampes à huile, verreries, masques, fragments de mosaïque, statues.

Les Phocéens avaient apporté avec eux leurs divinités bien-aimées, Apollon, Artémis, Athéna, et bien d'autres dieux grecs, Dionysos, Cybèle, Aphrodite, Héraclès, Atys. Ils en avaient ajouté certains, moins connus. Leucothéa, la déesse blanche, celle qui sauvait des naufrages. Et Lacydon, jeune dieu cornu représentant ce petit fleuve qui avait donné son nom à cette étrange calanque, premier mouillage, leur havre, puis un de leurs ports, avant qu'ils n'essaiment sur toute la côte, de Narbonne à Nice, cette côte dont les affiches du PLM vantent maintenant les baies, les caps et les plages. Konrad est ravi, il retrouve son Homère.

Les Grecs ! Les Grecs ! Tout venait d'eux. Une plaque de marbre l'attire, IIIe siècle, elle a été exhumée quarante ans plus tôt au cours des travaux de creusement du bassin de carénage, donc juste au bord de la rive sud du Lacydon, celle qui avait été comblée et bâtie. Konrad n'a fait que très peu de grec. Il recopie dans son carnet la belle inscription.

ΑΘΗΝΑΔΗϹ
ΔΙΟϹΚΟΥΡΙΔΟΥ
ΓΡΑΜΜΑΤΙΚΟϹ
ΡΩΜΑΙΚΟϹ

Athénadès,
fils de Dioscouridès,
grammairien
en langue romaine

C'est une enseigne, celle d'un écrivain public, ou bien d'un écrivain qui n'a pas laissé d'autre trace, un homme fier de sa fonction, *grammatikos romaikos* ! Il a fait graver en grec ces quatre lignes, ou peut-être les a-t-il gravées lui-même, pour montrer à ses concitoyens, désormais complètement romains, que la belle langue d'origine était encore bien vivante. Peut-être y avait-il eu, en ces siècles, des adeptes du grec, langue légère et ensoleillée, s'opposant au latin partout dominant, langue plus lourde, plus brumeuse, la langue des nouveaux conquérants. Un peu comme aujourd'hui les défenseurs du provençal, derrière Mistral et ses félibres, font croisade en Provence pour que leur langue ne disparaisse pas. Il a vu des affichettes, des inscriptions à la craie ou au charbon sur les murs, des proclamations enflammées, parfois guerrières. Des militants marseillais refusent de parler français. Konrad note au cours de ses promenades quelques mots de Provence qu'il trouve élégants ou amusants. *Chatouneto*, c'est une fillette, *panturlo*, une femme perdue, *catoun*, le chaton, *boufo-troucho*, un goinfre, *grafioun*, la cerise, *damisello*, mademoiselle, *poulassiero*, la marchande de poulets que certains appellent même en français la poulassière, *claudeto*, un bouton-d'or, *tafagnoun*, le chagrin, *parpaioun*, un papillon, *roussignoulado*, le chant du rossignol. Et puis, les termes de marine, *tirassiero*, c'est le sillage, *broufounié*, la tempête…

La terrasse s'est en partie vidée. Il est tard, très tard. Les deux jeunes gens, un peu avachis dans leurs fauteuils, regardent vers le bassin où il ne se passe plus rien, juste la douce ondulation de cette masse d'eau qui ressemble maintenant à un épais bouillon gras et n'a plus ces beaux miroitements du couchant.

— Ça ne risque pas de fermer ? demande Arthur en montrant la terrasse.

— Non, c'est le seul qui reste ouvert. Pour les noctambules, et plus tard dans la nuit pour les pêcheurs et marins qui sortent vers deux ou trois heures du matin… Et ensuite ?

— Je me suis attardé un temps à Milan, et pas n'importe où ! Juste au coin d'une rue qui donne sur la piazza del Duomo ! Un mois. Je voulais apprendre l'italien. Je suis parti vers le sud…

— Toujours à pied ?

— Toujours à pied !

— Et tu voulais aller où ?

— Je voulais pousser jusqu'en Grèce. Un copain du Quartier latin possédait une fabrique de savon à Naxos… Je pensais qu'il pourrait me donner du travail…

— Naxos !

— Oui. Et j'ai continué à marcher vers le sud pour aller à Brindisi. M'embarquer…

— Mais, de Milan à Brindisi, il y a près de mille kilomètres !

— Ça ne me fait pas peur. Le seul problème, c'est la semelle des souliers !

— Et alors ?

— Alors, j'ai marché. Et puis, entre le début et la mi-mai, j'étais allé déjà assez loin, j'étais bien après Livourne…

— Tu as marché de Milan à Livourne !

— Eh bien, oui. Ce n'est pas sorcier. Peut-être trois cents bornes… J'étais sur la route de Sienne, il y avait un soleil terrible, une route sans arbres, sans ombre, je n'avais rien mangé depuis la veille, je suis tombé. Un type qui passait en charrette paraît-il, moi je ne m'en souviens pas, m'a ramassé et m'a ramené en ville. Je me suis réveillé dans une auberge. Pas un sou pour payer la note. L'aubergiste a prévenu le consul de France et, deux jours plus tard, le consul m'a conduit sur le *Général-Paoli*, en payant mon passage. Il m'a confié au capitaine Latil qui, arrivé à Marseille, après escale à Bastia, m'a conseillé d'aller directement à l'hôpital. À la Conception ! Et je suis là depuis une petite semaine… Plutôt bien soigné, mazette ! On m'a donné à boire, beaucoup d'eau. Je me repose. Comme tu vois, je perds juste un peu de peau !

— Qu'est-ce que tu comptes faire ?

— Je ne sais pas. Il y a bien du travail sur ce port, non ? Décharger les bateaux, porter des caisses, que sais-je ?… je suis capable de tout faire… je trouverai. Sinon, j'avais envie d'aller en Espagne pour apprendre la langue…

— Il y a des recruteurs pour Don Carlos. Il paraît qu'ils payent bien. L'occasion ou jamais…

— Oui, j'en ai entendu causer à Paris. Tu sais où on peut les rencontrer ?

— Plusieurs de mes amis en parlent souvent. Moi-même j'ai hésité à y aller. Tu les trouveras soit au *Café des Arapèdes*, en face, sur l'autre quai, le soir vers six heures, soit tout près d'ici, chez *Le Voyou*. Il faut montrer patte blanche. Il y a un grand brun à moustaches, avec un œil qui louche un peu. Tu n'auras qu'à dire que tu viens de la part de Monsieur Georges. Ils auront confiance. Mais je te préviens, ils sont assez éclectiques dans leurs goûts politiques. Ils chantent aussi bien *La Canaille* ou *Le Temps des cerises* que *La Marseillaise des Blancs* ou l'hymne de Don Carlos !

Baptistin a une quantité de relations et certains de ses amis ne sont ni des armateurs ni des commissionnaires. Et pas toujours des marins. Il aime fréquenter les garçons du demi-monde, des types sans fonction précise, un peu journalistes, un peu révolutionnaires, un peu aventuriers, un peu trafiquants, mais toujours très débrouillards. Tout de suite, ils ont adopté Konrad et lui ont donné, dérision ou respect, du *Monsieur*, et un nom, Monsieur Georges. Pourquoi Georges ? Est-ce qu'ils auraient mal compris Joseph ? Va pour Georges.

Ils se retrouvent dans des arrière-salles de café. Des pièces sombres, enfumées, aux tables de vieux chêne, grasses de libations répétées et de festins de sardines ou de clovisses. On y boit la bière locale, ou l'absinthe, ou encore du ratafia et des rhums fleuris des îles lointaines. La tête tourne vite. Monsieur Georges s'y est habitué. Ils font des projets fous, parfois dangereux. Apporter ici ou là sur la côte des tonnelets de boissons fortes et non contrôlées par la douane, des cargaisons de cigarettes ou de cigares, importer du safran, de la cannelle, des herbes marocaines, de l'or même, pourquoi pas ? Ils parlent à voix basse, à l'abri du fracas des dominos, surveillent l'entrée de la gargote, se méfient des mouches et des espions, prennent des mines de conspirateurs. Monsieur Georges exulte. C'est l'aventure.

Outre les *Arapèdes*, un de leurs cafés préférés est *Lou Pesoulin*, *Le Voyou*, en retrait de la place Neuve, et tenu par un anarchiste roux à longues moustaches, René Giroux, dit « Reinard », le Renard. Le père Reinard a collé sur le mur, au-dessus de son comptoir et parmi bien des souvenirs, affichettes, fanions, photos jaunies d'anciens clients ou de navires, un long texte découpé dans *Le Messager de Provence*. C'est un passage du feuilleton d'un jeune écrivain du pays, Émile Zola, devenu célèbre à Paris depuis quelques saisons.

> Aviez-vous la naïveté de croire que tous ces millionnaires, que tous ces parvenus, que tous ces gens puissants qui vous dominent et vous écrasent aujourd'hui, sont de petits saints, des justes, dont la vie est sans tache ? Ces hommes étalent, à Marseille surtout, leur vanité et leur insolence ; ils sont devenus dévots et cafards ; ils ont trompé jusqu'aux honnêtes gens qui les saluent et les estiment. En un mot, ils forment à eux tous une aristocratie ; leur passé est oublié ; on ne voit que leur richesse et leur probité de fraîche date. Eh bien ! J'arrache les masques. Écoutez… Celui-ci a fait fortune en trahissant un ami ; cet autre, en vendant de la chair humaine ; cet autre, en vendant sa femme et sa fille ; cet autre, en spéculant sur la misère de ses créanciers ; cet autre, en rachetant à vil prix, après les avoir lui-même adroitement discréditées, toutes les actions d'une compagnie dont il était le gérant ; cet autre, en coulant un navire chargé de pierres en guise de marchandises, et en se faisant payer par la compagnie d'assurance le prix de cet étrange chargement ; cet autre, associé sur parole, en refusant de partager les chances d'une opération, dès que cette opération est devenue mauvaise ; cet autre, en dissimulant son actif, en faisant deux ou trois faillites et en vivant ensuite comme un homme de bien ; cet autre, en vendant pour du vin de l'eau de Campêche ou du sang de bœuf ; cet autre en accaparant les blés en mer pendant les années de disette ; cet autre en fraudant le fisc sur une grande échelle…

Il y en a encore des lignes et des lignes… Tous les habitués raffolent de ce passage des *Mystères de Marseille* qui leur semble traduire la crapulerie de la bourgeoisie locale. Même s'il n'aime pas du tout Zola dont il a lu les premiers romans en Pologne, Konrad trouve la tirade plutôt bien tournée et fidèle reflet, en fin de compte, de la mauvaiseté de l'espèce humaine.

Souvent un consommateur se plante devant le bout de journal défraîchi et lit à haute voix, le cliquetis des dominos cesse, tous écoutent religieusement la diatribe zolesque. Parfois, dans la salle, autour des tables, si un sujet politique est abordé et que la conversation s'envenime, quelqu'un se met à réciter « Aviez-vous la naïveté de croire… » ou encore « Eh bien ! J'arrache les masques… ». Et l'on change aussitôt de sujet, tout est joué en effet, la société est gangrenée de façon irrémédiable, il ne sert à rien d'en discuter plus avant…

Ils fument cigarette sur cigarette. Ou bien des cigarillos de Manille, ou encore des pipes de terre qu'on achète deux sous au bureau de tabac de la rue Saint-Ferréol. Parfois des havanes rapportés en douce par des marins rentrant des Caraïbes. Sinon, ils se partagent un scaferlati haché gros qui vient de Toscane, fort et assez goûteux mais qui brûle mal en grésillant. Quelques étrangers se mêlent à leur groupe, un vrai Américain, un Italien, deux Maltais, des Grecs éphémères. Tout en parlant, les conspirateurs louchent vers l'autre sortie de l'estaminet, la porte discrète de l'arrière, donnant sur une ruelle parallèle où il est facile de s'évaporer en une seconde. Trois ans après la Commune, la police est partout et peut vous arrêter sur un simple soupçon. Les dénonciations vont bon train. Il y a aussi la police militaire qui traque les marins, les insoumis ou les déserteurs de la Royale. Il y a les gabelous qui sont à l'affût de la moindre information. Il y a enfin des agents anglais, allemands, italiens, espagnols surtout. La crainte des espions règne dans Marseille... Ils boivent encore et encore.

— Pour Don Carlos ! dit l'un des Maltais.

— Don Carlos ? a demandé Konrad la première fois.

Baptistin explique.

— Le Prince, le Prétendant ! Écoute, tout a commencé il y a plus de quarante ans, l'histoire est tellement embrouillée que personne n'y comprend plus rien, une chatte n'y retrouverait pas ses petits... D'abord un roi, Ferdinand. Pas d'héritier mâle. Il a une fille, Isabelle. Il abolit la loi salique. Il meurt. Isabelle est couronnée, elle n'a que trois ans ! C'est sa mère qui assure la régence, la fameuse Marie-Christine de Bourbon. Mais c'est le frère cadet de Ferdinand, Charles, ou Carlos V, si tu préfères, qui aurait dû être couronné. Résultat, cinq ou six ans de guerre civile ! Les Basques en profitent et se battent aussi pour leur indépendance. Les carlistes perdent, se réfugient dans les vallées des Pyrénées. Carlos V, qui ne sera jamais roi d'Espagne, abdique en faveur de son fils, un autre Charles. Donc Carlos VI ! Les guérillas reprennent. Carlos, fait prisonnier, abdique en faveur de son frère Jean, qui, à son tour, abdique en faveur de son fils, encore un Carlos ! Parce que tous ces gens se figurent qu'ils sont les seuls vrais descendants du plus grand roi d'Espagne, Charles Quint ! Nous en sommes donc à Carlos VII. Entre-temps la petite Isabelle, qui avait bien grandi et pris les rênes du royaume, a été détrônée en 68, il y a six ans. Elle s'est enfuie en France où, telle la reine de la ruche, elle a continué à pondre. En tout elle a commis onze petits Bourbons, donc les guerres ne sont pas près de s'achever ! Les Espagnols ont alors un nouveau roi, cette fois c'est un Savoie, Amédée. Tu suis ?

— Non, à peine !

— Pas grave ! À Madrid, Amédée abdique. L'Espagne est ingouvernable ! C'est la République. Qui ne dure pas un an ! Coup d'État, un général, Serrano, prend le pouvoir. Nouvelle restauration, un fils d'Isabelle, Alphonse XII, devient roi, c'est l'actuel… Et toujours notre jeune Carlos, septième du nom, dans le maquis, entre la France et l'Espagne. Il a repris la guerre, il y a deux ans. Contre Amédée d'abord, contre la République ensuite, et maintenant contre Alphonse. Et il tient la Navarre. Une telle constance mérite l'admiration, même si ce preux chevalier s'est entouré des pires réactionnaires de la vieille Espagne, enfin on dit qu'il a quand même quelques velléités libérales. Et, après tout, il descend d'Henri IV et de Louis XIV, il pourrait bien devenir aussi roi de France, s'il le voulait !

— Il y a de la concurrence, semble-t-il !

— Oui, de belles rivalités en perspective ! Mais là où toute cette histoire devient intéressante, c'est que la République française ne peut et ne veut pas l'aider, bien au contraire, on peut donc tirer quelque profit de la situation. Le Prince n'a pas d'armes, ou trop peu.

— Et alors ?

— Les armes, ici, il y en a tant qu'on veut. Des fusils Gras tout neufs. De vieux chassepots. Des mausers assez récents. Des revolvers Chamelot-Devigne. « Je veux de la poudre et des balles », comme dit notre cher Victor ! Les armureries françaises, les italiennes aussi, et même les suisses, ne sont pas trop regardantes. Elles vendent à qui paye. Et les Pyrénées sont toutes proches. Deux jours de mer, on peut débarquer des tonnes de fusils, de poudre et de balles dans des petites baies tranquilles. Et certains agents de Don Carlos à Marseille ont pratiquement pignon sur rue. Ils engagent des hommes avec des primes intéressantes pour aller faire le coup de feu chez les partisans du Prince dans les montagnes…

Konrad a tenté de rapporter à Arthur tout ce qu'il savait de la cause espagnole. Les généalogies ennuient le vagabond mais le trafic d'armes l'intéresse.

— Mais toi ? dit Arthur. Que fais-tu ? Et comment se fait-il que toi, Polonais, tu sois venu jusqu'ici ?

A-t-il envie de dévoiler son passé ? Sa vie d'enfant, les péripéties étranges et bouleversées de ses dernières années ? Après tout, il ne connaît pas ce garçon, il ne le reverra sans doute jamais, il s'embarque dans quelques heures et, ce n'est pas une si mauvaise idée, il peut raconter sa propre aventure, elle ne manque pas d'intérêt.

— Ma famille a été déportée. J'ai perdu ma mère, puis mon père, plusieurs de mes oncles ont été tués et aujourd'hui personne ne peut dignement vivre en Pologne, un pays qui n'existe plus, partagé entre trois grandes nations, dominé, esclavagisé, même la langue est à peu près interdite. Le pays de Copernic, de Mickiewicz et de Chopin ! J'ai fui. Je suis citoyen russe, tu te rends compte !

Les choses s'étaient produites quand il était très jeune. Il garde des souvenirs précis de son père, Apollo, moins de sa mère, Ewa. Son père, patriote polonais de haute culture, avait fait de la prison pour ses idées, était devenu un héros de la résistance aux Russes. C'était un savant, un fondateur de revue, un formidable linguiste qui avait traduit en polonais Shakespeare, Victor Hugo et Dickens. Et aussi un poète, un dramaturge, un écrivain du grand mouvement romantique européen. Il prêchait pour une Pologne libre, fréquentait des anarchistes et des révolutionnaires. Ses activités de « rouge » lui avaient valu d'être condamné par un tribunal pour activités antirusses et d'être déporté avec femme et enfant. D'abord à Vologda. Convoi interminable commandé par des officiers russes, en plein hiver dans des provinces aux frontières indécises. La mère et l'enfant sont malades, en passant à Moscou, on sauve l'enfant in extremis. À Vologda, climat arctique, neige et glace, tristesse infinie.

Ils ne peuvent suivre que de loin, avec peu d'informations, l'insurrection de Varsovie, écrasée par les soldats du Tsar. Séjour qui dure deux ans. Puis on les envoie ailleurs, à Tchernigov. Ewa, déjà très fragile, a contracté la tuberculose. Elle a suivi son mari jusque dans ses refus politiques, elle s'est sacrifiée pour lui, elle voulait être institutrice, elle est toujours vêtue de sombre, comme les autres femmes du mouvement, en deuil de la vraie Pologne. Elle pourrait être sauvée si on lui permettait d'aller au bord de la mer Noire, à la chaleur, ou encore, comme beaucoup de Polonais à l'époque, sur la côte française de la Méditerranée. Elle meurt entre les bras de son mari, Konrad n'a pas huit ans. Le père continue à élever son garçon comme il peut. Il continue à écrire, à traduire. Son fils lit ses versions polonaises de Shakespeare et de Victor Hugo. Bref séjour chez son oncle Tadeusz, car l'enfant est malade. Sa grand-mère le ramène à Tchernigov, près d'Apollo. Celui-ci, atteint par la tuberculose lui aussi, a enfin le droit de revenir à Cracovie. Le fils va à l'école et retrouve son père, le soir, alité ou affalé devant le portrait d'Ewa, il fait ses devoirs au milieu du va-et-vient silencieux des religieuses qui s'occupent du malade. Agonie. Mort. Le jeune garçon ouvre le cortège funèbre, seul en tête, mais suivi d'une foule immense qui partage son deuil et pleure cette destinée implacable, insupportable, révoltante, polonaise.

Toute la ville est présente. Obsèques quasiment insurrectionnelles, défi à l'occupant. Konrad a onze ans.

Après diverses vicissitudes, des séjours chez quelques autres membres du clan, c'est l'oncle Tadeusz, frère de sa mère, et aussi sa grand-mère maternelle qui ont la garde du jeune garçon maladif. Il est donc un orphelin, l'un de ces innombrables orphelins de cette Pologne écrasée par les Russes, sous l'œil complice des Autrichiens et des Prussiens. Alors en exil, Apollo n'a pas participé à la révolte de 1863, mais l'un de ses frères, Teodor, a été tué. D'autres membres de la famille ont été fusillés ou arrêtés et envoyés en déportation, en Russie ou même en Sibérie. Beaucoup de Polonais de la résistance ont fui, en Amérique, en Italie, surtout en France, rejoignant tous ceux qui, comme Mickiewicz, Chodzko et d'autres, avaient depuis plusieurs années préféré mettre quelques frontières entre eux et la police tsariste. La Pologne est partout, sauf en Pologne ! Le jeune Konrad vit un sentiment de dévastation totale. Mais il a des cousins dans plusieurs pays, des cousins que soude une haine farouche pour le Tsar, ses cosaques et sa police secrète.

La seule façon de sortir de cette horreur avait été de se sauver. De se sauver le plus loin possible. Éloge de la fuite. Et Konrad croyait avoir trouvé la solution. Le capitaine Nemo ! Le proscrit, sans patrie, sans attaches, sans amour, devenu tout-puissant, et qui poursuit sur toutes les mers du monde sa vengeance qu'il veut impitoyable ! Ou encore, le thème est décidément à la mode en Europe ces années-là, Edmond Dantès, comte de Monte-Cristo, qui prépare avec patience pendant toute la durée d'une génération la riposte implacable à l'injustice qui l'a presque tué ! Donc, marin ! Oui, marin ! La liberté des océans, l'exil complet, la possibilité d'être au loin, oublié, ignoré, craint, et d'organiser, pourquoi pas, un retour triomphal et vengeur. Et, comme Dantès, il pense avoir trouvé lui aussi l'amour…

À la fin d'octobre, l'an dernier, comme le temps est au beau fixe et que les meilleures prévisions des augures de bistrot marseillais semblent dire que le soleil va persister, Viktor propose à Konrad et à Baptistin de l'accompagner à Hyères. Il compte aller chez sa sœur Thérèse, prévenue par télégramme, et emmener tout le monde passer la journée dans l'île de Porquerolles. Le dimanche matin, à l'aube, les trois compères prennent à Saint-Charles le train pour Toulon. À la gare, le docteur Milliot, le mari de Thérèse, un homme proche de la cinquantaine, les attend avec une voiture. Deux heures plus tard, ils parviennent boulevard des Îles-d'Or où le médecin possède sa pension de famille, l'*Institut climatologique*, qui accueille des phtisiques et divers convalescents, essentiellement des compatriotes.

Arrêt, les voyageurs descendent, se détendent. Le docteur Milliot appelle Thérèse, sa femme, qui sort sur le perron. Embrassades avec son frère et Baptistin. On lui présente Konrad. Le jeune homme est médusé. Elle est beaucoup plus jeune que son mari, elle a sans doute à peine plus de vingt ans. Elle est belle. Il bafouille un peu. Les voyageurs entrent dans l'institut, se restaurent, prennent le café, Thérèse présente aux visiteurs ses bébés, une fille, un garçon, puis les confie à la bonne. Elle a préparé un pique-nique. On charge les paniers et l'on repart, cette fois avec deux voitures, la première à deux chevaux, où montent Viktor, Baptistin et le médecin qui conduit, et une plus petite, tirée par un seul cheval, qui accueille Konrad et Thérèse.

Le jeune homme tient les rênes, ce qui le force à regarder droit devant lui. Il ne peut s'empêcher de jeter de temps à autre un coup d'œil vers sa voisine. Il est troublé, elle est un peu sa réplique, front haut, grands yeux, nez fin, pommettes saillantes, bouche menue, une vraie Polonaise. Elle pourrait être sa sœur. Thérèse l'interroge sur ses projets. Il a du mal à lui répondre avec naturel, il est ému.

Thérèse lui raconte quelques bribes de sa vie. À Paris, chez ses parents, elle a vécu les pires moments de la guerre et du printemps 71. Le siège puis la Commune. Au marché Saint-Germain, on achetait du castor, du chat, du chien, et même, à la fin, du rat ! Et puis plus rien… Après, à la fin de ce mai tragique, tout le quartier a résonné des fusillades dans le jardin du Luxembourg. Pendant plusieurs jours. Le massacre était tel qu'un ruisseau de sang coulait dans le caniveau de la rue de Tournon, devant chez les Chodzko, jusqu'au boulevard. Ils restaient terrés, volets fermés, ils n'osaient plus sortir. Et lorsqu'ils étaient obligés quand même de le faire, ne serait-ce que pour chercher à s'approvisionner, il leur fallait enjamber les cadavres empilés sur le trottoir et franchir ce ruisseau rouge. Thérèse fait un signe de la main, montrant tout le paysage. Comment imaginer ces scènes lorsqu'on se trouve devant de pareilles splendeurs ?

Le convoi suit la route de la plage puis longe l'isthme. À gauche la bande de sable, éclatante, la rade d'Hyères, très bleue, calme, et les îles toutes proches dans le soleil ; à droite l'étang des Pesquiers et le golfe de Giens, d'un bleu plus clair, et légèrement plus agité. Konrad découvre aussitôt un décor d'aventures et de passions. Il se promet d'y revenir le plus souvent possible. La route monte ensuite à travers les pins qui jaillissent par touffes entre les rochers puis elle redescend vers la mer. À la Tour Fondue, on détache les chevaux, qu'on laisse à l'écurie de l'auberge avec les deux voitures. On transporte les paniers sur le pont du petit vapeur prêt à appareiller. Tout le monde semble joyeux. Pendant la traversée, Konrad découvre l'île du Grand-Ribaud, la petite passe, les pointes de l'île, la masse imposante de la végétation qui couvre Porquerolles. Les excursionnistes débarquent sur la jetée et s'avancent jusqu'à la place du hameau, quelques jolies maisons et une église, vieux platanes et palmiers. Ils prennent la route du cap d'Armes, marchent à travers la forêt de pins où s'ouvrent des clairières de lauriers, de bruyères et de lavandes, puis des bouquets d'eucalyptus, un tourbillon étonnant d'odeurs toniques.

Ils s'arrêtent au pied d'un énorme eucalyptus au tronc écailleux. Thérèse dépose le contenu des paniers sur une nappe blanche bordée de fleurettes rouges. Des pains, des pâtés, de l'anguille en gelée, de la langouste, des fromages de chèvre, des gâteaux, et deux fiasques de vin de Bandol. On se presse autour de la nappe. Viktor entonne une chanson polonaise que Konrad et Thérèse reprennent en chœur. Viktor ouvre la première fiasque et tend les verres.

— Dommage, dit le docteur Milliot, ce n'est plus la saison des cigales…

À la fin du repas, les hommes, qui ont beaucoup bu, s'allongent. Baptistin et le médecin somnolent déjà. Viktor conseille à Konrad de pousser jusqu'au bout de la route pour découvrir la vue extraordinaire qu'on a sur la Méditerranée depuis le cap d'Armes.

— Loin ?

— Oh, encore un peu plus d'un kilomètre, une broutille.

— Je l'accompagne, dit Thérèse. Je connais le chemin.

Les jeunes gens partent à travers les futaies, suivant le chemin forestier bien tracé. Ils parviennent aux rochers sauvages de la côte sud, au pied du phare. Ils restent un long moment sans parler, face à la mer. Le vent décoiffe Thérèse, met à mal son chignon, elle ne fait rien pour arranger sa coiffure. Elle est superbe. Konrad est amoureux. Il comprend que depuis le matin il est la proie de ce que les Français appellent « coup de foudre ».

Le soleil est déjà bas, il faut rentrer, retrouver les autres. Comme ils longent un taillis plus épais, elle lui prend la main.

— Viens ! dit-elle.

Elle l'entraîne. Elle s'arrête, approche son visage du sien, prend ses lèvres. Elle l'embrasse à pleine bouche, quelque chose qu'il n'a jamais connu, un délice étourdissant, et tout son corps à elle tremble contre lui. Ils glissent sur le sol, enlacés, elle pleure.

— Tu pleures ?

— C'est de joie. Je t'aime.

Ils s'étreignent encore plus violemment. Elle dévore sa bouche. Après tout, elle est bien plus savante que lui en ces jeux et sans doute il peut tout oser. Sa main descend vers le bas de la robe qu'il relève, il explore ses légers jupons, ses doigts découvrent la chair tiède de sa cuisse, il remonte doucement le long de la peau fine, elle le laisse faire. Soudain, elle se reprend, se détache de lui, se lève en titubant, brosse sa robe.

— Il ne faut pas, dit-elle. Pas maintenant. Et puis c'est trop dangereux, on pourrait nous surprendre. Plus tard…

— Mais quand ? Comment se revoir ?

— Tu reviendras. Ou bien j'irai à Marseille.

— Ton mari ?

— Je trouverai bien. Il faut que je te revoie !

Il est totalement envoûté. Une femme qui l'aime et qui s'offre à lui…

Elle replace avec art les quelques épingles qui lui restent. Elle ôte des aiguilles de pin piquées dans les vêtements de Konrad, il fait de même avec elle, il tremble en la touchant. Il ne peut s'en empêcher, il la serre dans ses bras. Elle rit, s'abandonne avec tendresse.

— Non, il faut arrêter, je ne pourrais pas te résister ! Arrête tout de suite !

Quand ils reviennent au petit campement, les autres sont assis au pied de l'eucalyptus, ils jouent aux cartes en achevant la seconde fiasque de bandol.

— Il ne faut pas rater la navette, dit Thérèse avec le plus grand naturel.

Et elle donne le signal du départ. Konrad se tait. Il est trop ému encore. Viktor lève les yeux et le regarde. Comme s'il avait tout deviné.

Sur le port, un grand calme maintenant. Les terrasses sont vides. Seuls quelques consommateurs traînent encore, plusieurs assez éméchés.

— Ainsi, tu es marin ? demande Arthur.

— Pas encore complètement ! Je n'ai fait qu'une traversée. Je suis arrivé ici en octobre, l'an dernier. En décembre, j'ai embarqué comme simple passager ou apprenti si tu veux, sur un trois-mâts barque. Voyage de près de six mois, les Antilles. Retour le 23 mai, il y a un mois. Et je repars demain sur le même vieux rafiot, cette fois comme pilotin. À nouveau vers les Antilles avec quelques ports en plus…

— Et tu aimes naviguer ?

— Je me le demande ! Oui et non. On voyage, certes. Mais la vie à bord est dure, bien plus dure que sur les vapeurs, qu'ils soient cargos ou paquebots. Le confort est tout à fait absent. On n'a pas de vie à soi, pas de cabine personnelle. On ne peut guère s'isoler. On est toujours mouillé. On a le mal de mer. Les manœuvres sont souvent très difficiles…

— Je ne sais pas si j'aurais envie d'être marin… Je crois que je préfère la marche à pied, ou le cheval, ou la voiture… Que faut-il faire pour être marin ?

— D'abord regarder les autres. Ensuite apprendre les mots, les marins ne parlent pas comme tout le monde. Et puis les nœuds, le gréement, les voiles, les vents, les étoiles, les manœuvres, il faut savoir barrer, et aussi savoir manier les instruments de navigation, compas, sextant, chronomètre, tout le reste… Mais tout ça se fait peu à peu. Après, quand on a l'âge, on passe des brevets, il y a des grades, comme à l'armée ! Il y en a qui vont dans des écoles. On peut aussi apprendre sur le tas, comme on dit.

— Beaucoup de promiscuité, donc ! Moi, j'aime la solitude !

— Oui, « un métier de chien », dit mon ami Baptistin. Et lui s'est retiré. Je crois que les marins aiment surtout les ports et les escales !

Au cours des quelques semaines marseillaises, avant son premier embarquement, Konrad a eu le loisir de contempler les bateaux amarrés dans le port. Toute une armada de balancelles et de tartanes, voiles latines, un ou deux mâts et parfois un foc, des barques aptes au cabotage, remplies des marchandises locales les plus diverses, et même parfois les plus louches. Elles transportent les poteries de Vallauris, les belles pierres de Cassis, le sable de Montredon. Et, le soir, du tabac, des alcools de toute la Méditerranée, des résines de pavot, de drôles de ballots sur lesquels veillent jalousement marlous et ruffians aux allures menaçantes. Des felouques équipées d'une voile à livarde sur un mât très avancé. Des gozzos sardes, à voiles arabes, s'aventurent jusqu'à Marseille pour y vendre des poissons rares dans la région, requins, espadons, raies. Des navicelles génoises apportent le marbre de Carrare et le charbon de bois piémontais : grand-voile à corne, flèche, voile de misaine, foc et voile d'étai. Des lanchas maltaises, peintes de couleurs trop vives et à deux voiles latines, traversent la Méditerranée pour on ne sait quelles affaires ténébreuses.

Des barques catalanes pointues aux deux bouts, elles aussi, bariolées à outrance de motifs zigzaguants, chargées de pastèques, de tomates et de melons. Des bovos italiens livrent blé et vin de Toscane et, au sortir du port, spectacle magique, filent joliment de toute la puissance de leur voilure baroque, voile latine, tapecul, deux focs amurés sur un long bout-dehors pointu et même parfois un petit hunier au sommet du mât. Des mistics espagnols à trois mâts, mêlant voiles latines et voiles carrées, font du cabotage le long des côtes espagnoles, algériennes ou marocaines et ne dédaignent pas de venir proposer en Provence quelques marchandises ibériques gourmandes, poivrons, miel, touron, vin de Jerez. Et des balancelles encore, chargées de tonnes d'oranges des plantations d'Andalousie ou des Baléares, à peine amarrées, déversent à même le quai leurs précieux trésors ; lorsque c'est terminé, les gamins se bagarrent avec les oranges blettes ou pourries laissées sur place, un vrai bonheur, le port est bientôt couvert de taches orangées sur lesquelles les gabians voraces plongent avant de s'enfuir aussitôt comme dégoûtés. Les combats à l'orange font désormais partie du folklore marseillais. Et puis les embarcations de la région, bettes de

Martigues ou de Sète, lamparos, bateaux-bœufs qui naviguent par couple au large en tirant le chalut pour capturer le thon, ressource si recherchée de cette mer généreuse, pointus, barquettes, sandales affrétées pour la pêche, le transport, la livraison de fruits et légumes, sans oublier les barques informes et sans nom pour tous les trafics étranges auxquels semblent se livrer une bonne partie des marins provençaux.

Ces embarcations, arrivant au mouillage, se glissent entre les goélettes, les trois-mâts, les cotres britanniques, les brigantins, ou bien se font toutes petites au flanc d'un orgueilleux clipper américain en escale, que des foules béates viennent admirer le soir en famille. Et le reste du port est encombré de barques de pêche, chaloupes, chalands, gabarres, pontons, radeaux, auxquels il faut ajouter les nouvelles barques à vapeur flanquées de leur ridicule tuyau de poêle, et puis l'éternel et informe cure-môle qui veille à la profondeur du port sans cesse envasé en extrayant chaque jour des tonnes d'une matière noirâtre et fétide qu'une grosse barque va rejeter au large de Sormiou, et la marie-salope aux lourds flancs d'acier qui emporte, dans un cortège d'oiseaux criards, sa charge ignoble des poubelles de navires pour la vider bien plus au large, après le phare du Planier. Et encore les gros bateaux lesteurs chargés à ras bord de blocs de pierre ou de gueuses de fonte destinés à parfaire le lest des grands voiliers chancelants. Enfin les bateaux-pilotes, obstinément voués à la voile, mais pour combien de temps encore ?, et qui, eux, naviguent toute la journée et même souvent la nuit juste avant l'aube pour aller quérir les vaisseaux s'approchant de la côte et les mener vers leur mouillage avant de revenir s'amarrer sagement à l'entrée du canal, au pied du fort Saint-Jean.

La fastueuse diversité de coques et de gréements a aussitôt fasciné Konrad. On dirait une nouvelle histoire naturelle qui n'attendrait que son Darwin, tant de formes déployées, produits de milliers de traditions, d'habitudes, d'inventions locales, d'imitations améliorées de recettes anciennes depuis Homère et les Grecs, sans doute même bien avant, au point que leur déclinaison semble infinie, les toiles, les cordages, les bordés, les mâtures, les roufs, les ponts, les barres et leur safran, mais conservant toujours dans leurs formes élancées, ou au contraire dans leurs corpulences massives, dans leurs voilures, tantôt exubérantes, tantôt dépouillées, dans leurs gréements élégants, dans leurs bricolages savants, les meilleures façons de capter le vent, d'équilibrer les masses du fret, de protéger la cargaison, de fendre au mieux les flots résistants, de filer avec la plus grande vélocité possible vers des havres lointains presque imaginaires.

Le port est une leçon d'histoire maritime. Il a également ses revers. Un matin, Konrad erre au bord des quais sans trop savoir où aller, il est intrigué par une puanteur agressive. L'odeur, épaisse comme une soupe aux pois, est là pour des jours entiers. Ça stagne. Avec le vent, ça s'effiloche un peu. Ça revient, parfois plus intense encore. Ça prend à la gorge, ça vous donne la nausée. Mille blagues en ville. Les gamins des rues et les chansonniers se moquent de l'eau du port « *que toumbo nuech e jour li mousco a la voulado* », qui tue nuit et jour les mouches à la volée. Et aussi les rats : beaucoup flottent, pattes dressées et ventre gonflé, comme des petites bouées, entre les coques des barques. Les édiles ont tout tenté, d'énormes tuyaux dévalant à travers la ville depuis le palais de Longchamp, pour amener l'eau du canal de la Durance et purger un bon coup le bassin engorgé, ça n'a fonctionné qu'une courte saison. La drague qui travaille tout le jour et souvent même la nuit, le ramassage des déchets des bateaux, rien n'y a fait. Les égouts des quartiers voisins se déversent là et chacun y jette aussi ses ordures. Le port est devenu une lagune putride, un bouillon gras et gris où même Pasteur ne retrouverait pas ses microbes. À moins, au contraire, que cette mixture de mort ne soit le marécage originel donnant naissance à la vie, la continuation de la maremme du Lacydon grec. Un avant-goût, pour les marins en partance, des marais, des vasières, des estuaires et des mangroves qu'ils vont bientôt rencontrer à l'autre bout du monde mais qui pourtant, on le sait, sous leurs aspects fangeux et méphitiques, sont le limon fécond de flores et de faunes les plus riches et les plus étranges. Parfois la puanteur disparaît pour un temps, quelques jours, on n'y fait plus attention, il y a même des garçons qui se baignent aux Pierres plates, derrière le fort, applaudis par les grandes sœurs ou les mères restées sur la berge. On oublie les miasmes, les fermentations, les bulles de gaz puant, les dysenteries, les furoncles, le choléra, la peste même, les eaux semblent redevenues belles…

Baptistin connaît des courtiers, des capitaines, des responsables de chantiers navals, bien d'autres notables encore. Une de ses tantes est la femme du vieil armateur César Delestang. Il présente Konrad au fils de César, Jean-Baptiste, un homme d'une soixantaine d'années, favoris blancs assortis à la moustache tombante, il partage avec son vieux père la responsabilité de la compagnie d'armement Delestang et fils. Attention, le monsieur est un royaliste forcené qui rêve de restaurer les Bourbons en France comme en Espagne, il écrit des billets pour les journaux conservateurs, ne pas trop discuter politique avec lui ! Le jeune Polonais a fait état de ses quartiers de noblesse ; il plaît aussitôt à Delestang, qui lui promet une place sur l'un de ses deux voiliers. Il est invité plusieurs fois aux soirées que donne sa femme, vingt ans de moins que le mari. La quarantaine flamboyante, elle est fort belle, ronde, souriante, volontiers aguicheuse. Autour d'eux quelques nobles provençaux qui descendent parfois de leurs castels ou de leurs bastides d'Aix, des barons de plus récente noblesse, de grands bourgeois partageant les mêmes idées monarchistes, armateurs, savonniers, industriels, propriétaires d'immeubles, quelques militaires gradés et décorés, des politiciens locaux. Ils se rapportent des nouvelles, des anecdotes, des propos qu'on ne trouve guère dans les journaux. « Le Prince », « la Princesse », « le Prétendant », « le Duc », « le Comte », « Monseigneur »… des mots qui surgissent à tout propos. Dans leur façon de prononcer, on perçoit des majuscules un peu partout. Konrad n'est pas très à l'aise dans ce milieu franchement réactionnaire. Lorsqu'on lui demande d'évoquer les aventures politiques de son père, il simplifie, il édulcore. Il ne dit pas que les siens étaient considérés en Pologne comme des « rouges ».

Madame Delestang s'est prise d'affection pour lui, une affection toute maternelle, lui fait-elle comprendre à plusieurs reprises. Il lui dit « Madame ».

— Enfin, mon petit, appelez-moi Marie-Thérèse !

Elle organise pour lui des visites, le musée des Beaux-Arts, le Grand Théâtre, la Bourse. Elle le prend en voiture et le garde pour la journée, l'entraînant vers midi aux meilleures tables de la ville, surtout celles qui sont réputées pour leurs pâtisseries, elle raffole des desserts. Après le déjeuner, ils se rendent au Prado où la voiture va et vient, tourne dans les allées du bord de mer. Marie-Thérèse salue les autres promeneuses des calèches et des tilburys. On chuchote. On doit le croire le jeune galant de la dame. Il n'en rougit pas, s'en amuse plutôt. Elle semble heureuse de ces quiproquos qui lui procurent émotion et fierté.

Marie-Thérèse Delestang rêve de faire bâtir une villa sur la Corniche. Elle y emmène son protégé. Ils dépassent l'anse des Catalans et sa tour, puis le pont des Auffes dont toute la ville est fière, sauf les habitants de la calanque pour qui l'horizon est définitivement bouché par cette barre de pierre grise. On arrête la voiture, on descend, on se penche, des barques, encore des barques, et des filets qui sèchent au soleil. On repart, on longe les villas avec grottes, rocailles, cascades et bassins, leurs jardins encombrés de plantes grasses et d'arbres rarissimes. Et le château Talabot ! Paulin Talabot, c'est le Nabab, le marquis de Carabas du pays, l'homme du PLM et de la Compagnie des Docks. Mme Delestang montre à Konrad le terrain proche qu'elle rêve d'acquérir, une sorte de butte abrupte sur laquelle elle verrait bien une vaste maison, aérée de larges fenêtres, et une terrasse formant belvédère, enfin, sur le côté, un petit kiosque pour s'asseoir à l'abri du vent et rêver face à la mer…

Konrad est ému par le babil naïf de Marie-Thérèse. Issue d'une famille noble de Provence, c'est une femme mûre, réfléchie. Et pourtant, elle a des rêves de petite fille. Il est perplexe, il ne parvient pas à interpréter tout à fait ces chimères. Il ne sait comment partager ses projets, ses rythmes de vie, apprécier ses parures et ses atours, ses gourmandises et ses sensualités débordantes, ses robes et ses parfums, ses alanguissements et la crudité palpable de sa chair. Lui qui n'avait qu'une idée en tête, s'embarquer, est maintenant fortement attiré par elle, il s'imagine souvent serré dans ses bras à la fois maternels et tendrement amoureux. Elle s'immisce même la nuit dans ses rêves, prenant la place de l'autre, l'autre Thérèse.

Il est tard, bien au-delà de minuit, la terrasse est déserte, les cafés ont fermé, empilant chaises, tables et parasols, repliant les vélums à rayures jaunes et vertes ou bleues et roses. Des silhouettes commencent à surgir des ruelles du quartier. Des pêcheurs avec des paniers, du matériel, des cabans sous le bras. Ils s'accoudent un instant au bar ou bien viennent s'asseoir sur la terrasse pour un café noir vite avalé avant l'embarquement.

— Je pourrais toujours travailler comme pêcheur, dit Arthur.

— Oh là ! Ici on fait la pêche de père en fils, on emmène les neveux, les cousins ou les voisins, on n'engage que rarement des étrangers, surtout s'ils ne sont pas italiens !

— ... Et puis, je ne suis pas sûr que j'aimerais tellement tripoter du poisson toute la journée !

— Non, c'est un métier dur et assez peu gratifiant !

— Et si je veux m'engager comme portefaix ? Crois-tu que je gagnerais bien ma vie ?

— C'est très mal payé, un métier d'esclave. En outre, tu es si... si... mince que tu auras du mal à porter les charges. Et les portefaix, c'est comme les pêcheurs, ils n'aiment pas la concurrence. Et ce sont des brutes bagarreuses. Mais tu peux toujours essayer...

— Où faut-il aller pour ça ?

— Ça se passe de très bonne heure le matin. Vers quatre ou cinq heures. Ils engagent parfois des gars en quantité, cela dépend des arrivages de navires. C'est de l'autre côté, près de la Compagnie des Docks, place de La Joliette.

L'antique Lacydon autour duquel vivait la plus grande partie de la ville avait son double. Le bassin oblong n'avait pu faire face à l'afflux des trois ou quatre-mâts géants affrétés pour le commerce ni surtout à ces nouvelles coques monumentales, toutes d'acier, et mues par d'encombrantes machines à vapeur. Ventrus, brassant les fonds vaseux de leurs hélices plus hautes qu'un homme ou de leurs roues à aubes dignes de minoteries industrielles, se nourrissant de montagnes de charbon et de citernes d'eau, ces navires n'auraient pu tenir dans l'étroit et millénaire enclos qui s'ouvrait au cœur de la ville. Au cours des quarante dernières années, Baptistin lui avait expliqué cela, toute la façade de mer qui s'étendait au nord, au-delà de la colline du Panier, avait été patiemment grattée, arasée, creusée, alignée. Remparts romains, tours de défense, maisons de pêcheurs, moulins, rues, chapelles, routes et chemins avaient été réduits en bouillie. Pavés, moellons, gravats avaient rejoint les milliers de tonnes de terre et de pierrailles arrachées aux collines voisines puis déversées dans la mer afin de combler la pente abrupte du rivage, travaux gigantesques qui s'étaient prolongés saison après saison, mobilisant des armées d'ouvriers mais aussi pas mal de bagnards de Toulon, et progressant peu à peu vers le nord, colonisant tout cet espace, d'abord la rive de La Joliette, puis celle d'Arenc, allant bientôt doubler la Madrague. Digues, quais, bassins, phares, dépôts de bouées et balises, formes de radoub, écluses, routes, voies ferrées, gares, passerelles, ponts mobiles, docks, hangars avaient envahi cette rive et créé ce nouveau paysage sans fin, austère et gris, sans la moindre grâce, mais monument orgueilleux à la gloire du commerce, dominé par les imposants bâtiments de la Compagnie des Docks, les plus grands immeubles de France, 365 mètres de long ! Autant de mètres que de jours dans l'année ! On avait alors commencé à dire le « vieux » port et c'était devenu le « Vieux-Port » avec tiret et majuscules, s'il vous plaît !... Ou plutôt le *Vièi-Port*, comme ils disaient dans leur langue.

Ici, à La Joliette, les navires avaient une autre dimension. Bassin après bassin, mêlée aux grands voiliers, une flottille de paquebots aux formes incroyables. Plusieurs des steamers conservaient le gréement des anciens trois-mâts, mais une distance accrue entre le grand mât et l'artimon laissait place à une mince cheminée crachant tantôt sa fumée noire, celle du charbon, tantôt la blanche, celle de la vapeur, témoignage de machines invisibles transmettant aux immenses roues à aubes des deux bords, ou bien aux hélices cachées sous l'eau, toute la puissance de leur chaufferie infernale. Parfois, c'était même deux cheminées parallèles ou bien une enfilade de deux, trois fûts d'acier. Seules quelques petites coques, remorqueurs, barques de pêche, bateaux-pilotes, avaient abandonné les grandes mâtures et se contentaient d'une modeste antenne qui, en cas de besoin, pouvait bien en effet accueillir une voile.

Ce côté de la ville était bien différent de l'ancien port. On ne pouvait accéder aussi facilement aux bords des quais. Les voies ferrées longeaient la rive et des dizaines de wagons de marchandises ou de wagons plates-formes séjournaient là, chargés de grandes balles cerclées de rubans de fer, de sacs de jute pleins, céréales, cafés de Moka, riz, cacahuètes, coprah, thé, aloès, ricin, dattes... Tonneaux de vin, sel, salpêtre, savon... Pièces de construction ou de rechange, poutres de bois, poutrelles de fer, tôles, barres d'acier... Un peu à l'écart, des empilements géants de peaux de chèvre puantes. Autour des rails, des charrettes attelées allaient et venaient, tirées par des chevaux ou des mulets tristes et patients, déchargeaient navires et wagons, ou bien apportaient leurs cargaisons depuis les entrepôts dans un désordre indescriptible que personne ne semblait gouverner et qui était souvent la source de conflits brutaux. En face des quais, des hangars où s'empilaient les marchandises les plus hétéroclites, les unes en vrac à l'air libre, les autres sous d'immenses bâches lestées, et aussi des abris plus nobles où patientaient les voyageurs, descendus au petit jour des trains du PLM qu'une voie ferrée prolongeait jusqu'à la gare maritime.

Les abords du port étaient ponctués par des collines de charbon, tantôt en plein air, tantôt protégées de la pluie par des toits posés sur pilotis. D'autres piles colossales, les bois précieux débarqués des cargos qui faisaient les côtes de l'Afrique ou du Canada, des troncs massifs et odorants, à la tranche frappée de signes cabalistiques peints au goudron ou au minium, teck, ébène, okoumé, pitchpin, palissandre, acajou, camphrier. Dressées çà et là dans ce paysage, les citernes pleines de l'eau douce apportée de la Durance par tout un réseau d'aqueducs et de canaux, destinée aux réservoirs des navires.

On voyait des empilements de canots de sauvetage posés à même les quais ou montés sur des roulettes, de manches à air et de tronçons de cheminées pour les vapeurs. Au flanc de cabanes de planches au toit goudronné s'entassaient des centaines de cageots, s'ouvraient de vastes enclos à bestiaux, des poulaillers grouillants, vivres destinées aux paquebots et aux cargos prêts à appareiller pour des semaines de navigation.

Les Marseillais venaient là le dimanche, essayaient de s'approcher des quais au prix de maints détours dans le labyrinthe des cargaisons, se répétaient avec gourmandise les noms qui les faisaient rêver, *Équateur*, *Éridan*, *Danube*, *Meikong*, *Amazone*… Ils consultaient avec zèle, comme s'ils se sentaient eux-mêmes concernés, les tableaux d'affichage où s'inscrivaient jour après jour arrivages et partances, dates et heures d'appareillage, escales aux noms magiques, Constantinople, Alexandrie, Suez, Colombo, Bangkok, Saigon, Shanghai, Sydney, Nouméa, Papeete… Parfois, un chemin bien balisé leur permettait d'approcher des zones d'embarquement et, grâce à des visites organisées, une petite foule choisie découvrait avec surprise ces navires géants qu'on appelait depuis peu « transatlantiques », même si leur destination était le Pacifique, ces ponts où l'on pouvait jouer au badminton ou au palet, faire la sieste dans de confortables chaises longues ou tirer au pigeon d'argile, ces enfilades de coursives chamarrées, ces grands salons baroquisants avec pots de cycas ou de cactus, pianos à queue, pistes de danse, canapés de cuir rouge pour riches voyageurs désœuvrés, ces bars de vingt mètres de long sous leurs murailles de bouteilles bariolées, ces salles à manger impériales pouvant accueillir trois cents convives, ces escaliers d'opéra à double volée et cariatides, ces cabines douillettes à hublots de cuivre et placage d'acajou. Des Marseillais curieux se donnaient du rêve pour toute la vie. Konrad s'est une fois plié au rituel. Il a admiré mais ce n'est pas son monde. Aux cabines douillettes, il préfère les dures couchettes ou les hamacs des grands voiliers qu'il sait pourtant moribonds.

Konrad court, il a besoin de se dépenser, il double tous ces beauprés « arrivant sur la berge comme des rangées de baïonnettes », comme l'a joliment écrit trois ans plus tôt Alphonse Daudet, l'un de ses écrivains favoris, il longe les maisons de pêcheurs et les filets accrochés en plein vent avec leurs maigres festons d'algues sèches et les paillettes brillantes des écailles oubliées, il fonce jusqu'à la passerelle au-dessus de l'étroit canal de Saint-Jean, celui qui joint le Vieux-Port à La Joliette, il va rejoindre ses meilleurs amis, ceux que Baptistin lui a présentés, les pilotes de la ville. Ils l'ont accueilli avec joie l'automne dernier, et il les a retrouvés dès son retour des Antilles, il y a tout juste un mois. Ils ne sont pas comme les matelots de son premier embarquement. Ils ne s'étonnent ni de sa mise de jeune bourgeois ni de son air enfantin, ni de son parler raffiné ni de son drôle d'accent. Il veut naviguer ? Pas de problème, bienvenue à bord ! Leurs barques sont rangées, à l'abri des vents, entre le fort et la butte de Saint-Laurent. Ils sont là, toujours prêts à appareiller, jour ou nuit, pour aller assister les navires signalés par le sémaphore du Pharo ou par le télégraphe électrique de la Capitainerie.

Les pilotes sont les aristocrates du port, des artistes, savants, adroits, malins, qui font entrer les navires dans les chenaux, les guident vers leurs appontements, les dirigent jusqu'à des atterrages précis, ou encore les font se faufiler avec élégance au travers de passes délicates, enfin les font sortir de tous ces lieux contournés souvent plus dangereux que le plein large. Ils donnent des ordres, aux timoniers, aux matelots, aux officiers, aux lamaneurs… Tous leur obéissent, même le capitaine. Ils sont alors les rois du navire et des quais. Leur rôle de grand chef dure peu cependant. Revenus à leur appontement, ils ne sont plus que de simples marins.

Dès leur première rencontre, Konrad appareille avec eux. Il est trop peu vêtu. Ils lui prêtent un lourd caban de drap bleu doublé de lapin. Il l'enfile, ça l'énerve un peu. À peine sorti du port, il se rend compte que c'est un cadeau des dieux ! La mer est froide, toujours, même au cœur des jours les plus chauds de l'automne embrasés par un étouffant sirocco saharien. Il a tout à découvrir du métier de marin. Il se pliera désormais aux apparents caprices de ses amis. Les pilotes foncent vers l'ouvert de la rade à la faible vitesse de leur modeste voilure. Ils sont lents, bien plus lents que les vapeurs ou même que les grands voiliers arrivés droit du cap Horn et passablement meurtris. Ils seront pourtant au rendez-vous au bon moment, des heures plus tard. Toujours peu de mots. « *Leva l'amargo ! Sourgi l'ancro ! Larga velo !* » Lève l'amarre ! Lève l'ancre ! Largue la voile ! Facile à comprendre…

Il faut manœuvrer vite et bien, sortir par n'importe quel temps. Pas question de se dérober. Certains jours les vents rendent le goulet à peu près impraticable à la voile. Souvent les pilotes attendent dans un mouillage de l'archipel, guettent l'horizon, jouent aux cartes ou aux dés, se racontent des histoires de famille, des histoires de quartier, faits divers et intrigues politiques mêlés, leur patience est infinie. Quand, enfin, le navire est proche, ils ne perdent pas une minute, l'abordent, minuscules et fragiles au pied des murailles d'acier ou de bois, on se hèle, on se salue, on se retrouve parfois à grands cris, on leur jette l'échelle de corde, un des pilotes de service monte à bord et la barque suit l'encombrant visiteur vers La Joliette ou, plus rarement, vers le Vieux-Port, avant de revenir à son poste de veille habituel. On laisse Konrad tenir la barre du bateau-pilote…

Il est pris par toutes sortes d'affaires. Les conspirations de ses amis des cafés. Ils sont prêts à rejoindre les carlistes de l'autre côté de la frontière espagnole, à leur vendre leurs mausers et leurs chassepots, peut-être à faire le coup de feu avec ces furieux Espagnols. Il continue ses errances dans la ville. Il est accaparé par Marie-Thérèse qui le conduit dans le grand monde, le fait parler, il parle bien pour un si jeune homme, les dames l'apprécient. Mais il se lasse d'être pris pour un singe savant. Jean-Baptiste Delestang, sans doute pour se débarrasser de l'encombrant sigisbée de sa femme, lui a proposé de s'embarquer sur le *Mont-Blanc*, un trois-mâts barque de la compagnie commandé par le capitaine Duteil. Il lui faut accumuler beaucoup de jours de mer s'il veut devenir un vrai marin. Il sera d'abord un observateur, un apprenti. Il est obligé d'accepter, bien sûr. Il se sent mou, indécis, il est triste.

Dans les premières semaines de novembre, il s'est mis en tête de revoir Thérèse mais ne trouve aucun argument pour retourner à Hyères. Il rencontre souvent Viktor. Au cours de leurs conversations, l'air de rien, il demande des nouvelles des Milliot. Rien à signaler. Viktor va une fois ou deux rendre visite à sa sœur mais ne propose pas à Konrad de l'accompagner. Et les jours passent, la date de l'appareillage approche, sa mélancolie amoureuse est de plus en plus accablante. Il est prêt à se rendre avenue des Îles-d'Or sous n'importe quel prétexte et à débarquer à l'improviste dans la maison. Avec des bouteilles par exemple. Après tout, ce sont des mœurs polonaises. On aime la fête chez les exilés.

Il peut même faire semblant d'arriver là-bas déjà un peu éméché…

Une nuit, alors qu'il est allongé et bouquine à la lumière jaune du bec de gaz de la chambre, on gratte à la porte. C'est Thérèse. Elle se jette dans ses bras sans rien dire. Elle le pousse vers le lit, lui ôte sa chemise dans une tornade. Il n'a pas l'habitude des robes et des falbalas, mais elle est venue pleine d'arrière-pensées, elle est nue sous sa robe et son jupon, elle est enfin dans ses bras. Il est ébloui. La première fois ! Comme pour sa première vision de l'océan à Venise. Mais là, c'est tout autre chose, une douceur sauvage, un effarement des sens qu'il n'a jamais connu, même dans ses rages nocturnes solitaires…

Elle est heureuse, elle a de délicieux petits râles, des souffles, et aussi des mots, des mots amoureux, des désirs crus. Jusqu'à l'aube, ils inventent des enlacements, des caresses, des surprises. C'est elle qui le plus souvent prend l'initiative, elle ne craint pas de le bousculer. Ils s'endorment dans les bras l'un de l'autre, repus, le soleil éclaire déjà la fenêtre.

Au réveil, elle lui explique. Elle a su par Viktor qu'il s'embarquait bientôt. Elle voulait à tout prix le revoir et tenir sa promesse de Porquerolles. Elle a imaginé une ruse. Sous prétexte de venir faire des achats à Marseille, des choses qu'on ne trouve pas à Toulon, elle ne précise pas lesquelles, elle est descendue pour deux jours chez son frère Viktor, rue de l'Évêché. Pleine de courage, elle a couru tout le long du port, priant Dieu que son amant soit chez lui. Elle est heureuse. Elle pense que Dieu n'a rien contre l'adultère quand les gens s'aiment pour de bon. Elle ne sait comment Viktor réagira. Mais elle est certaine qu'il a déjà compris et ne dira rien à son mari, le docteur Milliot.

— C'est la première fois ! dit Konrad.
— Non ! C'est vrai ?
— Oui.
— Oh, c'est merveilleux. Tu es mon petit amoureux, mon étudiant, j'aimerais t'apprendre plein de choses…

Il est ébahi par la simplicité de cette femme qui parle de tout cela avec naturel et déploie dans les gestes de l'amour, dans les abandons du corps, une virtuosité étonnante. Soudain, il doute, il est jaloux.

— D'où te vient toute cette connaissance ?
— Mais de toi, voyons !…

Non, il n'y croit pas trop. Il imagine qu'elle a déjà vécu des histoires romanesques.

— … C'est toi qui m'inspires et qui me pousses à cela. Avec toi je suis prête à tout, crois-moi. Je n'ai jamais eu d'autre amoureux que toi.
— Mais ton mari ?
— Mon mari, ce n'est que mon mari. Nous faisons chambre à part. Il m'a fait deux enfants… Et je lui ai dit que je n'en voulais pas d'autres. Tu es arrivé, tu étais juste celui que j'imaginais dans mes rêves, je suis tombée amoureuse de toi aussitôt, en une seconde, sur le perron de ma maison… Comment est-ce possible ?

Les deux amants, serrés l'un contre l'autre, savourent la tiédeur et la douceur de leur nudité. Les heures passent. C'est le milieu du jour. Thérèse doit rentrer par le train du soir. Son mari l'attendra à la gare de Toulon. Elle doit repasser rue de l'Évêché, s'habiller plus dignement, aller faire ses fameuses courses et remonter à Saint-Charles. Elle ne peut l'emmener avec elle, on risquerait de les voir en ville, ça compliquerait la situation. Elle se lève, nue, adorable. Elle s'assied en riant sur le seau émaillé et pisse, belle résonance métallique, presque mélodique, une merveille qui restera toujours dans l'oreille de Konrad, aussi nette qu'une phrase de Chopin.

— Maintenant, il faut que je me dépêche. Si tu veux, on pourrait se retrouver au café Bodoul vers cinq heures. Nous aurions juste une heure avant mon train. Tu y seras le premier et je tomberai sur toi par le plus grand des hasards ! Surprise. Rires. Tu inviteras ta cousine à prendre le thé. Et ensuite, tu me conduiras jusqu'à Saint-Charles. Voilà, ce sera notre secret. Un secret absolu !…

Elle s'est habillée, coiffée. Elle vient se blottir dans ses bras. Elle lui murmure à l'oreille.

— Tu es mon sauveur ! Je t'aime à la folie. Et, je te l'avoue, pour la première fois de ma vie, j'ai eu du plaisir. Je ne pensais pas qu'une chose pareille soit possible !

Elle est toute rouge de son aveu. Elle l'embrasse et sort presque en courant.

En décembre dernier, quelques jours après la visite nocturne de son amoureuse, il avait donc embarqué pour son premier voyage au long cours sur le *Mont-Blanc*, un trois-mâts barque inconfortable, déjà fort usé, fissuré, prenant l'eau, il fallait pomper chaque jour pendant plusieurs heures. Le navire était sorti du port avec la seule grand-voile et son hunier, tribord amure sous un petit mistral. Lentement on avait doublé la tour du roi René, les hautes murailles du fort, le fanal, puis on avait complété la voilure en face du phare Sainte-Marie, misaine, petit hunier, perroquets et cacatois, et le trois-mâts avait pris le vent aussitôt à belle allure portante. Pour le reste, focs, voiles d'étai, brigantine, on attendrait d'être plus au large. Des vagues sèches, au rythme rapide, fouettaient sur tribord, les voiles étaient tendues, la gîte aussitôt prononcée. Ils étaient encore à l'abri de la rade et de l'archipel mais ils devinaient que la mer allait être rude. Et, en effet, passé le Frioul, ils avaient pris cette petite tempête rageuse de plein fouet, mistral plus tramontane, et compris qu'avec cette vieille barcasse, ça n'allait pas être une partie de plaisir. Tout cela n'avait pas l'air d'inquiéter le moins du monde le capitaine ni les matelots mais Konrad était étonné. C'était comme si on lui avait préparé, spécialement pour lui, pour sa première vraie sortie en mer, la réception pour novice, pour bizuth d'une école de la marine marchande.

Cramponné à l'une des mains courantes, il avait regardé la côte s'éloigner et se fondre vite, bien trop vite, dans ce mélange indistinct de brume et d'embruns qui effaçait les détails, brouillait le ciel et la mer, et enfermait peu à peu le navire dans une obscurité qui n'était ni le jour ni la nuit mais une sorte d'état intermédiaire inquiétant. Une plongée dans les ténèbres. Ténèbres claires mais ténèbres quand même, mornes, lugubres, menaçantes. Il se doutait qu'il en connaîtrait bien d'autres. Fini de rire, maintenant il entrait dans la grande aventure, il l'avait voulu, retour impossible, s'il n'était pas content, il n'avait à s'en prendre qu'à lui-même, et puis voilà, le sort en était jeté, il fallait aller jusqu'au bout ! Au moins six mois !

Konrad vomit discrètement sur un coin du pont vite lavé par les lames. Avec satisfaction, il voit qu'il n'est pas le seul, le lieutenant, qui joue le rôle de second à bord, et plusieurs des gabiers, qui venaient pourtant d'escalader la mâture avec aisance, en font autant. La nausée lui vrille les tempes, elle subsiste plusieurs jours. Il parvient enfin à manger un peu, bouillie de pois chiches et morceaux de porc salé, quitte à les régurgiter dix minutes plus tard sur le pont. Il s'habitue peu à peu, la nausée toujours là, mais les repas parviennent à rester dans l'estomac. La tempête continue à les meurtrir quatre jours, jusqu'aux Baléares. Ils doivent faire escale à Palma pour changer une vergue cassée, recoudre les voiles déchirées, calfater quelques trous de la coque usée au-delà du possible.

Ils reprennent la mer jusqu'au cap Trafalgar, passent le Rocher, triomphe secret pour Konrad, et se lancent dans l'Atlantique, un océan encore plus agité, mais cette fois c'est une houle large et lente qui rend les mouvements du navire plus acceptables. Si la nausée n'a pas tout à fait disparu, du moins est-elle supportable et le jeune marin prend le temps de regarder l'horizon, les dauphins qui caracolent, jouent entre eux et viennent se gratter contre la coque hérissée de vieilles balanes, les oiseaux de mer qui tournoient autour des mâts avec des cris aigus, les nuages qui filent vers l'horizon, les couchers de soleil face à l'étrave, et cela pendant près de trois semaines, une éternité !

En mer, finie la belle exaltation des bistrots conspirateurs du port et des conversations avec ses amis. « Non, nous on peine ! », comme disent les matelots avec leur accent qui fait presque entendre le *i*. Konrad est là comme simple invité : oisif, curieux, attentif aux manœuvres, on lui demande souvent de se pousser, de ne pas rester dans les jambes des matelots, il est une pièce rapportée, un hôte encombrant accueilli presque par charité, une bouche de plus à nourrir. Il peut quand même beaucoup observer et retenir quelques leçons. Les matelots du bord sont peu bavards, quasi analphabètes, plusieurs sont d'obstinés taiseux. Ils se méfient de lui, étranger aux airs de bourgeois. Quand le travail est fini et qu'ils sont tous blottis dans le minuscule poste d'équipage, alors ils deviennent plus diserts, ils mélangent français et provençal, plusieurs parlent même un drôle de sabir, ratatouille insolite de maltais, de génois, de corse, de nissard, où surnagent quelques mots de français. Konrad saisit les thèmes. Leurs conversations tournent surtout autour des filles des ports ou de leurs cousines du Panier ou de Saint-Jean. Ils parlent de celles qu'ils connaissent déjà et qu'ils vont rencontrer aux Antilles, et de toutes les choses extraordinaires qu'ils vont pouvoir faire avec elles. Chacun essaie d'être plus obscène que son voisin, les mots leur manquent. Konrad a surtout l'impression qu'ils font tout ce qu'ils peuvent pour le choquer, lui. Il joue l'indifférent. Il sourit, hausse les épaules, boit le ratafia avec les autres.

Le trois-mâts barque, déjà à demi pourri, n'a rien d'un paquebot. « Tout pour la marchandise, rien pour l'équipage », c'est la règle implicite sur tous ces navires de petit commerce. Même le capitaine Duteil et son second n'ont droit qu'à une étroite cabine chacun, à peine plus large que leur couchette, à l'arrière du voilier. Pour les hommes, deux rangées de six étroits bat-flanc collés le long des bordés du gaillard d'avant, le lieu le plus remuant, le plus froid, le plus humide du bord. Le soir, il faut s'allonger dans ces espèces de cercueils moisis et puants. Entre les vieilles planches du bordé, des gouttes perlent, le sel cristallise à même le bois. Il vaut mieux rester tout habillé. Les marins ne se lavent pas. Après trois jours de mer, tout le monde pue affreusement. Pour les besoins naturels, il faut pénétrer dans une petite cabane de planches à côté du poste d'équipage, un endroit sombre, sordide, gluant et nauséabond dont il faut vider deux fois par jour les seaux débordants. C'est bien sûr Konrad, le plus jeune, qui est affecté à cette tâche. Si la mer est agitée, l'exercice est périlleux. On se retient des jours entiers. Tout devient un cauchemar. Konrad pense qu'il est tombé au cœur du pire purgatoire. Pour une initiation, il est servi. Il résiste.

Il sort de bonne heure sur le pont, respire l'air frais. Tourné vers l'Europe, l'Est lointain, l'autre côté du monde, il attend le lever du jour. Les teintes charbonneuses de la nuit se dissolvent peu à peu dans un gris teinté de rose, sur l'horizon une barre claire qui, soudain, s'illumine de jaune vif et d'orange. Il aime ces aubes en mer, toujours identiques et pourtant chaque fois surprenantes. Le bord du disque affleure, surgit, brusque, et enfle à une vitesse perceptible jusqu'à se détacher d'un coup, comme s'il se décollait avec rage, ou bien comme s'il giclait, éjecté de l'horizon marin encore sombre, sorte d'œuf lumineux jaillissant d'un magma de ténèbres. Chaque fois c'est un accouchement brutal, le soleil monte vite dans le ciel. Konrad ne se lasse pas du spectacle mythologique. Au matin, l'astre neuf paraît comme l'annonce de bouleversements sans fin, bénéfiques ou maléfiques. Un nouveau jour, de nouvelles épreuves, de nouvelles aventures. Le cycle de la vie.

À un moment calme, au beau milieu de l'Atlantique, le navire allant bon train, il s'était décidé, il avait voulu grimper comme les autres, et avait choisi le grand mât. Mais pour atteindre les hauteurs, il fallait escalader la soixantaine de marches de corde des haubans et, même si ça pouvait ressembler à une échelle terrestre en bois, ça n'en avait ni la rigidité ni la stabilité. Quelques matelots désœuvrés, du pont, l'observaient en ricanant. Eux montaient à toute vitesse, légers et agiles comme des ouistitis. Les premiers mètres lui avaient semblé faciles mais vite l'ascension s'était faite périlleuse, le vent, le ballant des haubans, la souplesse des enfléchures, le roulis, le tangage rendaient les prises plus ardues. Il avait l'impression de peser de plus en plus lourd. Il avait froid, il tremblait, serrant les dents, ne regardant pas autour de lui, ses paumes brûlaient, il s'écorchait les phalanges, un de ses doigts saignait, il aurait dû prendre des gants.

Il avait continué, il lui fallait aller jusqu'au bout de son défi. Il se trouvait stupide, complètement idiot de s'être lancé dans une telle bravade. Le vent sifflait sur les voiles tendues à craquer. À sa grande surprise, malgré tout, mètre après mètre, il avait franchi les quatre premiers étages de cet escalier infernal, les vergues de grand-voile, de grand hunier, de grand volant, de grand perroquet et il montait maintenant le long du grand cacatois. Il se redressa à bout de course, se hissa tout près de la pointe du mât, sur le minuscule morceau de caillebotis ovale, médiocre souvenir du confortable nid-de-pie des anciens grands voiliers, et qui pouvait servir de plate-forme aux pieds d'un gabier aguerri, sans doute même la plupart du temps à un seul pied, le bras droit agrippant solidement le mince cylindre de bois, tout le corps résistant au souffle puissant et à ses tourbillons surprenants.

Il observait l'océan, tableau magnifique, une vue à vol d'oiseau sur les ondulations régulières des vagues dont la crête captait les reflets du soleil, et plus il regardait loin vers l'horizon, plus la surface argentée, à peine fripée par les stries lointaines des rouleaux réguliers, s'irisait de riches couleurs, bleus opaques, verts lumineux, gris, taches de rose et de mauve, reflétant le ciel de cette fin d'après-midi. À quelques mètres du bord, une troupe de dauphins ondulait dans la surface translucide de l'océan, glissant à l'unisson du navire, plongeant, remontant, faisant parfois une cabriole, nez en avant, aileron striant l'eau et laissant comme une brève coupure, court sillage s'effaçant aussitôt.

Vue de cette hauteur, sous les beaux gonflements successifs des étages de voilure, la surface du pont paraissait réduite, étroite, ridicule. Fragile et menue comme une longue et mince boîte d'allumettes. À chaque amplitude du roulis, il se retrouvait à la verticale des lames. S'il lâchait prise, il risquait de plonger droit à la mer ou alors de s'écraser sur le pont. Cette position était à la fois exaltante, il avait l'impression d'être une sorte de dieu trônant au-dessus des mêlées humaines, et effrayante, le moindre coup de vent, un léger changement de cap, un mauvais sursaut du navire pouvaient le précipiter, le fracasser ou le noyer. Il fut content de redescendre, épreuve aussi difficile que la montée. En mettant le pied sur le pont, il était glacé, tremblant, il prit un air digne et détaché, les autres ne ricanaient plus. Il ne recommença pas, personne d'ailleurs ne lui demandait de monter dans le gréement, cette tâche étant réservée à la petite dizaine de matelots embarqués, mais il avait gardé de cette minuscule aventure une impression étrange, une splendeur mêlée d'effroi. Elle reviendrait souvent dans ses rêveries.

Dans une accalmie, il décide de laver ses chemises et ses caleçons de flanelle à l'eau de mer. Il est le seul, les autres se moquent, lui promettent des tortures bien plus affreuses que la crasse. Il n'en a cure. Très vite, il souffre par sa faute, ses vêtements jamais secs et pleins de cristaux de sel l'irritent cruellement. Sa peau est rongée par les dartres. Il se gratte, il se fait saigner. Il est trop fier pour montrer son désarroi. Les démangeaisons l'empêchent de dormir.

Il s'attarde parfois longtemps à rêver sur le pont, à regarder les merveilleuses étoiles, à fumer de médiocres cigarillos qui tirent mal et crépitent, à se réciter des poèmes parmi les centaines qu'il connaît par cœur, Shakespeare, Hugo, Byron, Mickiewicz, et surtout, toujours Baudelaire. Jour après jour le navire progresse dans l'Atlantique. Des étoiles nouvelles apparaissent, les vents tournent, le froid est moins vif, une étrange douceur de l'air finit par s'instaurer. On approche, on arrive, les îles sont là. Tout près. Montagnes, collines et palmiers. Du bleu, du rose, du vert. Cette fois, le pont enfin immobile, ou presque, tout le monde peut se laver à grands seaux avec les restes d'eau douce. On se repasse les gros cubes de savon, les barbus sortent leur coupe-choux, on plonge dans les coffres pour y cueillir chemise et pantalon propres. On descend à terre un beau soir après une manœuvre d'amarrage calme, banale. L'air est tiède et parfumé, toute une foule aux costumes bariolés est là, sur le quai, avec des fleurs, des couffins de beaux fruits odorants. Un autre monde…

Dans ses errances marseillaises, il n'avait pas toujours besoin d'observer l'agitation du port. Il pouvait aussi rester des heures assis au bord d'un quai, à contempler les nuages, à se réjouir de leurs formes changeantes, de leurs métamorphoses étonnantes, effilochages, gonflements, concentrations, dispersions, des éléphants, des baleines, des crocodiles, de gracieux clowns espiègles et souples, des matamores arrogants prêts à tous les combats, de tendres silhouettes arrondies et subtilement contournées de nymphes antiques. Des nuages, bien sûr, il y en avait moins à Marseille qu'à Varsovie, mais il y en avait assez et il savait les dompter. Il pouvait vivre avec eux pendant des heures, les voir se dilater peu à peu, se fondre, disparaître, se recomposer. Ça pouvait durer longtemps, jusqu'à ce que le rideau bleu, ayant tout reconquis, mette fin au spectacle.

Enfant déjà, on le savait rêveur. Pire, absent. Il n'écoutait pas quand on lui parlait. Distrait, « toujours dans la lune », disaient-ils. Comme s'il pressentait toutes les catastrophes qui allaient s'accumuler dans sa jeune vie et dont il semblait qu'ainsi il pourrait s'échapper. Il rêvait, ou « rêvassait », disait sa grand-mère. Des années plus tard, assis sur son quai marseillais, il ne sait même plus de quoi se composaient ses pensées d'alors. De rien sans doute. De vagues errances aux frontières de la mémoire, de la vie et de la mort, ou des souhaits niais de l'enfance, partir, venger, combattre, triompher des méchants et des usurpateurs. Jules Verne, Victor Hugo, Alexandre Dumas… Son père ne cherchait pas à l'interrompre. Il pensait, lui, Apollo, même s'il ne croyait qu'à peine à la vie éternelle et certainement pas aux revenants, que son fils rejoignait d'une certaine façon sa mère. Le jeune garçon restait ainsi de longs moments, silencieux, calme, pensif, tout à fait ailleurs.

Autre source de rêverie, les reflets produits par les eaux du port dont il parvenait à oublier les émanations délétères. Les vaguelettes soulevées par le mouvement des embarcations déclenchaient des mécanismes fascinants, irisations, éclatements en milliers de fragments cristallins de ciel bleu, de soleil jaune orangé, de nuages blanc-gris, d'eau glauque, bleu turquoise, charbon, palette qu'aucun peintre n'aurait pu saisir tant les métamorphoses étaient vives et furtives. Ou encore les remous faisaient éclater les mâts des barques en tronçons brisés, déboîtés, éparpillés ; les drisses en fils de fer tordus par saccades zigzaguantes ; les lourdes chaînes d'ancres en magiques multiplications d'anneaux ondulants ; les noms des navires et de leurs ports d'attache sur le tableau arrière en arabesques d'une écriture inconnue : tout un monde de formes, de couleurs, de figures insolites, de tourbillons sans cesse renouvelés, hypnotiques… Spectacle permanent, déployant ses sortilèges comme des rythmes musicaux, s'emparant de son cerveau, l'endormant, le coupant de la ville, lui suggérant quelque chose mais quelque chose qu'il ne savait pas déchiffrer.

Peut-être cette pièce d'eau miraculeuse, une simple calanque où ses chers Grecs avaient jadis abordé, continuerait-elle à bercer ses reflets dans les siècles des siècles, un autre rêveur un peu fou, assis là à son tour, un jour, dans un futur incertain, subirait-il les mêmes envoûtements, les mêmes fascinations, indifférent à la vie animée autour de lui, aux pages bruyantes, violentes, sanglantes de l'Histoire. Il lui semblait entrer en communication avec ce témoin des temps futurs. Il le saluait pour rire. Peut-être ce rêveur penserait-il à lui, une fois, bien plus tard, et chercherait à entrer en communication avec lui, sans succès… Tout ce qui l'entourait, tours, forts, immeubles, navires, montagnes, pourrait s'écrouler, couler, brûler, disparaître, seuls subsisteraient les reflets dans l'eau, rien, l'évanescence même…

Un soir, il s'est assis les jambes ballantes sur le bord du quai, dans le soleil couchant, au bout du port, à la pointe du fort Saint-Jean, son repaire favori. Un clapotis hypnotique près de lui. Autour, l'agitation habituelle du port, une sorte de doux brouhaha qui le berce et l'endort. La lente chaleur l'envahit, imprègne son cerveau, ses paupières se ferment, il somnole, il rêve. Il aime ces instants où tout est oublié, souvenirs, rêves et cauchemars d'enfance, pays natal, mère, père, amis, lointains, évanouis dans les brumes du passé, où il devient un autre, comme s'il renaissait dans un nouveau corps, une nouvelle peau, l'avenir grand ouvert devant lui, tous les océans du globe offerts à sa méditation et à ses futures errances. C'est pour cela surtout qu'il a voulu devenir marin.

Son corps s'est dissous, il n'est plus qu'un brouillard de pensée, composé de formes mouvantes qui se recouvrent, s'effacent les unes les autres, des images venues de nulle part et replongeant vite nulle part, de très vagues stimulations où il croit reconnaître des voiliers en plein vent, des ports exotiques et brumeux, des silhouettes d'hommes et de femmes de toutes couleurs, des personnages peut-être entrevus une fois dans d'autres pays, d'autres escales incertaines et floues, des figures qui glissent elles aussi sans s'arrêter, sans laisser la moindre trace, effluves fantomatiques dont la fluidité même est plutôt plaisante. Il se laisse aller à cette navigation immobile, tout en sachant, comme dans les vrais rêves, que ce n'est qu'illusion et qu'il est là, au bord du quai, entouré de la rumeur familière et rassurante des bassins. Le soleil a tourné, il est maintenant à l'ombre de la tour du roi René. Il fait moins chaud, les échos lointains de la ville se sont atténués. Il a faim mais il n'a pas envie de bouger. Il va essayer de rester là encore un peu avant d'aller rejoindre ses amis conspirateurs dans les arrière-salles des coupe-gorge habituels.

Soudain il a perçu un son qu'il n'avait pas encore remarqué. Non loin de lui, un ponton de bois grince, dominant les autres bruits du port. L'eau n'est pas très agitée mais assez cependant pour bousculer de façon régulière cet édifice de planches disjointes. Ça commence par un long grincement sourd qui monte vers plus d'aigu comme un archet informe qu'on aurait frotté sur les cordes d'un violoncelle cassé, cabossé, tout à fait désaccordé. Le son, parvenu à son summum, craque en une sorte d'explosion aiguë, deux ou trois secondes de pur silence, puis l'ascension reprend, identique, et il lui semble que cette curieuse mécanique bruyante pourrait même durer ainsi éternellement, que rien ne pourrait jamais la faire cesser, du moins jusqu'à ce que se produise un brusque bouleversement des éléments qui engendrent cet arrangement, une sorte de cataclysme épouvantable. Cette mécanique est le produit aléatoire de la dislocation des membrures de chêne du ponton et de ses charnières d'acier, liée au mouvement lent de la surface des eaux sous la légère brise du soir. Konrad se plonge dans le son, s'y enfonce, le précède, le suit jusqu'à son point culminant, en analyse les minuscules variantes qui, à chaque reprise, témoignent de l'entrée en scène de telle ou telle infime perturbation, respire au moment du suspens, reprend l'écoute attentive de la montée musicale. Il est hypnotisé, il est le son, il est le ponton, les planches, les charnières, l'eau du bassin, le souffle léger du vent… La nuit est tombée. Il se lève, il a les jambes engourdies, il s'étire et se dirige vers le cœur vivant et nocturne de la ville.

Cet hiver-là donc, le *Mont-Blanc* se balance, au mouillage dans la baie de Saint-Pierre. En fin d'après-midi, il est de garde, seul à bord, tout l'équipage est descendu à terre. Il observe les collines vertes et fleuries, la montagne Pelée enveloppée d'épais nuages, la petite ville animée où une foule de créoles et de Noirs s'écoule de la rue principale, venant s'affairer autour des amas de marchandises étalés sur le port ou devant les comptoirs proches. Une sorte de paradis colonial dont il perçoit en toute lucidité les illusions et les cruelles injustices. Une douzaine d'autres navires, à l'ancre, attendent leur tour pour venir accoster l'unique wharf le lendemain afin de débarquer leurs marchandises et d'embarquer leurs rapines. Rhum, sucre, épices, fruits, un trafic commencé voilà si longtemps. Et, à l'entrée de la ville, tous ces estaminets, grosses lanternes à numéros, qui peu à peu s'éclairent à la nuit tombante, où le rhum coule à flots, d'où sourd en permanence une musique endiablée, et où les filles vénales sont légion. Commerce, chansons et prostitution, voilà le secret de la belle colonie française. Il pense à Thérèse, à Marseille, à la Pologne, il a l'impression d'être embarqué dans une histoire qui le tient prisonnier, qu'il ne peut maîtriser… À la fois heureux et malheureux. Sa vie est devant lui mais le poids du passé est étrangement lourd.

Un jour, au col de la Furka, lorsqu'ils traversaient la Suisse, son tuteur Adam Pulman l'avait traité de « Don Quichotte incorrigible ». À Marseille, on l'a qualifié de « jeune Ulysse ». Fils d'un Apollo et d'une Ewa ! Apollon et Ève ! Et qui l'ont prénommé Konrad, un héros polonais, et aussi Joseph, un héros biblique ! Le nom est destin, disaient déjà les Romains… Ainsi, il le pressent, il est peut-être lui-même un personnage de roman. Bon ou mauvais roman ? Grand roman du siècle, Hugo, Tolstoï ou Flaubert ? Ou mauvais roman, Zola ou Dostoïevski, deux auteurs qu'il déteste ? Ou roman-feuilleton, Eugène Sue, Hector Malot, Alexandre Dumas ? Il est un exilé, un exilé marqué dès l'enfance, il l'a vite compris, par une fatalité implacable. Appelons ça destin, puisqu'il n'y a pas d'autre mot. D'ailleurs il s'en moque. Un exilé de la Pologne. Ou bien, si l'on veut, en même temps, de la Russie, de l'Autriche, de la Prusse, nations haïes. Exilé de Marseille, de ses rues, de ses îles, de la Méditerranée. Orphelin de sa mère, de son père, perdus dans les horreurs de l'histoire de cette Europe déchiquetée. Orphelin de Thérèse, la femme dont le souvenir le fait trembler de joie et d'anxiété. Et de Marie-Thérèse, pourquoi pas ? Il l'aime elle aussi, d'une certaine façon, d'une autre façon. De l'amour, il ne possède que ça. Sur le pont du navire, sous la nuit criblée d'étoiles, des étoiles magnifiques mais qu'il ne connaît pas bien encore, il répète, pour ne pas s'endormir, Thérèse, Teresa, Teresita, Thérèse, terre rêve, très rêve, trésor, trêve, très... Il revoit les scènes de leur chambre près du Vieux-Port, sa découverte du corps de cette femme douce et aimante. Il a envie de rire et de pleurer. Il ne peut entrer en contact avec elle. Il faudrait trouver un télégraphe. Mais le télégraphe, c'est très coûteux et très sérieux, commerce, Bourse, politique, guerres, vie ou mort... Et pour dire quoi ? Et qui donc lirait ces messages ? Sûrement pas elle ! Y a-t-il même un câble entre la Martinique et les grands câbles transatlantiques américains ?

Sur la rive, on chante et on danse. On boit aussi beaucoup semble-t-il. La fête durera jusqu'au matin. Il somnole. Il garde le navire. Rien ne le menace. Les deux ancres tiennent bon. En cas de coup de vent, il peut toujours mouiller tout seul l'ancre de miséricorde. Il y a aussi la trompe pour prévenir le capitaine et les matelots perdus à cette heure entre les bras des belles Noires voluptueuses ou dans les vapeurs d'un rhum célèbre et qui cogne beaucoup trop fort... Le lendemain, appareillage, ils feront le tour de l'île, une broutille, quelques heures, et iront mouiller à Fort-de-France.

Depuis un moment, Konrad se sent un peu engourdi. Mêlée à la fatigue, une torpeur sensuelle à laquelle la présence d'Arthur n'est sans doute pas étrangère. Le garçon lui paraît sympathique même si ses manières sont parfois des plus étranges. Il a une séduction toute féminine et d'ailleurs la forme de son visage, sa blondeur, la clarté presque inquiétante de ses yeux évoquent un peu Thérèse, il ne sait pourquoi. Konrad se souvient de ces rumeurs feutrées, timides, très allusives qui couraient sur certains garçons au lycée et qui le laissaient perplexe.

— À quoi penses-tu ? demande Arthur en le fixant droit dans les yeux.

Konrad se sent rougir. Heureusement, il fait nuit.

— À Paris. Toi, tu as vécu à Paris, tu dois connaître du monde ?

Arthur fouille dans ses poches, en sort une pipe de terre à l'embouchure cassée, une boîte d'allumettes, un paquet de tabac roulé dans un bout de journal et une curieuse petite brochure pliée en deux dans le sens de la longueur, déchirée et salie. Il pose le tout sur le guéridon puis se met à bourrer sa pipe tranquillement.

— Quand je suis arrivé à Paris pour la première fois, j'avais seize ans. J'avais pris le train à Charleroi, en Belgique, mais je n'avais un billet que jusqu'à Saint-Quentin. J'ai continué jusqu'à Paris. À la gare du Nord, on m'a arrêté. Dépôt puis prison de Mazas. Quelques jours sinistres puis on m'a remis dans le train, retour à la case départ ! La deuxième fois que je suis venu à Paris, l'année suivante, j'avais vendu une montre pour payer mon billet, c'était plus confortable ! Je me suis précipité dans les librairies. J'ai vu toutes les nouveautés. J'ai aussi couru un peu partout, Montmartre, le Quartier latin, les Boulevards. Mais c'était la guerre, et puis j'avais faim, je suis vite rentré chez moi à Charleville…

— À pied ?

— Oui, encore à pied. J'étais venu en train, je suis reparti par la route et il m'a fallu beaucoup ruser pour éviter les Prussiens installés partout dans la campagne… Juste attrapé une bonne bronchite !

— Tu es revenu à Paris ?

— Oui, la troisième fois, un an plus tard, j'étais au Quartier latin, j'ai rencontré Verlaine…

— Verlaine !

— Oui, et Banville, Heredia, pas mal d'autres.

— Que des poètes donc !

— Oui, tous les vilains loustics de la littérature française. Des jeunes cons et des vieux cons !

Arthur gratte une allumette et allume sa pipe. Il raconte ses anecdotes parisiennes d'un air boudeur, comme tout à fait étranger à cette faune sans grand intérêt pour lui désormais. Konrad écoute mais, de plus en plus incrédule, se demande s'il n'est pas en présence d'un affabulateur. Si jeune et tellement en marge, comment pourrait-il connaître tous ces personnages ?

Au cours de ses errances désordonnées dans la ville, Konrad passe près des lavoirs où s'affairent des foules de femmes dans un vacarme diabolique. Des vieilles, des jeunes, des fillettes aussi. On ne voit pas leur visage, caché par de grands chapeaux de paille. Elles sont penchées sur la large margelle et les eaux sales savonneuses, elles battent farouchement le linge, le frottent de leurs gros pavés de savon, le trempent, l'essorent. Fracas sourd des battoirs sur les épaisseurs de toile mouillée. Konrad jouit surtout des rythmes, d'abord brouillons, violents, dispersés, puis l'une des vieilles tape plus fort que les autres, et l'assemblée des belles lavandières se règle sur la meneuse, tous les battoirs tapent en cadence, ça dure, on rit. Une ou deux indisciplinées dévient, brisent l'unisson, croisent le martèlement général, imposant une frappe en deux temps puis en trois, recréant vite le chaos d'origine jusqu'à ce que l'une d'elles, une jeune qui s'oppose aux anciennes, reprenne la main et impose son nouveau tempo, et ainsi de suite, ça peut se poursuivre pendant de longs moments !

Seaux, paniers, caisses à linge autour d'elles, gestes précis, mouillage, savonnage, frottage, battage, rinçage, elles recommencent, posent les battoirs, tordent les paquets ruisselants, chantent des chansons incompréhensibles, rient, se lancent des noms de célébrités locales, se confient les secrets des uns ou des autres comme si elles lisaient la vie de tous les jours dans les plis et les taches des jupons de lin et des caleçons de flanelle, une exclamation, des éclats de rire, une autre reprend, monte les enchères, il est toujours question des mêmes, les riches, les bourgeois, ceux qu'on jalouse, ceux qu'on déteste, ceux qu'on craint aussi, les trop belles femmes, celles de bonne ou de mauvaise vie, toutes les souillures de la ville passent entre leurs mains et le lavoir, à son extrémité, vomit son flot de mousse grisâtre qui s'écoule dans le caniveau central des ruelles et dévale vers les parties basses du quartier avant de se jeter dans le port.

Le travail fini, elles empilent le linge dans leurs paniers, hissent la lourde charge sur leur tête et repartent, raides et fières comme des Africaines. Il est troublé par ces hanches ondulantes, ces bras nus et hâlés, les manches retroussées jusqu'aux épaules, laissant paraître la touffe noire des aisselles, ces poitrines plantureuses, à peine voilées sous le linon en ces jours de chaleur. Il ne s'attarde pas : il suffit qu'une des lavandières le repère, un homme même très jeune dans une zone réservée aux femmes, et c'est l'explosion, il doit fuir sous les quolibets, les moqueries les plus audacieuses, les obscénités parfois, les hurlements de rire. Alors il grimpe les escaliers quatre à quatre comme un simple touriste qui se serait égaré, il change de quartier, il ne tardera pas à tomber sur un autre lavoir, celui où les femmes sont plus jeunes, plus timides, plus dénudées encore, et moins promptes peut-être à le repérer. Un plaisir vaguement sensuel, une minuscule aventure au milieu des dizaines d'autres aventures de ses errances quotidiennes…

Il y avait d'autres recoins, en particulier tout près du port, dans les ruelles sordides, rue Bouterie, rue Pavé-d'Amour au nom prédestiné. C'était le royaume des filles de joie. Les passages, étroits comme des corridors, s'embranchaient d'escaliers divagants, toujours le ruisseau d'égout au centre de la ruelle, et, à peine quelques mètres après l'entrée du boyau, une foule de jeunes femmes en cheveux, coiffées à la chien ou à la mouton, alignées le long des murs, accrochées aux renfoncements des portes, perchées sur des escabeaux instables, jambes nues croisées, montrant le blanc de leurs cuisses, en camisoles parfois transparentes, bas de soie rose, pieds chaussés de mules ou de savates informes. Des filles toutes d'œillades, de ricanements, de mots sirupeux, lançant de calmes obscénités en provençal. Dans un souffle, elles jetaient leurs prénoms, Mimi, Magali, Linette, Mado, Lulu, Victoire, Rose, Nelly, Marité, Rachel, Cléo, Mélie, Margot… Plusieurs assises au seuil de chambrettes ouvrant droit sur la rue. Là était la tentation, là il rêvait de s'enfoncer vers la tiédeur de ces antres ténébreux, là était aussi la grande aventure… Il parcourait vite ces venelles du vice, à la fois fasciné et dégoûté. Il n'osait pas répondre à leurs appels. Il détestait leur rire canaille. Il aurait pourtant bien aimé. Il avait de l'argent. Trop timide. Un peu apeuré, ne sachant quelle attitude adopter. Il leur souriait mais il continuait son chemin.

L'hiver dernier, après Saint-Pierre, une escale à Fort-de-France. Juste au sortir du port, il était parti flâner, il n'avait rien à faire, une toute jeune métisse, sans doute de son âge, l'avait abordé, lui avait pris la main et l'avait entraîné vers une paillotte qui bordait le chemin de terre. En un clin d'œil l'adolescente avait fait tomber sa tunique et s'était tournée vers lui, trop belle, trop nue. Éblouissement. Elle était tout en rondeurs fauves et sa peau cuivrée sentait délicieusement bon, elle l'avait saisi dans ses bras dodus, l'avait déshabillé, il s'était laissé faire, elle l'avait forcé à se coucher sur une paillasse au ras du sol et l'avait chevauché, remuant sur son ventre pour le solliciter puis s'allongeant sur lui.

Elle s'était ensuite assise sur le bord de la couche, l'avait patiemment laissé reprendre ses sens. La somme qu'elle lui demanda lui parut dérisoire, il lui donna le triple. Ravie, elle l'embrassa sur la bouche, puis lui proposa de recommencer. Il imita les gestes de la fille et la caressa longuement à son tour comme on le fait avec un animal familier. Elle riait, l'embrassait, le touchait au plus intime, elle semblait être elle-même amoureuse. Comme si tout était oublié. Son métier, sans doute avait-elle abordé plusieurs autres marins depuis le matin, le misérable décor de cette case de branches et de vieilles planches doublées de morceaux de toile de jute poussiéreux découpés dans de vieux sacs à patates, cette couche faite de palmes fanées, craquant bruyamment sous eux. Il avait eu du mal à se séparer de la fille. Il s'était assis à côté d'elle, lui tenant la main sans rien dire. Elle n'insista pas pour le mettre dehors, un long moment passa. Il songea à Thérèse. C'était comme s'il l'avait complètement oubliée pendant cette heure. Et elle revenait dans ses pensées, non comme un reproche, plutôt comme l'approbatrice, l'initiatrice, la complice d'une vie nouvelle.

Des mois plus tard, la scène demeurait encore en lui comme un joli rêve et aussi peut-être comme une énigme. Mais les filles de la rue Bouterie continuaient à lui faire peur. Elles étaient déguisées de nippes à la mode, elles faisaient des grimaces odieuses, elles disaient des mots crus, elles se moquaient ouvertement de lui, de sa jeunesse, il croyait que jamais entre leurs bras il ne pourrait retrouver la violente douceur qu'il avait connue avec Thérèse d'abord, avec cette jeune putain inconnue ensuite…

— Drôle de ville, Marseille ! dit Arthur.

— Oui, on y trouve de tout. Des navires et des berlines, des palaces et des bouges, des bordels pour pauvres et d'autres pour riches, des fumeries d'opium, des casinos pour tous les jeux interdits de la planète, des temples et des églises, des prêtres et des sorciers, des sociétés secrètes, des clubs libertins, des estropiés mendiants vrais ou faux, des bourgeois richissimes, des trafiquants de toutes les marchandises les plus inimaginables, de l'argenterie aux petites filles… À la fois le vice et la sainteté…

— C'est sans doute ce qui fait son charme. Lieu de perdition, comme tous les ports. On est obligé de passer par eux pour s'enfuir et c'est par eux qu'arrivent tous les fléaux, peste et choléra. Et puis toutes les nouveautés, toutes les beautés du monde…

— Et Banville donc, tu l'as rencontré ?

— Oui, plusieurs fois. Je lui avais envoyé un poème et je l'ai vu quand je suis venu à Paris, il m'a même hébergé…

— Tu écris des poèmes ?

— De temps en temps. Quand j'ai du papier et un crayon et pas trop de soucis. Mais parlons d'autre chose.

Konrad ne sait pas si l'autre lui dit la vérité, a-t-il jamais rencontré tous ceux dont il parle ? N'a-t-il pas en face de lui un fou qui s'invente à mesure un passé calculé pour celui qui lui paye à boire. Heredia ! Verlaine ! Banville ! Pourquoi pas Hugo, tant qu'il y est !

Quand son père avait achevé sa traduction des *Travailleurs de la mer*, Konrad, malgré son jeune âge, avait lu l'ouvrage en français et en polonais du début à la fin. Un peu long et bavard, jugeait-il maintenant, mais il avait beaucoup aimé la rencontre entre Gilliatt et le monstre : « Au milieu de cette viscosité il y avait deux yeux qui regardaient. Ces yeux voyaient Gilliatt. Gilliatt reconnut la pieuvre. » Il avait apprécié cette fin romantique qu'il n'avait pas bien comprise à l'époque mais où il avait deviné que se jouait la folie du destin amoureux. Le héros malheureux voit celle qu'il aime, elle porte le nom extraordinaire de Déruchette, partir sur un bateau avec un autre et passer près de lui au moment où, accroché à un rocher, il se laisse submerger lentement par la marée, et le tout jeune Konrad avait aimé ces effets un peu soutenus : « À l'instant où le navire s'effaça à l'horizon, la tête disparut sous l'eau. Il n'y eut plus rien que la mer. » Il a souvent pensé au suicide depuis la mort de ses parents, lors des interminables épisodes de mélancolie qui l'ont abattu ces dernières années. Mourir ne lui fait pas peur, se tuer non plus, il n'hésiterait sûrement pas à le faire s'il se sentait au bout du rouleau. Marseille lui a insufflé un peu de joie de vivre, et le métier de marin, si décevant soit-il, a donné une sorte de nouveau sens à son avenir… « Plus rien que la mer… »

Depuis son retour des Antilles, fin mai, Marie-Thérèse ne le lâche plus. Elle revient à la charge tous les deux ou trois jours. Un matin, elle décide de l'emmener au sommet des sommets, la basilique, qui est loin d'être terminée. Elle commande au cocher de prendre le cours Puget puis le chemin qui monte vers la droite. Konrad voit tout de suite qu'à pied, par les rampes et les escaliers, il pourrait y être en moins de dix minutes. Il n'ose pas la quitter. Le cheval, déjà la bave à la bouche, peine sur les lacets de la route. La dame parle sans cesse. Marseille, la vraie capitale de la France, le port du monde, la porte de l'Orient, la reine de la Méditerranée, le Commerce, l'Industrie, la Prospérité, l'Avenir, le Progrès… Elle est assise, très serrée contre lui sur l'étroite banquette, corps tiède et souple, qui vibre au léger roulis de la calèche. Ses chairs, chaudes, exhalent le parfum riche qu'elle fait venir de Grasse ou peut-être de Paris. Il est envoûté. Elle lui prend la main, continue son discours qu'il ne parvient pas à écouter tout à fait. Il pourrait lui dire d'abord combien elle le trouble, et, malgré leur différence d'âge, se jeter sur elle, l'éplucher avidement comme un fruit couvert de pelures soyeuses, la mordre, la dévorer… Et puis quoi encore ? Elle semble prête à tout, en tout cas il en a l'impression. Peut-on être l'amant d'une femme qui aurait l'âge de votre mère ? Oui, bien sûr ! Quand il dialogue avec lui-même, les réponses sont toujours faciles.

Dans la vraie vie, quelle attitude adopter ? Il est plongé dans sa rêverie. Vous m'écoutez ? Oui, oui ! Vous êtes incorrigible, toujours dans la lune ! Encore ! Heureusement qu'elle ne peut deviner mes pensées !

Enfin, ils sont arrivés sur l'une des terrasses, il faut poursuivre à pied. Elle lui demande de l'aider à descendre. Il lui saisit le bras, chair ferme et brûlante, qui l'émeut. Il l'entraîne, confus. Elle se retourne, dit deux mots au cocher. Ils avancent, couple étroitement soudé, elle, rayonnante, lui, toujours gêné, ils montent les ultimes escaliers de la basilique. À chaque marche, il sent contre sa cuisse l'effleurement de la hanche de Marie-Thérèse.

Elle le libère, s'écarte. La ville à ses pieds, pas seulement la ville étalée au creux de ses collines, mais la rade, les îles, les caps, les villages proches ou lointains, les routes, les montagnes, le ciel, immense, bleu, irradiant, qui fait mal aux yeux. La ville déployée devant lui, diorama grouillant de petits détails. Il découvre le port, les forts, la gare et sa grande verrière, la Bourse et sa colonnade, le toit du Grand Théâtre, les clochers, toutes sortes d'autres lieux qu'il ignore et qu'il a aussitôt envie de connaître. Il reste là fasciné, hypnotisé, cherchant à retrouver sa rue, son immeuble, les ruelles près du port. Les navires délicats posés sur la surface lisse de la rade, comme de minces insectes, ceux qui arrivent, ceux qui partent, les bateaux de ses amis pilotes au pied de Saint-Jean, les bistrots du quai, les barques de pêche alignées, les moulins du Panier dont les ailes tournent lentement, mille détails miniatures impossibles à maîtriser en un seul instant. Marie-Thérèse est restée calme, à quelque distance. Elle connaît le tableau, elle a vécu bien des fois cette émotion, elle veut la lui laisser entière. Elle sourit. Quelle personne adorable ! Si au moins il n'y avait pas toutes ces années entre eux. Ni le mari !

En redescendant en ville, elle est plus froide. Elle ne dit plus un mot. Elle se tient à distance, les cahots de la route ne ramènent pas vers lui son corps rond et chaud. La voiture s'arrête quai de la Fraternité, il descend. Il ne sait comment la remercier. Il se penche, lui baise la main. Elle lui sourit encore. Il lui dit merci. Il s'enfuit.

— Il faut que je te quitte un instant, dit Arthur.

Il se lève et file vers l'intérieur du café. Avec sa pipe de terre et son paquet de tabac, il a laissé le fascicule dépenaillé sur la table. Konrad s'en empare. Il y manque la couverture et peut-être bien les premières pages. Le texte qu'il découvre est sali, des taches de boue ou même de sang, qui sait ? À peine lisible, éraflé, le livret a dû traîner partout. Il tourne les pages. C'est imprimé ! Un véritable livre, donc ! Des proses entrecoupées de vers. Il lit au hasard. *C'est la vision des nombres. Nous allons à l'*Esprit. *C'est très certain, c'est oracle, ce que je dis. Je comprends, et ne sachant m'expliquer sans paroles païennes, je voudrais me taire*. Les écrits d'une sorte de mage ou de prophète, mais prophète de quoi ? Et plus loin encore. *Je reviendrai avec des membres de fer, la peau sombre, l'œil furieux : sur mon masque, on me jugera d'une race forte. J'aurai de l'or : je serai oisif et brutal. Les femmes soignent ces féroces infirmes retour des pays chauds*.

Konrad est saisi, égaré, comme au seuil d'un profond mystère. Il n'a jamais rien lu de semblable, ni chez Mickiewicz, ni chez Dante, ni même chez Hugo. Ça lui rappelle seulement un peu Baudelaire. Il se dépêche de feuilleter.

À quatre heures du matin, l'été,

Le sommeil d'amour dure encore.

Il songe à la phrase qui, une heure plus tôt, l'obsédait. Plus loin, encore.

Elle est retrouvée !
Quoi ? L'éternité.
C'est la mer mêlée
Au soleil.

Il est médusé. Si peu de mots pour une image si violente. Il avance encore dans l'énigmatique recueil. *L'automne. Notre barque élevée dans les brumes immobiles tourne vers le port de la misère, la cité énorme au ciel taché de feu et de boue.*

C'est Marseille ! Il tourne les pages, saute à la fin du mince opuscule.

— Ça t'intéresse ?

L'autre est revenu. Il se sent un peu penaud de son indiscrétion.

— Je n'en ai lu que des bribes. Je ne comprends pas tout mais il y a de beaux vers. C'est toi qui as écrit ça ?

— Oui, si l'on veut !

— Pourquoi si l'on veut ? Ce n'est pas de toi ?

— Si, mais, tu sais, c'est de l'histoire ancienne…

— Tu n'en as pas un autre ?

— Non, c'est le seul que je possède mais je peux t'en faire envoyer un, j'ai des amis à Paris et…

— C'est que je repars demain, enfin, tout à l'heure, à l'aube, et pour longtemps, cinq ou six mois au moins.

— Tu sais, ce n'est rien, rien du tout, une simple petite brochure. J'ai écrit quelques autres textes comme ceux-là et je les ai laissés un peu partout à mes amis.

— Tu as déjà navigué, dirait-on ?

— Non, juste des traversées. Comme passager. Entre l'Angleterre et la Belgique, la mer du Nord…

— En tout cas, la mer semble t'inspirer.

— Qui n'est pas frappé par la mer ?

— Oui, la mer de Baudelaire… Mais je ne saisis pas trop tes poèmes en prose.

— Il faut tout lire. S'immerger. Ça prend du temps. Ah, oui, Baudelaire ! Un dieu !

Arthur ne dit rien de plus, il remet le précieux débris dans la poche de son paletot informe. Ils regardent tous les deux vers le port. L'étrave d'un voilier vient de surgir derrière le fort Saint-Jean, le navire, un trois-mâts goélette, se découvre en plein, s'avance vers le milieu du port, juste poussé par son petit hunier que les marins perchés commencent déjà à carguer. La barque glisse en silence sur les eaux lisses et sombres du port. On n'entend que les coups de sifflet du maître de manœuvre et la voix calme du pilote. Debout le long des vergues, les gabiers achèvent de ferler les autres voiles. Le navire somptueux continue un instant sur son erre, traverse lentement le port dans sa longueur et vient s'aligner, parallèle au quai, juste dans le seul espace libre. D'où peut-il venir ? Qui l'a laissé entrer à cette heure si tardive ? Pourquoi n'a-t-il pas eu droit à un remorqueur à vapeur ? Konrad scrute le pont mais ne reconnaît pas le pilote qui a guidé la manœuvre. Mystère. Coque blanche, rouf élégant, apparaux de cuivre, échelles et claires-voies bien vernies, grande barre tenue par un mince timonier. Pavillon espagnol à la poupe. Des matelots balancent les défenses le long du bord. Sur le quai, quatre lamaneurs surgis de nulle part se sont postés chacun à côté des bollards les plus gros, on leur lance des filins, ils les tirent, les aussières suivent, plongeant dans l'eau sous leur poids, les lamaneurs passent l'œil de leur aussière autour du bollard, font un signe aux matelots groupés autour des guindeaux, sous la tension brutale les aussières se tendent, faisant couler leur eau sale, achevant de s'égoutter en vibrant. Le navire s'immobilise tout à fait, flanc bâbord contre le quai.

— Manœuvre impeccable ! dit Konrad. Surtout à la voile ! Personne ne saura plus accoster de la sorte bientôt.

On a déjà jeté entre le bord et le quai la coupée à rampe frangée d'acajou, et avant même qu'elle ne soit tout à fait arrimée, un gros personnage à casquette et galons d'or descend en courant et file vers la Capitainerie.

— Je n'avais encore jamais vu un navire accoster si tard dans la nuit. Il doit se passer des choses graves à bord.

— Pourvu que ce ne soit pas le choléra ! dit simplement Arthur.

Ils rient. Le garçon s'approche. Konrad commande une nouvelle tournée de deux rhums. Le garçon ramasse les verres et ajoute les deux soucoupes rouges à la pile qui commence à être haute. Ils sont saouls.

— Tu ne le sais peut-être pas, dit Konrad. Mais justement il y a du choléra en ce moment en Méditerranée. Depuis des années. Des cas par-ci par-là, à Malte, à Naples, à Tunis… des ports, toujours… Ça pourrait donc bien débarquer à nouveau à Marseille. Il y en avait, paraît-il, encore l'an dernier… Je l'ai lu dans le journal.

— Et la peste, pourquoi ne revient-elle plus ?

— Elle s'est payé un joli festival ici en 1720… La moitié de la population ou presque. Des scènes d'une assez belle horreur. Et tout cela pourquoi ? Parce qu'on n'avait pas voulu respecter la quarantaine. Pressés de vendre leurs tissus, les armateurs du fameux navire le *Grand-Saint-Antoine*, qui venait de Smyrne, ont fait débarquer les marchandises en douce. Dans les tissus, des puces… Tiens, j'avais noté à Cracovie dans mon carnet des passages des *Mémoires d'outre-tombe.*

Il tire de sa poche son calepin, le feuillette. « Sur l'esplanade de la Tourette, au bord de la mer, on avait, pendant trois semaines, porté des corps, lesquels, exposés au soleil et fondus par ses rayons, ne présentaient plus qu'un lac empesté. Sur cette surface de chairs liquéfiées, les vers seuls imprimaient quelque mouvement à des formes pressées, indéfinies, qui pouvaient avoir été des effigies humaines. »

— « Qui pouvaient avoir été des effigies humaines » ! Sacré bonhomme ! Et « lac empesté » !

— Il a toujours de ces formules ! Surtout la mort. Il aime la mort. Il y a le mot « tombe » à chaque page, as-tu remarqué ?

— Oui. Et « fondus par ses rayons », ce n'est pas mal non plus ! Une mer mouvante d'asticots !

— J'ai recopié, juste au-dessus, un autre passage assez splendide : « Au milieu du silence général on entendait quelquefois une fenêtre s'ouvrir et un cadavre tomber ; les murs ruisselaient de son sang gangrené, et des chiens sans maître l'attendaient en bas pour le dévorer. Dans un quartier dont tous les habitants avaient péri, on les avait murés à domicile, comme pour empêcher la mort de sortir. » Il n'y était pas, il n'était pas encore né, loin de là, mais il s'y voit vraiment !

— Il y a des pages d'écriture qui vous frappent ainsi. Et même plus vivement que de vrais souvenirs vécus, tu ne crois pas ?

— Tu te souviens de Baudelaire, « Pour l'enfant amoureux de cartes et d'estampes… »

— Oui, bien sûr, « L'univers est égal à son vaste appétit »…

— Eh bien, c'est ce poème, le plus long de tous, qui m'a donné envie de partir !

— C'est étrange ! Moi aussi ! « Étonnants voyageurs ! quelles nobles histoires / Nous lisons dans vos yeux profonds comme les mers ! »

— Et puis « Nous voulons voyager sans vapeur et sans voile ! »

— Vapeur ou voile, maintenant, quelle importance ?

— Oui. Le principal, c'est la mer, non ?

— Et aussi « Ô Mort, vieux capitaine, il est temps ! levons l'ancre ! » Et là il a trouvé la rime idéale pour l'ancre, l'encre, avec un *e* !

— Et la morale de tout ça, c'est le dernier vers ! « Au fond de l'inconnu pour trouver du *nouveau* ! » As-tu trouvé du nouveau, toi ?

— Peut-être bientôt !

Parfois, dans ce mois de l'automne 74 qui avait précédé son premier embarquement, et dans les trois semaines qui venaient de s'écouler depuis son retour au printemps, Konrad sentait qu'il était trop fasciné, trop englué par ce lieu, ce port encombré, ses perpétuels départs, ses arrivées, son tohu-bohu, et il lui semblait nécessaire de voir d'autres sites, d'autres images. Comme s'il lui fallait fuir une nouvelle sorte de peste. Il décidait de s'arracher au port, de prendre le chemin inverse. Il tournait le dos à la mer. Il aimait par-dessus tout marcher. Les kilomètres ne lui faisaient pas peur. Il traversait la ville, il se sentait comme un navire et il naviguait contre le vent, vers les collines, les arbres, la campagne. Il remontait la rue Cannebière, les allées de Meilhan, le boulevard de la Magdeleine, traversait la ville, des quartiers inconnus de lui jusqu'alors. Il doublait l'hôpital de la Conception, le cimetière Saint-

Pierre. Il montait dans les collines pelées, parfois égayées de quelques bouquets sauvages, il était troublé par la senteur forte des pins, marchait sans hâte mais d'un pas régulier.

Aux immeubles puis aux maisons basses avaient succédé des jardins, des parcs, de belles pinèdes plantées entre les rocs nus et protégées par de hautes grilles en fer forgé, des portails prétentieux qui défendaient des allées rectilignes bordées de cyprès, menant à de fortes bastides armoriées. Des demeures qui appartenaient aux bourgeois de la ville, négociants, armateurs, savonniers, politiciens... Visions furtives au travers des grilles. Les impressions s'étaient bousculées, enfance, vacances, jeux innocents, amitiés amoureuses d'une saison, souvenirs enfouis mais à l'instant revivifiés par un simple détail, perron, bordure d'allée, bosquet, banc forestier, balançoire abandonnée. Il avait longé Saint-Marcel, la Barasse, Saint-Menet, il était entré dans les collines résineuses d'Aubagne.

Il aimait se perdre dans les pinèdes, suivre des chemins incertains, faire craquer les aiguilles sèches, il jouait à être perdu, imaginant des aventures, la nuit tombant, à la recherche d'un refuge, la faim, la soif... Il continuait. Des crêtes calcaires dressées, pelées, à peine quelques arbustes de maquis. Parfois un vignoble où l'on achève la vendange. Il fait un grand geste pour saluer les ouvriers agricoles. Ils lui répondent, il s'approche, on lui offre quelques grappes. Il continue en grignotant son raisin. Toujours les senteurs entêtantes des pins.

En route, des noms revenaient souvent, des noms qui sonnaient à ses oreilles comme des accords de musique. Acapulco, Curitiba, Zanzibar... Des mots musicaux mais, chose étrange, surtout des noms de ports, de ceux qu'il découvrait lorsque, dans son enfance, il suivait sur les atlas les côtes avec le doigt. Ni Paris ni Rome ne le faisaient autant rêver. Zanzibar, qu'il ne connaissait que comme un point minuscule sur les cartes du monde, l'attirait en particulier. Une île, des barrières de corail, les atolls, des îlots, les cocotiers verts en bordure de plages d'un blanc éclatant caressées par des vaguelettes d'une mer trop bleue, il avait dû lire quelque chose à ce sujet. Il avait l'impression d'y être allé et de sentir encore, rien qu'à prononcer le nom, l'odeur et le goût des clous de girofle.

Y avait-il véritablement loin dans les mers du Sud un lieu qui portait ce nom et qui dispensait toutes ces merveilles ? Il en doutait. Exotisme, pittoresque, « luxe, calme et volupté » comme l'avait écrit son poète ? Il pensait que des clichés un peu trop lourds risquaient vite d'affluer en évoquant ces pays lointains dont les poètes avaient déjà fait le tour, d'ailleurs sans y avoir jamais eux-mêmes abordé. Peut-être une fois sur place mesurait-on toute la déception ? Était-il vraiment possible de s'exiler là-bas, de s'isoler avec l'une de ses déesses, la jeune Thérèse ou la moins jeune Marie-Thérèse ? Ou même, pourquoi pas, les deux ensemble ? Oui, pourquoi pas ? Dans ces pays, on doit vivre aux trois quarts nu, au bord de l'eau, dans l'insouciance la plus complète, dans la liberté des corps. Comme dans le récit de Bougainville. Pourquoi pas polygame après tout ? Thérèse, Marie-Thérèse... Les images le troublent. Il les chasse. Elles reviennent. Il sait qu'elles reviendront en mer lorsque les deux femmes ne seront plus que de lointaines chimères...

Depuis trois semaines que Konrad est rentré des Antilles, il n'a pu revoir Thérèse qu'une seule fois, un dimanche, lorsqu'il accompagne Viktor à Hyères. Malgré le printemps ensoleillé, aucun pique-nique n'est prévu, seulement un thé tranquille dans le parc de la pension de famille. Konrad et Thérèse se comportent comme les cousins distants qu'ils sont censés être. Impossible de se retrouver en tête à tête avec elle. Au café Bodoul, l'automne précédent, ils avaient fait des projets. Dès que possible, Konrad l'enlèverait et l'entraînerait ailleurs, à Nice, à Paris. Ni l'un ni l'autre ne savait précisément ce qu'ils feraient. Il fallait d'abord que Konrad gagne de l'argent, ait un métier. Ils pouvaient attendre deux ou trois ans, à condition de se voir le plus souvent possible. Thérèse avait deux enfants. Mais elle les emmènerait à Paris chez leurs grands-parents qui les adoraient. Ils habitaient près du jardin du Luxembourg, pas loin du Collège de France où son père donnait ses cours. Elle parlerait avec sa mère de ses projets un peu fous. Elle demanderait le divorce, les deux amants seraient réunis. Enfin, ils avaient imaginé toutes sortes de plans comme on le fait dans ces situations-là. Seule inquiétude de Konrad : il est encore citoyen russe et, un jour prochain, s'il ne change pas de nationalité, il lui faudra faire leur horrible service militaire qui dure au moins six ans !

Dans le jardin fleuri de l'Institut climatologique, il leur est difficile de parler librement. Les deux jeunes gens ne se disent que des banalités. D'autant qu'il y a du monde autour des deux tables de jardin que Thérèse a installées sur la pelouse, des clients polonais ou russes de la pension, le mari, Viktor, Baptistin qui est de l'expédition encore une fois, des familiers. Konrad se lève en faisant signe qu'il s'écarte pour fumer une cigarette sans incommoder ses voisins. Il se dirige vers un massif, vraie cascade de petites roses pâles à l'arôme délicieux. Il reste là, debout, les yeux dans le vague, aspirant la fumée avec plaisir. Il se produit ce qu'il avait prévu. Thérèse se lève, va et vient entre les fauteuils, dit un mot aux uns ou aux autres, rit à une plaisanterie d'un vieux colonel russe à moustaches blanches, puis, nonchalante, traverse le jardin et s'approche, jouant la maîtresse de maison qui s'enquiert de ses invités.

— Tout va bien ? demande-t-elle tout haut.

— Parfaitement. Ces roses sont magnifiques. Ce rose pâle bordé de blanc…

Elle baisse le ton.

— On m'a dit que tu repars bientôt ?

— Le 25.

— Dans dix jours. J'ai bien peur de ne pouvoir aller te voir d'ici là.

— C'est un supplice.

— Pour moi aussi !

Elle reste tout sourire mais il voit bien qu'elle a envie de pleurer.

— Il faut être patient.

Comme Viktor s'approche, Thérèse, sans façon, montre le rosier, touche les grappes de fleurs. Quelques pétales tombent sur l'herbe.

— C'est une espèce que j'aime beaucoup, des *Calypso*, la plus proche des roses chinoises, par la couleur comme par le parfum. Je les ai plantées moi-même il y a trois ans. Elles ont eu du mal à s'acclimater mais, maintenant, elles semblent heureuses. N'est-ce pas Viktor qu'elles sont magnifiques, nos roses ?

Viktor fait un signe de la tête puis, comprenant le jeu des deux amants, repart vers les tables où il s'assied à côté du docteur Milliot et converse avec lui.

— Si je peux, d'ici la semaine prochaine, j'irai te voir, comme la dernière fois, au Vieux-Port. Mais rien n'est sûr. Sinon quand tu reviendras, à ce moment, on décidera de tout pour de bon…

Konrad lui sourit. Elle repart vers les autres. Il n'aura plus l'occasion de parler avec elle ce soir-là.

Au cours des jours suivants, les derniers avant le départ de Konrad, elle ne peut venir. Elle lui envoie un billet trois jours avant l'appareillage du *Mont-Blanc*. Elle l'a griffonné en hâte au bureau de poste d'Hyères. Des mots d'amour, des mots brûlants, elle a pleuré, il y a des traces de larmes, elle lui souhaite bon vent…

Hier, les feux de la Saint-Jean. Tout le quartier était en fête. Il était là avec Baptistin et quelques-uns de leurs camarades. De grands brasiers place de Lenche, sur l'esplanade de la Tourette, sur le quai. Les vieux avaient apporté des chaises et regardaient les flammes. Les jeunes s'agitaient. Danses, pétards, chansons, clameurs. Les garçons sautent par-dessus le bûcher. Les filles ramassent les braises refroidies, il paraît que ça porte bonheur. On s'asperge d'eau. Les gars les plus téméraires plongent dans le port et en ressortent, boueux, puants. Cris d'effroi. Hurlements des mères. Applaudissements. Tout se termine par des farandoles endiablées qui parcourent les placettes et les ruelles. C'est la grande fête des « *san janenques* », comme disent avec fierté les habitants de ce vrai village de pêcheurs encastré comme un coin vivant et rebelle dans la grande ville qui en a peur. Avec sa bande, Konrad a échoué dans un ultime bistrot et ils ont passablement bu. Le réveil a été difficile ce matin. Il a mis ses affaires en ordre et réglé sa pension auprès de la vieille tenancière qui somnole à longueur de jour dans sa loge du rez-de-chaussée. Il est passé dans les bureaux de Delestang pour signer ses derniers papiers.

Cette fois, deuxième embarquement, la compagnie l'a engagé comme pilotin sur le même vieux navire, il va dès ce matin reprendre la mer avec une vraie fonction. Sur le rôle d'équipage du *Mont-Blanc*, toujours soigneusement tenu, il y aura un simple mot bien français, « pilotin », juste en face de son nom. Pilote, il sait désormais bien ce que c'est. Mais *pilotin* ? Le mot est nouveau, paraît-il, et il semble désigner un apprenti. Un apprenti de quoi ? Un apprenti matelot ? Un apprenti timonier ? Un apprenti officier ? Un futur capitaine ? Un élève sans le moindre diplôme et qui ne serait pas encore passé par une école de la marine ?

Seule chose dont on soit sûr, un pilotin est un jeune homme déjà instruit. À la différence du mousse qui, lui, restera peut-être à jamais simple matelot, le plus jeune, et se fera même dévorer le premier en cas de naufrage, comme dans la chanson bien connue, chanson amusante certes, mais basée, raconte-t-on, sur plusieurs histoires réelles, l'anthropophagie n'étant pas rare dans l'histoire de la marine.

En fin de journée, il a fait un dernier tour vers La Joliette en passant par les ruelles du quartier des pêcheurs. Dans les tas de cendres des feux de la Saint-Jean, il a remarqué des bribes calcinées de vieilles chaises, de balais, de filets de pêche mis au rebut et jetés aux brasiers à la dernière minute afin de s'en débarrasser. Il a tourné autour des bassins pour observer tout le remue-ménage des paquebots et des cargos, puis il est revenu vers le Vieux-Port et s'y est installé, bien décidé, pour sa dernière nuit à Marseille, à veiller autant qu'il le pourra.

Long silence. Les deux amis bâillent un peu. La terrasse est maintenant complètement déserte, tous les pêcheurs sont partis au travail, vendredi, grand jour de la marée, on mange du poisson. Des chats rôdent autour des rangées de tonneaux au bord du quai, le garçon a rassemblé plusieurs tables et empilé quelques chaises, il ne donne pas de signes d'impatience, il est seul, le patron lui a laissé la garde des lieux, il n'a pas envie d'aller se coucher, il regarde de l'autre côté du port le ciel où du rose pâle commence à gagner le gris de plomb. Entre chien et loup, le moment le plus difficile de la nuit, l'heure des crimes et des suicides, dit-on. L'heure des perquisitions de la police, l'heure de la guillotine ou des pelotons d'exécution. Pourtant des canaris se mettent à siffler joyeusement dans leurs cages au-dessus du troquet. Le garçon allume une cigarette et prend un réel plaisir à souffler la fumée devant lui.

Arthur s'est emparé du journal qui traîne sur le guéridon voisin, il le déroule, le déplie.

— Toujours la même chose, les banques, les Bourses, le négoce ! Le Négoce ! La nouvelle religion ! Écoute ça plutôt, je préfère ! Le bulletin de la vigie du port !

« En vue à l'entrée de la nuit :

Deux trois-mâts barques et une voile sans pavillon venant de la partie Ouest.

Un bateau à vapeur anglais venant de la partie Est.

Vent au sud-est faible, horizon brumeux.

Entrée au port national :

Le brick autrichien *Libuka*, capitaine Micoulich, venant de Maracaïbo, à l'adresse de M. Estevan Ronchetti, et un trois-mâts barque anglais chargé. »

Libuka, Micoulich, Maracaïbo, Ronchetti ! Quel salmigondis baroque ! Pas besoin de se creuser la cervelle ! Tout un roman ! Ou plutôt, tout un poème ! Libuka, Micoulich et compagnie, le hasard fabrique de drôles de choses… Les journaux, toujours pareil et parfois pourtant des perles… Mais toi, tu ne dis rien, tu te sens mal à l'approche du départ ? Tu regrettes ?

— Non, pas du tout. Un peu impatient. Mais le jour va bientôt se lever. Je serai à bord et puis tout se passera très vite…

Il a dit cela comme s'il s'agissait d'une condamnation à mort. Il déteste les fins de fête. Et puis, il ne sait pas très bien ce qu'il veut. Depuis qu'il a rencontré ce nouveau personnage si différent des autres, il ne sait plus à quel saint se vouer. Il aimerait revoir Arthur, continuer leur conversation décousue, rester proche de lui. C'est impossible. Il ne peut déserter. Même si déserter de la marine marchande est beaucoup moins grave que déserter d'une armée. Ça casse votre réputation, on ne peut plus naviguer, du moins dans le même pays, on est un peu la honte de ses camarades marins mais les gendarmes ne vous pourchassent pas. Sauf si vous avez touché une grosse prime et que l'armateur dépose une plainte ! Il a déjà pensé à tout cela en imaginant son avenir avec Thérèse. Il n'a que dix-huit ans ! Sans travail, sans revenus… Et la menace du service militaire russe… Que faire ?

Non, il est prêt à repartir. Rien ne le retient vraiment, ni les conspirations espagnoles ni les aventures de la contrebande, ce sera pour son retour s'il ne trouve pas de nouvel embarquement. Et son ami, si beau et si surprenant, il le retrouvera peut-être dans six mois, ici ou à Paris ou ailleurs. Thérèse est une vraie douleur. Un petit regret aussi, c'est de ne pouvoir suivre jusqu'au bout le dernier Jules Verne, *L'Île mystérieuse*, qui paraît actuellement en feuilleton dans le *Magasin d'éducation*… Enfin, il aura toutes les livraisons du journal à son retour ! Peut-être même le livre imprimé sous les belles reliures rouge et or d'Hetzel, une drogue à laquelle son père l'avait initié très jeune.

— Il va falloir que je rentre, dit Arthur. Pour une fois que j'ai une piaule, même si c'est à l'hosto ! Autant que je sois là pour le café du matin ! Au moins, en attendant des jours meilleurs, j'ai le gîte et aussi le couvert !

— Que vas-tu faire ?

— Je ne sais pas. Décharger les cargos. Ou bien m'engager chez tes amis carlistes par exemple. La prime doit être intéressante. Après, je verrai…

Il a repris sa pipe et son tabac, les a fourrés brusquement dans sa poche. Il se lève, ramasse sa canne qui était à terre depuis le début de la nuit et saisit son chapeau de paille qu'il place n'importe comment sur sa tête.

— Eh bien, à bientôt et bonne route ! Merci pour tous ces alcools !

— On pourra se revoir ?

— Je ne sais pas. Je t'écrirai, mais où ?

— Par exemple aux bons soins de la compagnie Delestang. C'est facile, ils me feront suivre ta lettre ou alors je la trouverai au retour.

— Oui, c'est ça !

Konrad sort un crayon et son carnet, en déchire une page, écrit son nom. Arthur lit, sourit.

— Trop de consonnes !

Il empoche le papier. Il se penche, lui serre la main et s'enfuit. Il disparaît vite au coin de la rue Cannebière. Konrad reste seul, plutôt désemparé. Il prend soudain conscience qu'il n'a jamais eu de véritable ami.

Le rose a gagné une large partie du ciel.

Quelques minutes encore et il fera jour. Il se lève, se dirige vers le garçon, assis à l'entrée de la terrasse, règle toutes les consommations de la nuit. L'autre le salue et lui souhaite bon vent. Il n'a plus que quelques pas à faire pour passer prendre son coffre à l'hôtel. Deux cents mètres à peine ensuite pour rallier le *Mont-Blanc*. Il sera sûrement l'un des premiers à bord. Il quitte le quai, pénètre dans la courte ruelle qui le sépare de sa rue. Toujours les mêmes flaques d'eau sale et nauséabonde, les mêmes matous quémandeurs jaillissant de la nuit des porches en miaulant comme des forcenés. Le décor lui rappelle aussitôt une scène des jours précédents. C'était le soir, au retour de sa dernière promenade en calèche, avec les deux Delestang cette fois. On s'arrête à l'angle de cette même ruelle. Il saute à terre, s'apprête à prendre congé. Le vieux mari ne dit rien, les yeux perdus vers les navires du port qu'il semble compter un à un, tâche bien sûr à jamais impossible. Elle se penche très bas vers lui, lui prend la main, la serre fort. Main potelée et chaude, il a l'impression de sentir battre le cœur de la femme dans sa paume. Il a envie de lui dire « Merci Marie-Thérèse », il ne l'a encore jamais appelée par son prénom malgré ses demandes répétées. Elle le regarde droit dans les yeux. Son visage est si près du sien qu'il respire l'odeur de la poudre de riz et du rouge à lèvres. Il soutient son regard, n'osant baisser les yeux vers l'ample et douce gorge, ronde, lourde, épanouie dans le décolleté du corsage fleuri. Il sent qu'il rougit très fort. La scène dure une éternité. Elle murmure. « Il faut faire attention à ne pas gâter sa vie ! » Elle desserre la main, fait signe au cocher, la voiture disparaît. Ses yeux sont embués, son cœur bat la chamade. Il se ressaisit, marche lentement vers la rue de la Coutellerie, parmi les miaulements des chats affamés. « Ne pas gâter sa vie » ? Que voulait-elle donc dire ?

Mardi 10 novembre 1891

Appels, bruits, vertiges. Voix inconnues, ricanant, graves, aiguës, chuchotis, éclats sans suite. Répercutés en ricochets brutaux par les murs souillés d'éclaboussures douteuses, les carrelages froids, les plafonds blêmes des salles sans fond, échos qui pénètrent jusqu'à sa chambre pourtant bien isolée. Éther, chloroforme, morphine, laudanum, codéine... Litanies... Il sombre, coule à pic, vieille barque usée, trouée, plongeant dans les ténèbres, se noie. Chute, abîmes noirs, cris...

Nuit. Il avance, couloir étroit, très long, rien devant lui, seule la perspective trouble qui s'enfonce loin dans le noir. Il trébuche. Se rattrape. Il progresse. Un bourdonnement désagréable règne, avec parfois des éclats insupportables. Soudain, il s'aperçoit qu'il y a de loin en loin des portes dans les murs. Les minces traits lumineux qui bordent les panneaux témoignent d'une vive lumière au-delà. Éclats d'une musique douce sous la stridence. Il sent peser une menace terrible, il sait qu'il doit à tout prix résister à la tentation d'ouvrir l'une de ces portes. Chacune cache un danger épouvantable, chaque fois différent. Il marche. Ne regarde pas sur les côtés. Les portes sont mouvantes, vivantes, accueillantes, elles semblent même parler, gémir, le supplier, le tenter, certaines avec tendresse. Il résiste. Il avance. Il n'y tient plus, il s'arrête, ouvre la première porte à sa droite. D'abord il est ébloui. Puis, s'habituant à la lumière, il est frappé par l'extrême banalité du décor.

C'est toujours la nuit, il est sur un quai éclairé par de grands réverbères, à une centaine de mètres des halls d'une petite gare. Les portes donnant sur la voie sont ouvertes. Des voyageurs vont et viennent, passent sur le quai, se parlent, ils semblent tous se connaître, ils guettent les rails plongés dans la nuit. Tiré par une locomotive noire, un train verdâtre surgit, ils se précipitent vers les marchepieds des wagons. Quelqu'un se penche à la portière du dernier compartiment et lui fait signe. Il se met à courir, sa petite valise à la main. Il rattrape le train qui s'ébranle, monte les marches et entre essoufflé dans le compartiment où plusieurs personnes, deux hommes et trois femmes, sont déjà installés. Il s'assied, se relève aussitôt. Il ne connaît personne. Il a dû se tromper de train. D'ailleurs il ne sait même pas où va ce convoi. Il demande. Les autres rient, lui annoncent une destination, un drôle de nom qu'il n'a jamais entendu, pourtant il a toujours été très bon en géographie. Peut-être ne parlent-ils pas la même langue, peut-être est-il dans un autre pays ? Il n'avait pas prévu cela ! Mais devait-il vraiment prendre ce train ? Il regarde par la fenêtre, la vitesse est maintenant trop grande pour qu'il redescende. Il aimerait bien rentrer chez lui…

Il émerge, en sueur, trempé, souffle court, cœur cognant très fort. Ça reprend. Murmures, fous rires, ordres brefs, sanglots plaintifs, paroles indistinctes, appels sourds, sonneries, pas vifs ou traînants, chocs métalliques, tremblements de chariots grinçants chargés de vaisselles sales ou de pansements gluants, glissant dans un brouhaha cotonneux, vagues notes de piano, perlées, lointaines, cris affreux des mouettes et des gabians avides planant, œil fou, bec crochu, au-delà des hautes fenêtres… Il écoute, entend, oublie, et, perdu, replonge dans la léthargie morphinique. Sommeil confus, douleurs étouffées, impossibilité de surnager, de reprendre souffle dans le tourbillon forcené qui l'engloutit, il sombre, s'enfonce, disparaît encore et encore.

Au printemps de cette même année, il avait retrouvé l'hôpital de ses vingt ans. Il avait eu le temps de jeter un coup d'œil sur l'établissement. Une semaine après son opération, quand on lui avait donné des béquilles, il avait godillé à travers les couloirs, les préaux et les courées. Les pavillons séparés par de petits patios, la cour d'honneur devant le bâtiment principal plantée de platanes aux troncs écaillés, les belles arcades des galeries ouvertes au premier étage, les fenêtres cintrées, les terrasses. Plus de six cents patients. Femmes d'un côté, hommes de l'autre. Et à l'intérieur de ce découpage, d'autres catégories, blessés, vénériens, contagieux, prolétaires, bourgeois et officiers de marine. La cloche réveille tout le monde le matin à sept heures. Le médecin et son équipe, internes, externes, font leur visite. Puis soins par infirmiers ou bonnes sœurs. À dix heures le repas. Revisite médicale l'après-midi. Visiteurs. Dîner à cinq heures du soir. Longues heures d'ennui. Il a toujours été le roi de l'ennui et de la patience…

Fin mai on lui coupe la jambe. Bonne cicatrisation. Fin juillet il rentre chez lui, à la ferme familiale. Fin août, quand il redescend à Marseille, c'est dans l'intention de s'embarquer de nouveau vers l'Afrique. Rien ne va plus, la douleur est telle qu'il doit retourner à la Conception. Cette fois il se fait inscrire sous le prénom de Jean. Il a peur de l'autorité militaire. On pourrait le retrouver, le jeter en prison pour désertion ou insoumission. Combien d'années de service militaire dans notre belle patrie ? Cinq ans ? Même avec une jambe en moins ? Même à trente-sept ans ? D'Arthur à Jean donc, pourquoi pas ? Comment déjà s'appelait son ami de 75 ? Ah, oui, Konrad, avec un K ! Et il se faisait appeler Monsieur Georges. Décidément, on aime changer de nom dans cette ville... D'ailleurs lui aussi avait une peur bleue du service militaire !

Il ne veut pas aller dans une salle commune, trop de lits, trop de malades, trop de râles, trop de ronflements, trop de cris nocturnes. Les chambres individuelles sont payantes mais confortables et surtout isolées. On l'a installé dans le quartier des officiers de marine. Située au premier étage, sa chambre donne sur la galerie ouverte. Elle est meublée d'un grand lit de fer à quatre barreaux verticaux entre les deux montants latéraux, table de chevet, commode en bois, quatre tiroirs, poignées de laiton, son linge, ses dossiers africains, ses livres, une lampe à pétrole posée sur la plaque de marbre. En bas, sous le dernier tiroir, une jolie arabesque ciselée dans le même bois tendre. Au chevet, une chaise paillée. Au-dessus de la tête de lit, un crucifix, croix de bois, christ de bronze noir, artisanat saint-sulpicien. La fenêtre en ogive. Deux battants, quatre vitres carrées, et dans la demi-lune au-dessus des battants, deux autres carreaux aux bords arrondis, des quarts de rond. Des persiennes que les sœurs ferment chaque soir et rouvrent au matin.

Au début du séjour, lorsqu'il était éveillé et que

l'ennui le taraudait, il se distrayait par ses petits calculs. Il continue comme il peut. Il compte les dalles du sol, les meubles, les objets, découpages de son monde limité. Il aligne les nombres. Un : une porte, une fenêtre, une chaise, et, nouveauté, une seule sandale ! Deux : deux lumières, le bec de gaz, la lampe à pétrole. Trois : les montants du dossier de la chaise. Quatre : les pieds de la chaise, ceux du lit, ceux de la commode, les tiroirs, les clous de la croix avec celui de l'écriteau INRI. Cinq : les arabesques de cuivre de la lampe à pétrole. Six : les faces du cube formé par la pièce, les six barreaux verticaux du lit de cuivre, en comptant les deux montants latéraux. Sept : le nombre des grands carreaux du sol dans la largeur de la chambre. Huit : chacun des quatre tiroirs de la commode possède deux poignées. Neuf : les carreaux dans la longueur de la chambre. Dix : les dix vitres de la fenêtre. Onze : les nombres impairs sont plus rares mais il y parvient s'il ajoute aux six faces de la pièce les deux lumières et les trois montants de la chaise, ou n'importe quoi d'autre, il fait ce qu'il veut de toute façon ! Douze : les barreaux verticaux du lit, en additionnant le pied et la tête… Treize, les fentes de chaque panneau d'une persienne, deux fois treize, vingt-six fentes de lumière par persienne et donc cinquante-deux en tout ! Et puis sept fois neuf, soixante-trois carrés pour le carrelage de la pièce. Depuis trois mois, il a eu le temps de se livrer à toutes les combinaisons possibles, de les apprendre par cœur et deviner même les correspondances les plus saugrenues entre les choses.

Quand il s'éveille et qu'il n'a aucune pensée nouvelle, la ronde des chiffres reprend. Il combine toutes les informations qu'il a récoltées, il revérifie ses comptes, il récapitule, il pense même que cela pourra lui servir plus tard. Les capacités d'observation du monde liées à quelques acrobaties avec les nombres, une façon d'exercer son cerveau, de le soustraire aux brumes délétères de l'opium.

Dans un coin de la pièce, posée à terre, sa malle, une sorte de grosse valise de cuir épais, deux compartiments amovibles enserrés par des courroies qui permettent d'en augmenter à volonté le volume. Elle est très lourde. Trop. Lourde de livres. Du plomb ! Une petite partie seulement de tous ceux qu'il a commandés au cours des dernières années, qu'il a accumulés, qu'il a lus durant ses milliers d'heures au désert, qu'il lit et relit sans cesse, même ici dans les rares heures de lucidité que lui laissent ses tortures. Tous les savoirs, toutes les techniques, tous les métiers. Géométrie, astronomie, météorologie, cartographie, exploration, voyages, géologie, minéralogie, agriculture, commerce, navigation, topographie, géodésie, serrurerie, télégraphie, chemins de fer, routes, canaux, ponts, travaux publics, peinture, maçonnerie, charpente, photographie… Ça semble infini, pourtant il sait depuis longtemps comment s'y frayer un chemin, il absorbe tout, il est une nouvelle sorte de savant autodidacte, il possède les secrets du cosmos et de la matière, toutes les façons de la transformer, les clés du monde.

Pour l'opération, sa mère appelée en renfort est venue lui tenir compagnie. Malgré les supplications d'Arthur, elle est vite repartie, il lui fallait s'occuper de la ferme, veau, vaches, cochons, couvées. Sans doute plus important à ses yeux. Avant de remonter à Charleville, elle a pris soin d'aller à la banque pour empocher la petite fortune du fils, on ne sait jamais. Drôle de famille ! Si l'on peut appeler ainsi cette étrange combinaison de personnages dissemblables et meurtris. Lui, le père militaire, bien oublié aujourd'hui, sait-il seulement ce que sont devenus ses enfants ? Peut-être même mort ? Ne faisait que passer lors de ses permissions. Repartant vite. Cantonné ailleurs, vie de caserne, guerre, expéditions, bonnes excuses, un enfant après chaque passage, cinq en tout, deux gars, trois filles. Guerre de Crimée. Décoré. Ne supporte ni ses mioches ni sa femme, se fait passer pour veuf. Vit loin, dans une province alpine. On ne le reverra jamais. Elle, de son côté, l'imite, fait précéder son nom de famille du terme « Veuve » ou de l'abréviation « Vve ». Quelle merveille de haine, si bien partagée, entre une femme et un homme ! Toute sa colère ou plutôt sa sévérité, sa froideur reportées sur les fruits de cette union déçue, autorité, religion, éducation, austérité, travail, épargne.

Enfants de deux veufs, donc enfants de deux *morts*, pourquoi ne seraient-ils pas des *orphelins* ? Vitalie, la mère, perd un bébé, une fille, qu'elle a nommée Vitalie comme elle. Un an plus tard, elle accouche d'une deuxième fille, encore une Vitalie. Comme pour se perpétuer par la seule magie du prénom, vitale et fatale Vitalie ! Arthur, toute sa vie, ignore s'il hait la *Mother*, comme il l'appelle, ou s'il l'aime. Elle ne fait rien pour cela, elle semble dénuée de tout sentiment, de toute tendresse. Pourtant il aimerait pouvoir l'aimer. La troisième fille sera Isabelle. Et, après Isabelle, le paternel ne revient plus jamais en permission, il n'y aura donc plus d'enfants. La dernière fois qu'Arthur a vu Isabelle, elle avait dix-huit ans. Lorsqu'il la retrouve, elle en a plus de trente. Fin août, elle redescend avec lui de Charleville à Marseille, elle ne le quitte plus. Septembre, octobre, novembre, elle est toujours là, elle partage son malheur, elle est témoin de sa géhenne. Et lui s'accroche à elle, désespérément. *Je me crois en enfer, donc j'y suis.*

L'hôpital, donc. Rien de mieux trouvé comme nom de baptême. *Notre-Dame de l'Immaculée Conception !* Qui l'avait choisi ? Des curés, des bonnes sœurs ? Les Augustines qui régnaient sur cet hospice ? Ou peut-être l'archevêque de Marseille qui n'en avait pas encore assez avec sa cathédrale toute neuve, sa basilique célèbre, ses abbayes, son Hôtel-Dieu, sa Vieille-Charité ? Que de bondieuseries dans cette ville ! Souvenirs des années passées, son ami et lui étaient des mécréants, de bons athées, des persifleurs de curés, ces corbeaux noirs auxquels ils jetaient des « croâ-croâ ». Et pourtant ils en parlaient beaucoup avec Paul, la Vierge les intriguait. *Ineffabilis Deus*, 1854. *Syllabus*, 1864. Ceux de Rome n'arrêtaient pas d'essayer de raconter la chose à leur façon, tous ces hommes sans femmes. Des siècles que ça durait, pas encore réussi à assimiler ça. « Il m'a enculé la conception… », disait en ricanant Paul, grand incrédule alors, lançant à longueur de journée force blagues scatologiques, tous les jeux de mots ou blasphèmes qu'il pouvait inventer sur Jésus, la Vierge, Joseph, les saints et les scènes de l'Ancien comme du Nouveau Testament, des plus banales aux plus terribles. Il paraît qu'il s'est converti depuis, bizarre, difficile à croire. Judas !

« Et puis comment ? » Par l'oreille comme l'imaginent les Pères de notre Sainte Église. Par le simple mot de l'archange susurré à la gentille dame qui n'attendait rien et qui n'en demandait pas tant ? « Qu'il en soit fait selon Votre volonté, je suis la Servante du Seigneur ! » Soit. Mais comment expliquer ? Qu'a-t-elle ressenti ? A-t-elle joui ? A-t-elle crié, de douleur ou de plaisir ? Des deux à la fois ? Même par l'oreille ? A-t-elle imaginé tout ce qui allait lui arriver ? Pas de pénétration du vieux Joseph ? Or il est écrit ailleurs que le Christ avait plusieurs frères ! Pas de sang ? Pas de fécondation ? Pas de gonflement de l'utérus, du ventre, des seins, des douleurs et des nausées, des flots de pleurs et de vomi. Rien de cette patiente attente des neuf mois, et ensuite, travail, c'est le mot, douleurs, tenailles au bas du ventre, ouverture des écluses, les eaux, contractions diaboliques, propulsion, expulsion qui ouvre le trou béant, brisant tout barrage et toute volonté ? Va donc rester vierge avec tout ça ! Entre la merde et la pisse, nous naissons, a dit l'autre ! Et après, le saignement sordide de la chose béante, encore pleine de spasmes ignobles expulsant le trop-plein de la secrète alchimie, la chierie gluante de la viande humaine qui s'éveille, la sortie immonde du gros placenta dégorgeant, genre foie de veau, il a vu ça dix fois chez lui, à la ferme, avec les vaches, les truies et les juments. La petite bête hurlante, pisseuse, le cordon tranché d'un couteau ferme, et puis l'allaitement par les seins gonflés à mort, prêts à exploser, comme son moignon ? Parfaite et totale bestialité, saloperie ! S'Il s'est fait homme, Il a dû passer par l'huis éternel, briser la barrière qui est la porte obligée, vivre les premiers instants bréneux et sanglants qui sont le lot commun, et connaître toute cette merde qui est, paraît-il, la vie même.

Difficile à digérer, ce dogme. Que pouvaient-ils inventer de mieux ? Ils en avaient fait des livres saints, des basiliques, des chapelles, des retables, des oratoires, des fêtes votives, des hôpitaux enfin. Devait-on revivre à notre tour tout ce cirque parce que le nom était donné, comme un baptême universel, comme un destin inéluctable ? Et lui, qui ne féconderait jamais une femme, n'aurait pas droit de vivre ce miracle de la conception ! Survivra-t-il même jusqu'à la fête de cet événement miraculeux qui tombe juste dans un mois ? Processions, autels fleuris, chorales de jeunes filles en fleurs et autres bondieuseries. *Allah Kérim ! Allah Kérim !* Allah le Généreux ! Il lance le mot à haute voix.

Sœur Rosalie, qui lui apportait son verre de lait, est effarée. Elle pose le verre sur la commode. Elle se signe. Elle tremble. Elle le tance.

— Voyons, monsieur Jean ! Pas de ça ici !

Il rit. Ça ne lui arrive plus très souvent. Cette bonne humeur rassure un peu la sœur.

— Et votre hôpital, ma sœur, a été inauguré sous l'Empire, l'Empire ridicule de Napoléon le Petit. Maintenant c'est la République de M. Sadi Carnot. On ne dit plus Immaculée ! Seulement l'hôpital de la Conception. Et Conception, c'est l'Idée, l'Entendement, la Connaissance, l'Intelligence, la Conscience… La Science en un mot, si vous préférez !

Dans Marseille l'incrédule, l'athée, l'anticléricale, la révolutionnaire, un hospice moderne, pourvu des techniques les plus récentes, où viennent travailler des chirurgiens et des médecins des meilleures facultés, Lyon, Paris, Montpellier, Marseille aussi bien sûr, et très hautement titrés, solides piliers de cette nouvelle République, la troisième, laïque, traqueuse de Jésuites et de cagots, et dont l'évidente apostasie éclate à chaque instant dans les débordements festifs de la salle de garde pleine de peintures obscènes. On n'avait pas voulu garder cet horrible mot d'Immaculée. Effacé ! Conception, ça tenait encore debout, ça sonnait presque comme Révolution…

Il marche dans le sous-bois, suivant un chemin qui serpente parmi les noisetiers. Il entend des éclats de voix. Il quitte le sentier et continue à avancer avec prudence entre les bosquets. Il parvient au seuil d'une vaste clairière : un hameau de quatre ou cinq jolies maisons à toits de chaume dépiautés entoure un moulin en ruine, ailes brisées, porte béante. Une douzaine de chevaux broutent paisibles l'herbe d'un enclos. Autour d'un feu, des dragons et des artilleurs prussiens font cuire du petit gibier à la pointe de leurs sabres ou de leurs baïonnettes. Près d'un amas de vieux tonneaux cassés et vermoulus, deux sentinelles montent la garde, mais la guerre est finie depuis des semaines et il n'y a plus aucun guerrier français dans tous les bois d'Ardenne. Il se cache dans les buissons, observe les soldats. Tous moustachus, beaucoup de barbus. Jeunes, plutôt joyeux. Fumant de longues pipes courbes décorées de blasons. Plusieurs ont ôté casque à pointe et bottes, et les ont déposés, bien alignés, à l'orée de la clairière. Tentant ! Il contourne le hameau le plus lestement possible, se met à plat ventre et rampe jusqu'aux buissons proches des bottes. Il s'empare d'une paire qui lui semble à sa taille et la tire avec précaution sous les feuillages. Il recule en rampant et, une fois hors de portée, il se relève et part en marchant vite. Lorsqu'il se sent en sécurité, il s'assied contre un arbre, enlève ses bottines crevées, enfile les belles bottes de cuir souple. D'abord elles lui semblent un peu grandes. Pas grave, il suffira plus tard d'y mettre du journal. Il jette ses vieux souliers dans un fossé et s'enfuit en courant. Il a l'impression que ses bottes s'adaptent aussitôt à ses pieds et qu'il avance à toute vitesse. Les Bottes de Sept Lieues ! Il est le Petit Poucet. Il sera bientôt chez lui. Il rit. S'ils mangent nos lièvres et nos perdrix, je peux bien leur piquer leurs croquenots !

Elles reviennent au matin, sœur Rosalie, sœur Marie. Elles se saisissent de lui, toujours avec la plus grande délicatesse mais c'est chaque fois un supplice. Elles font sa toilette, visage, bras, aisselles, ventre, le retournent, le nettoient des fuites de la nuit, changent draps, alèses de toile cirée, taie d'oreiller, en le faisant glisser le plus doucement possible d'un bord à l'autre, enduisent de pommade les escarres de son dos, le remettent à plat sur le drap bien lissé, lui font sa piqûre de morphine. Elles le bichonnent, comme elles disent, le traitent comme un bébé dont elles semblent jouir de changer les langes, ces femmes sans homme et sans enfant. Elles ne paraissent pas avoir le moindre dégoût. Elles se sont vouées à Dieu et, pour elles, Dieu est dans le moindre corps souffrant. Elles sont sans doute attachées à lui par pitié, si jeune et si catastrophiquement blessé ! Et pendant ce temps les horribles oiseaux tournoient dans le ciel bleu en lançant leurs affreux piaulements.

Au début, c'étaient des infirmiers. Des rustres à gueules de forçats et à gros bras tatoués, tout droit sortis des docks fumeux de la ville. Ils le soulevaient, le posaient sur un fauteuil le temps de changer la literie. Ils plongeaient sous le lit de fer où sont rangés les instruments, brandissaient le bassin, l'urinal, parfois aussi le haricot pour vomir. Arthur ne veut rien savoir. Ils le secouent, lui font mal, il se défend du mieux qu'il peut, ils finissent par baisser les bras. Il n'est pas né pour chier, vomir ou pisser devant ces gens sans feu ni lieu, des voyous qui passent juste quelques jours à l'hosto pour se faire un pécule, dérober quelques instruments médicaux, piquer l'argent des malades, puis repartent vers leurs affaires louches dans les bas-fonds du port. Difficile de trouver du personnel, lui a dit l'un des médecins, le plus jeune des internes, le seul qui lui soit sympathique. Sœur Rosalie et sœur Marie les remplacent. Ou parfois Isabelle. Mais sans effet. Il est constipé, il ne peut plus pisser non plus, on lui donne du lait, du miel, des potions de rhubarbe ou de bourdaine qu'il vomit aussitôt, de la paraffine, enfin de l'huile de ricin. Rien n'y fait, tout son corps est fermé, bouché, il va éclater comme un ballon, ça ne peut durer longtemps, tout le monde le sait, et lui le premier.

D'abord, il n'avait pas supporté qu'on le manipule ainsi, il avait crié, juré, il les avait insultées, puis, peu à peu, il s'était habitué au rituel. Il est devenu l'enfant docile dont elles rêvaient, il se laisse faire, parfois un petit cri plaintif, il n'a plus peur, il n'a plus honte de la décrépitude de son corps, il prend même plaisir à n'être plus qu'un objet de leur délectation, tout nu, décharné jusqu'à l'os, gris, vert, horrible, avec cette chose accrochée à son côté droit. Le bien-être qu'il ressent après leur passage lui laisse même entrevoir un possible retour à la santé. Elles lui font des piqûres, très douloureuses, ensuite c'est le paradis, des rêveries à n'en plus finir. Peut-être va-t-il guérir sous leurs traitements affectueux ? Mais non ! Il n'est qu'un pantin disloqué et il sait que ce calme n'est que l'effet pervers de la morphine. Elles le tournent et le retournent comme une loque à peine humaine, même pas comme elles feraient en mettant au tombeau leur Christ. Non, comme cette charogne qu'il va être bientôt, faible différence entre le vivant et le mort tout proche ! On le flanquera dans un cercueil étroit en tassant bien la viande excédentaire, cette cuisse monstre qui s'est nourrie semaine après semaine de tout le reste de la chair de son corps, membre fantastique qui viole les lois de la nature et les sages mesures géométriques et trapézoïdales des croque-morts. On le mettra en terre dans sa ville natale, la plus sinistre de France, le trop triste trou, et on l'oubliera. Tout le monde l'oubliera pour toujours !

Et expecto resurectionem mortuorum... En admettant même que ce soit possible, comment retrouverait-il sa jambe le jour de la Résurrection ? Jetée depuis longtemps dans un incinérateur. À moins qu'ils n'en aient gardé un morceau, sa belle tumeur, dans un bocal de formol ? Et alors, comment tout cela se ressoudera-t-il ? Le sec et le poudreux, l'os et la cendre, le pourri et le formolé, les bons os et les os bourgeonnés ? Dieu sera-t-il un bon Frankenstein ? Morceau par morceau. Quelle colle, quel fil pour recoudre tout ça ?

C'était fin mai. Il était donc revenu à la Conception et, en quinze ans, les platanes avaient beaucoup grandi. Salle de chirurgie flambant neuf, une fierté marseillaise. Tout s'est passé très vite. Chariot, on l'emmène couché, on le pique d'abord, morphine, un instant plus tard on lui met un masque sur le visage, une sorte de cornet métallique prolongé d'un tuyau souple, il n'a pas le temps de voir d'où vient le tuyau, respirez à fond, odeur sucrée écœurante, chloroforme, vacarme dans ses oreilles, cloches et sirènes, il éclate de rire, se sent très joyeux malgré le bruit infernal, il sombre. Au réveil, il est toujours couché. Il a mal au crâne comme après une bonne cuite et il sent encore sa jambe droite, il s'étonne, il appelle. L'opération n'a donc pas eu lieu ? Mais si, c'est fini, complètement fini ! Non ! Je la sens toujours ! Extrême confusion dans son cerveau. Les deux chirurgiens, le docteur Pluyette et le docteur Beltrami, viennent inspecter les coutures. Beau travail, ils sont fiers d'eux. Arthur aussi voudrait voir. Non, on ne peut pas voir tout de suite. Il faut attendre, se reposer. Coupée, pas coupée ? Et où est-elle à cet instant ? Que vont-ils en faire ? Est-ce qu'il y en a qui demandent à la garder ? Il n'est pas le seul dans ce cas, plusieurs autres dans les salles communes, bras, pieds, jambes entières, mains, doigts... Des ouvriers des arsenaux et des radoubs, des pêcheurs, des lamaneurs, des pauvres gens, de très pauvres gens, blessés, cassés, gangrenés... Que font-ils de tous ces morceaux ? Dissection, analyses, travaux pratiques des externes, et puis, hop, au feu ? Le feu purificateur. L'holocauste aux dieux de la science. La cheminée de l'hôpital fume souvent, répand même parfois aux alentours des bouffées pas très catholiques, genre rôti de porc un peu carbonisé, qui affolent les oiseaux. Drôle d'histoire !

Il chemine sur la route poudreuse, en plein soleil. À l'horizon une ville élevée, crénelée, hérissée de tours et de minarets, se dresse dans une brume de chaleur mauve. Il hâte le pas, il y sera bientôt. Le paysage devient moins désertique, de chaque côté de la route des champs clôturés plantés de grenadiers, de pistachiers, de rosiers, de jasmins, successions de vergers et de jardins fleuris bordés de palmiers, et, en leur centre, des fontaines de marbre blanc couronnées de jets d'eau fraîche. À mesure qu'il avance, la ville se précise et les enclos sont de plus en plus denses. Certains croulent de roses épanouies, d'autres sont saturés de citronniers odorants, d'autres encore débordent de lianes à vanille. Petits paradis successifs, jouvences...

Il parvient à la porte de la ville, une grande ouverture en ogive taillée dans un rempart de jade vert veiné de jaune, les bords sont d'améthyste. Un gardien vêtu d'une longue djellaba bleue et d'un turban d'un blanc éclatant lui fait signe de passer. Le pavement aligne des pierres de toutes formes et de toutes couleurs, hyacinthe, jaspe, lapis-lazuli, azurite, malachite... Il avance, il se sent des raideurs dans les membres mais n'y prête pas attention. Il sait qu'il doit monter dans la ville, il ignore pour quelle raison exacte, mais il obéit à cette injonction secrète. Le spectacle est d'ailleurs plaisant. Les murs montrent des formes et des couleurs qu'il n'a jamais vues. Tous sont composés de pierres précieuses mais en une telle quantité que cela dépasse l'entendement. Sous ses pieds, le grain crisse, de la poudre de rubis. Est-il au paradis ? Dans l'antre d'un sorcier ? Dans une fantasmagorie déclenchée par l'opium ? Ce qui le séduit c'est que, illusion ou pas, tout lui semble bien concret, vivant, réel, il pourrait toucher les murs, les gratter avec ses ongles, arracher telle pierre qui lui plaît, se cogner contre un portail, pousser et déjanter une porte d'or, arracher un morceau du décor pour devenir riche d'un coup. En même temps, il se demande où tout cela va bien pouvoir le mener.

À force de monter par escaliers, ruelles et passages voûtés, les membres de plus en plus lourds, il finit par accéder à une esplanade, le sommet de la ville escarpée. Plusieurs minces clochers ou minarets se détachent autour de lui, élancés dans le ciel bleu, mais il lui semble qu'il a atteint la cime des architectures. Il a une vue dégagée sur les alignements de jardins et de clos fleuris au pied de la ville. Il attend. Peut-être quelqu'un va-t-il venir ? En principe, lorsqu'on est embarqué dans ce genre d'aventure, un personnage arrive et vous donne sinon la solution, du moins la morale de l'histoire. Il n'a vu personne depuis l'homme au turban de la porte de la ville. Enfin, voyons, nous sommes en 1891, pas 1991 ni 2091 ! C'est précis, non ? Et je sais qui je suis, Arthur, l'esprit le plus rationnel de son siècle ! Peut-être que je rêve, peut-être que je suis complètement fou, mais il y a des choses que je voudrais comprendre. Et même comprendre tout de suite ! Personne ne vient, il se sent de plus en plus lourd, dur, il a du mal à tourner la tête, du mal à plier les genoux, il ne peut plus faire un pas. Il regarde ses mains qui sont de la couleur de l'émeraude ! Et soudain il a saisi ! La ville est composée d'hommes comme lui, figés et transformés en pierres, qu'elles soient précieuses ou pas ! Non ! Il ne veut pas ! C'est une nouvelle histoire fantastique, à peine digne d'Edgar ! Non, ça ne tient pas debout ! Ou alors c'est encore l'opium qui l'abuse ? Et si tout était quand même vrai ?

Donc il est bien entouré, il a deux chirurgiens et deux bonnes sœurs qui s'occupent de lui. Et aussi, tout est double dans cet hosto, deux aumôniers passent chaque semaine et tentent de lui venir en aide, « spirituellement » disent-ils, le chanoine Chaulier et l'abbé Suche. Il aime parler avec eux parce qu'ils sont instruits, Chaulier connaît Virgile, mais M. Jean refuse de débattre de religion avec eux. Il leur a vite affirmé qu'il était athée et qu'il n'était pas question pour lui de changer.

— Mais athée, a dit l'abbé Suche en riant, ça ne veut rien dire, c'est aussi une sorte de religion !

Arthur reste ferme. Il accepte d'évoquer avec eux Bible, textes classiques, questions philosophiques, science. Pas question de se confesser, de communier ou d'aller à la messe, en admettant même qu'il puisse se traîner avec ses béquilles jusqu'à la chapelle de l'hôpital, un lieu toujours très bien rempli où d'ailleurs culs-de-jatte et béquillards oisifs ne manquent pas. Les hommes y viennent parce que c'est le seul endroit où ils peuvent racoler les femmes de l'hôpital. Les aumôniers passent, de salle en salle, de chambre en chambre, distribuer orémus et patenôtres, angélus et amen…

Il mesure sa chute. Il était donc revenu à Marseille pour s'embarquer à nouveau et, en guise de navire, il n'a pu que monter à bord du *Conception*, ce gros paquebot de pierre immobile, peuplé de médicastres, de nonnes, de curés et de brancardiers, rempli d'amputés, d'alités, de vérolés. Pas de mâts, pas de vergues, pas d'hélices, pas de cheminée sauf celle de l'incinérateur. Il est tout près du port mais roulis et tangage, chants de l'équipage, promenades sur le pont, étoiles du soir, ce n'est plus pour lui. Il enrage, il faut qu'il en sorte, il faut lever l'ancre, il ne peut tourner dans sa cage comme un rat. Si près du but ! Comment faire ? Appeler ? Qui pourrait le délivrer ? Il lui reste tant à faire. Retrouver ses caravanes, traverser pierrailles et montagnes à la tête de convois fastueux, gagner beaucoup d'argent, vivre dans le soleil… Mais non, voilà, il n'est plus qu'un infirme, un infâme et informe infirme. Un mendiant geignard, comme ceux de la piscine de Bethsaïda. *Sur les linges blancs ou bleus dont s'entouraient leurs moignons…*

C'est l'aube, il est dans une cellule étroite, des fers aux pieds qui lui écorchent les chevilles. La porte s'ouvre, le geôlier entre, le détache, le pousse dans le couloir. On l'entraîne vers la cour de la prison. Un peloton de six hommes, l'arme au pied. Un gradé le pousse vers un poteau dressé contre le mur. Deux hommes lui tirent les mains dans le dos et les attachent derrière le poteau. Il se demande quel type de nœud ils font, nœud plat, nœud de vache, nœud de chaise ? Il refuse qu'on lui bande les yeux. Le gradé donne des ordres aux soldats. Ils saisissent leurs fusils, prennent position, le mettent en joue. Il voudrait dire quelque chose de beau, de net, de définitif comme on l'attend de lui. Il a même l'impression que l'officier traîne un peu pour lui laisser cette ultime liberté. Rien ne vient. Pourtant, il a été un poète brillant, il pourrait faire un effort ! Non, rien. Et, du coup, l'ordre de feu n'arrive pas non plus, c'est insupportable, un vrai supplice, une éternité…

Ce qu'il a aimé dans ses promenades dans Marseille, en l'attente de ses embarquements, c'est se perdre dans le grouillement des foules. Aucune chance pour que quiconque vous reconnaisse, vous interpelle, vous rappelle un passé oublié. Il a beaucoup marché. Il a visité toute la ville. Il s'est saoulé de visages et de silhouettes, il a lu les enseignes et les affiches, laissant résonner en lui les mots et les images. Un souvenir entre tant d'autres. Au hasard de ses errances dans la ville, en 75, Arthur était tombé en arrêt devant un magasin de la rue Saint-Ferréol qui vendait des animaux. Des singes, des varans, des perroquets, des toucans, des mainates, garantis siffleurs ou parleurs, et bien d'autres oiseaux exotiques plus modestes, malheureuses bêtes rapportées par on ne savait quels marins un peu fous ou bien peut-être importés par des revendeurs spécialisés, marchands d'illusions pour Marseillais sédentaires. Il était déjà miraculeux que ces êtres aient pu survivre à des semaines de mer. Les prix étaient élevés, leur avenir sans doute peu garanti. Ces boutiques exposaient aussi des lots importants de coquilles pour les budgets plus serrés des adultes et des enfants.

Après avoir regardé un instant les pauvres bestioles dans leurs cages, plumes, fourrures ou écailles usées à force de se frotter aux sinistres barreaux métalliques, il s'était attardé devant les caisses étiquetées à la va-vite et ne donnant que de brèves informations sur les espèces ou les provenances de ces merveilles. Certaines avaient été pêchées dans les mers proches de cette côte, d'autres venaient de pays lointains dont il ignorait même le nom. Le coquillage avait l'avantage sur les piètres animaux encagés d'être seulement un vestige de vivant, immobile, placide, décoratif, et d'avoir un pouvoir d'évocation beaucoup plus vif. Le rose et le mauve des strombes chantaient les aurores des Caraïbes. Les murex hérissés de pointes avaient un air à la fois fragile et menaçant. Les spires savantes des scalaires et des turritelles suggéraient des images de cases ou de coiffures africaines. Les troques copiaient les chapeaux chinois. Les ondulations régulières des peignes rappelaient Botticelli et sa Vénus. Les cônes prenaient l'apparence de marbres précieux. Les fentes étroites et délicatement dentelées des porcelaines imposaient des images très intimes. Il aurait eu envie de souffler dans les gros buccins comme le faisaient avec désinvolture les tritons joufflus sculptés sous les fenêtres des immeubles de la rue de la République. Ou encore d'écouter la mer au fond des turbos empilés dans leur panier comme autant d'oreilles en attente. Il aurait aimé les posséder tous, avoir même, si un jour il finissait par se poser quelque part, un cabinet de curiosités.

Je recommence donc à béquiller. Quel ennui, quelle fatigue, quelle tristesse en pensant à tous mes anciens voyages, et comme j'étais actif il y a seulement cinq mois ! Où sont les courses à travers monts, les cavalcades, les promenades, les déserts, les rivières et les mers. Et à présent l'existence de cul-de-jatte*! Car je commence à comprendre que les béquilles, jambes de bois et jambes mécaniques sont un tas de blagues et qu'on n'arrive avec tout cela qu'à se traîner misérablement sans pouvoir jamais rien faire. Et moi qui justement avais décidé de rentrer en France cet été pour me marier ! Adieu mariage, adieu famille, adieu avenir, ma vie est passée, je ne suis qu'un tronçon immobile.*

Des images de sa vie surgissent par bribes, indigestes, insupportables. À peine débarqué au bout de l'Arabie turque, il a tout à la fois aimé et détesté Aden. Cratère sinistre, monts pelés, rochers noirs, sécheresse terrible, soleil écrasant, le trou du cul du monde ! Le centre de sa vie pendant ces douze dernières années. Paradis du commerce, café, riz, ivoire, encens, gomme, myrrhe, plumes d'autruche, or, perles, peaux de bêtes. Il a commencé par surveiller le tri du café et fini par diriger d'importantes caravanes en face, sur l'autre rive du Golfe. Il revoit les paysages de ces aventures répétées si souvent à partir de Zeïlah, sur la côte. Plaines à buissons épineux, plateaux rocailleux, pierres volcaniques carbonisées, vallées vertes, étendues sèches jonchées d'ossements de mulets et de chameaux, déserts de cailloux et de sable, montagnes escarpées, prairies, forêts, rivières, champs cultivés, cols, moutonnement des collines, enfin les murailles de Harar avec leurs cinq portes.

Trop de personnages, trop d'aventures, trop d'images. Il se souvient du ricanement des hyènes qui parfois le soir pénètrent dans la ville et rôdent autour des maisons. Des disputes terribles qui jaillissent soudain de la nuit et puis le silence retombe. Des palabres incessantes avec les indigènes venus vendre leur café ou leurs peaux de chèvres. De ses visites au gouverneur, cérémonial, formules de politesse, conversations sans fin. Des heures de cheminement dans des paysages désolés. Des chasses au léopard dans les montagnes, avec ses amis. De ses campagnes d'exploration dans des contrées où nul Blanc n'avait encore pénétré. De ses longues semaines de paludisme où il gisait sur sa couche, ses livres à portée de main, ses lectures enfiévrées, souvent délirantes.

Il a eu une compagne durant deux ans. Une Danakil. Elle s'était offerte à lui de façon à la fois très naturelle et spontanée parce qu'il ne fallait pas qu'un homme reste seul dans ce pays, c'était la loi. Elle était mince, elle était belle, elle n'était pas bavarde, ce qui lui plaisait, et il l'avait acceptée. Ils s'entendaient bien. Ils échangeaient quelques mots dans les trois langues communes. Elle aimait fumer. Lui aussi. Ils sortaient le soir sur leur terrasse à Aden, devant la grande esplanade toujours déserte sous la lune, pour échanger des cigarettes beaucoup trop fortes, et regarder les étoiles. Arthur lui disait les noms des astres qu'il avait appris, en français, en arabe et en hamari. Elle répétait en riant. Ils ricanaient comme des enfants, sous l'effet du tabac. Ils s'embrassaient, se caressaient. Ils rentraient. Ils couchaient ensemble mais il ne voulait pas ou ne savait pas l'ouvrir avec son couteau comme c'était la coutume dans le pays où toutes les filles avaient été cousues très serrées dans leur petite enfance et où tous les hommes avaient à la ceinture le fin poignard rituel. Qu'était-elle devenue ? Quel autre l'avait enfin ouverte avec sa lame préparée, soigneusement aiguisée depuis toujours pour ce seul usage ?

À cette heure, il n'a plus que le ressassement des noms, par exemple les lieux visités alors, avant ou après ses séjours en Abysssinie. Alexandrie, Le Caire, Port-Saïd, Suez, Djedda, Souakin, Massaoua, Hodeïdah, Mokha, Obock, Tadjoura, Djibouti, Zeïlah, Ankober, Harar, Entotto, Addis-Abeba… Ces villes que lui énumérait Djami, son serviteur fidèle, qui s'était mis à son service et avait été au cours de ces années son seul soutien, toujours là et attentionné. Ami, confident de discours devenus incohérents. Mais chaque fois efficace, souriant, qu'en diront les autres un jour ? Une femme et un giton à la fois, comment expliquez-vous cela, monsieur le Professeur ? Eh bien, c'est une longue histoire, il va falloir patienter. Voilà, ça commence en telle année… Éternels malentendus… Personne ne peut comprendre…

Cliquetis, grincements. Loin de l'Abyssinie ! Ne manquait plus que lui ! Mistral ! Il souffle et siffle sur la cité avec une rage qui n'augure rien de bon. La fenêtre de la chambre, mal jointée, grogne, affreuse, les carreaux branlent, coups de bélier, le vent va l'enfoncer, jaillir dans la pièce, tout envoyer valser, table, chaise, lit, livres, papiers… Se calme quelques secondes, reprend avec frénésie, pure rage, incontrôlable. Parfois ami, il vide les trop-pleins de pluie, pousse les feuilles mortes au pied des murs, sèche les foins dans les greniers ouverts, nettoie le paysage de toutes ses impuretés, lave la mer, les rochers et les plages, chasse fumées et odeurs de mort, fait claquer joyeusement drapeaux, oriflammes et fanions, prélude aux grands départs. Et parfois ennemi, un vrai diable, il bouscule les tuiles et les charpentes, jette à bas les édifices les plus fragiles, pénètre les haies de cyprès, détruit les récoltes, gâte les vendanges, arrache tout. Et surtout, il énerve les habitants qui après plusieurs jours ne sont plus capables de travailler, ont des idées de stupre ou de meurtre en tête, et même en arrivent à se suicider. Bourrasque dans les voiles, arrachages de balises, chavirages, naufrages, ruptures de digues, désespoir des marins en mer, une escadre entière jetée à la côte, quinze crimes en ville par la simple pression des colères du mistral sur les tempes des hommes et des femmes. Marseillais dingues, fous furieux, des Amoks, étranglent leur femme, fracassent leurs enfants contre les murs, se jettent dans le port.

C'est le roi du pays. Rien ne lui résiste, rien ne saurait le ralentir, l'effacer, le supprimer tout à fait. Il va détruire jusqu'aux murs de l'hôpital et pousser toute la ville hors de son port. Marseille prend le large ! Marseille, rose des vents, compas universel, bout du monde, bout de la vie !

Retour au lit d'hôpital. Jolies rayures de soleil projetées sur le mur par les persiennes tirées. Il referme les yeux, il voit la route, son lent déroulement. Une route composée de toutes celles qu'il a parcourues. Il entend les clous de ses galoches attaquant le pavé, leur curieux écho métallique et musical. Il voit défiler de chaque côté les haies, les clôtures, les talus, les taillis, les murs, les fossés, les ruisseaux, les masures, comme si l'on avait mis en continuité, afin de composer un décor unique, les mille façons de borner le paysage. Il n'a aucun souvenir des commencements, il a toujours marché. L'humain a deux jambes, deux pieds, et lui, la seule chose qu'il aura véritablement aimée, la marche. Il peut avaler des lieues et des lieues, plutôt des kilomètres et des kilomètres, comme on dit maintenant, mot un peu barbare, révolutionnaire, moins attirant. Dans la lieue, il y a le lieu, le vœu, le feu, le bleu, l'adieu et, évidemment, dieu !

Aucune distance ne lui fait peur. Le monde est minuscule. *Je me reposerai ici et toi tu ne cesseras de marcher jusqu'à ce que je vienne.* Traverser la France, l'Italie, l'Allemagne, la Suisse, la Suède, Java, l'Égypte, l'Abyssinie… *Moi pressé de trouver le lieu et la formule.* Ni formule ni fortune ! Ni lieu ni feu ! Ni jeu ni dieu ! Le bonheur de marcher est inexplicable. Le vide, le souffle, les mots qui s'enchaînent un à un, perles sur le fil. La pensée qui tourne toute seule, comme pour l'ami Rousseau dans ses rêveries. Le rythme, le rythme ! Le tam-

tam de la marche à pied ! Le sang circule bien, le cerveau est limpide. Les images naissent au fil du chemin, mots, pieds si bien nommés, vers, rimes, césures, le poème, délice perpétuel. Il n'a dans le souvenir qu'une route sans fin. Ça roule, ça cascade, ça fonce, ça court, ça chante, ça n'arrête jamais, c'est éternel !

Il a tellement marché, routes, pistes, sentiers, que tout se fond et se confond dans sa mémoire. Seuls demeurent l'allégresse, le bonheur d'avancer. Et les haltes plaisantes, parfois, au creux d'un vallon frais, aux heures les plus chaudes, herbe verte et folâtre, fleurs des champs, source désaltérante, pépiements d'oiseaux, aucune présence humaine, il s'étend, ses yeux se ferment, un léger somme dans le gazon, la chanson en quelques vers qui s'immisce tendrement en lui. *Trou de verdure... Frais cresson bleu...* Vite griffonnée, vite oubliée jusqu'à la prochaine étape où il la redécouvrira, ravi, sur un bout de papier froissé.

Il avance, traverse des provinces, des ponts, des forêts. Il regarde la vie des villages, il les franchit, il ne s'attarde pas, il est léger, flottant comme un elfe, une ombre. Ariel ! Personne ne l'arrête, personne ne le retient. Peut-être même que personne ne le voit ? Il est son maître, on ne peut l'empêcher de bouger, on ne peut le soumettre à aucune loi humaine. Ses amis l'ont surnommé « l'homme aux semelles de vent ». Il peut traverser des pays entiers presque sans s'en apercevoir.

Parfois il décide d'entrer dans le monde. Il s'arrête dans un cabaret de bord de route à l'orée d'une ville ou d'un village. Tout devient fête. Une servante très jeune, blonde, fortement mamelue, effrontée et rieuse, un grand bock de bière dont la mousse éclabousse, des tartines de fromage, une petite ritournelle égrenée par un limonaire vient de la rue, les charrettes passent, un chat ronronne sur une table voisine, l'après-midi s'étire, trois ou quatre mots se greffent sur ceux déjà notés, une journée de grand bonheur va s'achever. Il chantonne.

D'autres moments sont plus épiques. Le ciel est chargé. L'orage éclate. Il se met à pleuvoir à torrents. La campagne est déserte. Il quitte la route et court à travers un vallon pour se réfugier dans un fenil éloigné. Ses pieds s'enfoncent dans la terre boueuse, il dérape, se rattrape, continue de plus belle. Il arrive mouillé jusqu'aux os, les pieds crottés. Il se déshabille, étale ses vêtements devant l'entrée, se couche en caleçon dans la paille qui pique et gratte. Les mains derrière la nuque, il regarde les poutres de la grange où deux chouettes effraies, la tête penchée vers lui, l'observent avec inquiétude. Il leur fait des grimaces, leur tire la langue.

Ulysse terrestre ! Juif errant ! Personne d'autre que lui ne connaîtrait donc ce suprême plaisir de coucher à la belle étoile, se réveiller glacé et mouillé à l'aube, reprendre son errance dans la campagne, vouloir à tout prix continuer, danser tout seul en bordure des pâtures, grappiller dans les vergers, repartir aussitôt vers d'autres aventures, progresser lentement dans des paysages sans cesse changeants, arriver un jour dans un lieu inimaginable, et surtout repartir ?… « et il me sera loisible de *posséder la vérité dans une âme et un corps.* »

Grilles, hauts murs, cours, alignements de pavillons, salles pleines de malades, il lui semble être dans une prison ou dans un pensionnat. Et pourtant le port est là, tout proche, au point qu'il croit parfois en entendre la rumeur. Et les oiseaux de mer qui planent par bandes autour des toits de l'hôpital comme des vautours affamés. À l'affût de charognes humaines ? Et aussi les sirènes des navires, le plus souvent lointaines, étouffées, presque inaudibles. L'une parfois plus vive que les autres, grave, solennelle, dernier avis avant d'embarquer. Elle s'adresse à lui. Dépêche-toi, on t'attend, ne manque plus que toi, tu es sur la liste des passagers, le seul encore absent, et tes bagages même pas encore à bord ! C'est l'heure, vite, vite ! Embarquement immédiat, plein sud-est, vers le canal, Suez, l'Arabie, Aden, l'Abyssinie, tu vas retrouver tes amis, ils t'attendent, ils t'espèrent, comme on dit ici à Marseille. Ils se réjouissent déjà de te revoir ! *Allah Kérim !* Le vent est bon, les drapeaux flottent joyeusement, les cheminées fument, les hélices trépignent, les aussières grincent, le timonier est à la barre, le pilote à son côté, le capitaine fait les cent pas sur la passerelle, les passagers sont fatigués d'agiter leurs mouchoirs, les lamaneurs se battent les flancs, indécis, au bord du quai, les amis et les familles en pleurs ont mal aux bras à force de faire des signes, la sirène gémit à nouveau, beuglement insistant, lugubre. Il faudrait te lever, saisir les béquilles, sautiller, dire adieu à tout ce beau monde, toubibs, bonnes sœurs, infirmiers et infirmières, au diable les bagages, te précipiter dans la rue Cannebière, vers les quais, faire un geste de loin avec ta béquille, voilà j'arrive, qu'est-ce que dix minutes de retard pour une traversée de dix jours ?

Mais non, sirènes, sirènes, le même mot. Mi-femmes, mi-oiseaux, ou peut-être mi-poissons, leur chant est si merveilleux qu'aucun homme ne peut s'y soustraire. Cannibales sans pitié, elles dévorent les marins attirés par elles. Arthur est ligoté au mât de son navire. Ses compagnons autour de lui, les oreilles bouchées de cire. Il supplie ses marins de le détacher, ils refusent, il jouit du chant magique, mais il parvient à résister à leur appel. Une fois de plus il triomphe de la mort… Il a maîtrisé ces bêtes humaines.

bouvreuil corbeaux chevaux chiens dogues bœufs vaches paons grillons fauvettes chats libellules brebis mouches cétacés papillons hannetons crotales cantharides poux colombes panthères serpents punaises dorades pigeons rat escargots loups coq hyène crapaud chenilles taupes moucherons araignée porc ver lièvre castors chacals poissons ours araignées hippocampe lapins sapajous

À force de courir joyeux dans les sous-bois, il est essoufflé. Il ralentit. Il va, l'humeur folâtre, dans un paysage verdoyant, prés fleuris, petits bois frisés frissonnants, chemins doux et délicats zigzaguant à travers la plaine vers un horizon bleuté, vols de tourterelles, chants de fauvettes, un loriot quelque part, un coucou… *Quelque nid d'où s'échappe un léger frisson d'aile.* Il ne sait ce qu'il cherche, peut-être seulement marcher, marcher à travers la campagne. Campagne, compagne ? Non, personne ne vient à sa rencontre, dommage ! Il aimerait que *passe une demoiselle aux petits airs charmants.* Il se remet à courir. *Et je sens des baisers qui me viennent aux lèvres.* Il voudrait papillonner, buissonner, robinsonner, respirer, chantonner. Non, rien, la seule nature devant lui, froide et vierge. Il voit soudain des uhlans à cheval qui chargent, sabre au clair, en poussant des cris sauvages. Vareuses bleues, casques à pointe, chevaux écumant. Le canon tonne. Il est perdu. *Il sent marcher sur lui d'atroces solitudes.* Il est *majnoun*, le possédé !

Il remonte à la surface, c'est le jour, il croyait que c'était encore la nuit. Le vent s'est calmé. Des notes de musique lointaines l'ont réveillé. Piano, piano véhément, furibard même. Liszt, Chopin ? Sans doute joué par l'autre fou ! Décidément, dans cet hosto, que de dingues ! Normal, si près de l'asile des aliénés : suffirait de bâtir une courte galerie pour relier les deux établissements ! Le directeur de l'hôpital, M. Isidore Belmont, Isidore, on t'adore ! Belmont, grand con !, un petit gros à tête de gibbon, accroché chaque jour à son clavier, pourrait bien finir à côté, en effet, en fils de Wagner, avec tous ces fils de Napoléon, petits-fils de Vercingétorix, nouveaux Mac-Mahon, les hystériques, les violeurs de pourceaux... Un silence. Ça reprend. Sûrement du Wagner maintenant. *Siegfried*, *Lohengrin*, *Vaisseau fantôme*, quoi encore ? Quelle est donc cette tartouillade ? Ne peut-il laisser ses pauvres malades tranquilles ? Ou bien croit-il aux vertus thérapeutes de sa musique boche ? Bon, d'accord, Baudelaire a aimé Wagner, mais on n'est pas forcé de le suivre en tout ! Cet Allemand était quand même un adepte du gros boum-boum, timbales, cymbales et trompettes ! Patapouf ! Lourdingue !

Arthur n'aime pas la lourdeur. Il a la nostalgie du silence, celui des déserts surtout, avec juste, de temps en temps, le cri des oiseaux de proie qui planent, et celui des chameaux, comment déjà ? Ah, oui, le blatèrement ! Les médecins de cet hôpital déblatèrent toute la journée, plusieurs ont d'ailleurs des lippes de chameau, deux ou trois des crocs de crocodile. D'autres sont de simples gnous. Il y a aussi une girafe ! Babillages, radotages. Les chirurgiens scient, tranchent, coupent, désarticulent, et ensuite, dans leurs salles de garde, ils plaisantent, ils racontent, ils en font des chansons, ils déblatèrent à qui mieux mieux. Fiers de leurs prouesses. Des filles de salle, dans un coin retiré, lavent en chantonnant tristement scies, pinces, forceps, bistouris, trocarts, lancettes, scalpels, tous ces engins d'acier souillés de pus puant, figé, ou de sang caillé, noirci, collant, avant de les enfourner dans les étuves. Après, elles se soumettent, dans les recoins de l'hosto, au rut désordonné des internes impatients, jamais rassasiés. Wagner, Chopin ! On aura tout vu ! Tout entendu ! Même pas une bribe de Mozart… Isidore, moins fort, moins fort !

Une fois, à Harar, un des associés de ses expéditions, un Européen qui vient de se joindre à leur caravane, le surprend accroupi contre un muret. Un peu plus tard, il l'interpelle en douce. « D'homme à homme », comme ils disent.

— Ah ! Ah ! Vous ne pissez pas debout, vous pissez comme les indigènes ! Vous avez donc adopté leurs coutumes ! Pourquoi pas le Coran pendant que vous y êtes ?

— Mais j'ai lu le Coran ! En entier ! J'en possède deux exemplaires, un en arabe, l'autre en français ! Je connais même beaucoup de sourates par cœur ! Et aussi quelques hadiths… Vous savez, c'est parfois aussi joli que la Bible… Et je parle arabe… *Alam yajidka yateeman faawa / Wawajadaka dallan fahada / Wawajadaka'a-ilan faaghna…*

— Et ça veut dire quoi ce charabia ?

— « Ne t'a-t-Il pas trouvé orphelin ? Alors Il t'a accueilli ! Ne t'a-t-Il pas trouvé égaré ? Alors Il t'a guidé ! Ne t'a-t-Il pas trouvé pauvre ? Alors Il t'a enrichi ! » C'est la sourate 93, fameuse entre toutes !

— Et c'est qui ce « Il » ?

— Enfin, mon cher, Allah en personne !

— Vous ne vous êtes quand même pas converti !

— Ça me regarde. Si je m'étais converti, je ne vous le dirais pas !

Arthur se renfrogne et passe à autre chose, il va vérifier le harnachement d'un chameau et donner quelques ordres à un chamelier. De quoi se mêle-t-il, celui-là ? Est-ce que je lui demande comment il pisse et s'il va à la messe le dimanche ?

Ce matin, ils sont tous là. La chambre pleine d'yeux, une forêt d'yeux, un grouillement d'yeux voyeurs, tout grands ouverts. Chirurgiens, internes, bonnes sœurs, infirmiers et infirmières, garçons et filles de salle. En cercle, autour de lui. La vraie famille d'un cirque. Comme le Cirque de Paris dont il a été un temps le caissier en 78 à Stockholm. Il n'était pas clown. Il leur avait bien proposé, il se voyait volontiers enfariné et tout en paillettes, ou avec un gros nez rouge, ils n'avaient pas confiance, ils avaient préféré qu'il garde son poste derrière le guichet. Et puis, pour justifier sa paye, bien sûr, il lui avait fallu aussi se soumettre à quelques travaux moins paisibles, passer le râteau dans la litière des chevaux, rassembler le crottin, vider les ordures des loges, balayer les gradins après le spectacle, repasser chaque jour les costumes des six clowns, des quatre écuyers et des quatre écuyères, travail harassant, il n'était pas resté trois semaines, il s'était vite enfui vers le Sud…

Cette fois, il les dévisage, ses spectateurs, mais ça ne les gêne pas, c'est comme s'il était déjà mort. Une sœur s'approche et rabat le drap. Ils regardent la chose innommable. Un des internes sort. On l'entend qui vomit dans le couloir. Silence. Même Pluyette, le chirurgien-chef, ne pipe mot. Longue carrière, jamais vu une chose pareille. Deux infirmiers se bouchent le nez. Une outre putride de la hanche au moignon, énorme, gonflée, rouge, bleuâtre, suintante, violacée, les belles coutures du mois de mai commencent à craquer. Épaisse, lourde, comme la charogne d'un gros animal. Un interne : il y a deux mois, c'était une citrouille, maintenant, un quartier de bœuf ! Le deuxième chirurgien, Beltrami, demande qu'on s'écarte de la fenêtre pour qu'il ait plus de lumière, il fait une photo. Clic ! Pas un mot. Un squelette vivant affublé d'une excroissance géante. Presque comique ! Et si ça allait exploser ? Plusieurs reculent. Le chirurgien-chef fait un signe. La bonne sœur remet le drap. Les spectateurs vont se disperser. On ne les a même pas fait payer comme au musée Spitzner ! Un retardataire entre dans la chambre en coup de vent, il veut voir, on soulève encore le drap. Hagard, effaré, il recule et s'en va, il s'en souviendra toute sa vie, celui-là ! Bien fait pour toi, connard !

Ces gens-là n'ont pas peur, ne respectent rien, même pas sa pudeur, d'ailleurs on ne voit plus ses organes, ratatinés, cachés sous l'énorme débordement flasque de sa chair cancéreuse. *Les idiots râleux, vieillards, pantins, laquais !* Avant de sortir, les deux chirurgiens se jettent un regard de connivence. Plus rien à faire de toute façon… Le vent fait grincer les carreaux de la fenêtre. Quelqu'un s'en avise et a l'idée d'ouvrir pour aérer. Bourrasque, courant d'air, un autre retient la porte. Les exhalaisons méphitiques sont balayées un moment, partent vers la galerie et les couloirs où elles vont se dissoudre, c'est l'ordinaire de l'hôpital, les effluves passent, se mêlent, inventent un nouveau parfum, écœurant, ignoble, celui de la mort, où dominent toujours l'éther et la créosote.

On referme la fenêtre. Ils quittent tous la pièce, accablés mais sûrement heureux de retrouver quelques malades bien plus normaux et ensuite la joyeuse vie de la ville, ses brasseries, ses restaurants, ses lampions, ses bals, ses putains frisées, ses odeurs de vie bien vivante, et les bouffées du grand large… Il les hait. Si au moins son moignon purulent avait eu le bon goût d'exploser lorsqu'ils étaient tous là, *Ô que ma quille éclate !*, gicler à travers toute la chambre, maculer chacun de ces pantins de ses humeurs fétides, leur transmettre sa pestilence, les empoisonner tous à mort…

Seule une des bonnes sœurs est restée près de lui, elle lui pose un linge frais mouillé sur le front. Il referme les yeux. Son meilleur numéro de clown ! Ne manquait que l'orchestre de cuivres sur l'estrade et la grosse caisse vulgaire qui fait bang-bang pour la sortie des artistes. Les larmes coulent. La sœur l'essuie avec un autre linge, sec celui-là. Pouce ! Je ne joue plus ! Il en a assez vu, il préfère le dessous accueillant de ses paupières à toutes les scènes du monde. Il plonge dans ses enfers paradisiaques. Il est debout dans la ville, il marche vers le port, il va s'embarquer. Ce soir même ! Il est heureux, il chantonne son ariette de Favart ou de Mozart, il ne sait plus très bien, beaucoup trop de choses se brouillent dans sa tête. Son sac sur l'épaule est de plumes, son pas alerte, il flotte au-dessus des pavés, il se sent léger, désinvolte. Cette nuit il sera au large, le visage fouetté par la brise, la délicieuse brise marine. Loin de tous ces fourbes et ces salauds cruels.

L'autre jour, il ne sait plus quand précisément, l'homme a été introduit dans sa chambre et s'est assis près de sa sœur. Il est souriant, il ne parle plus affaires cette fois. Il a dû finir par comprendre que c'était désormais hors sujet. Il est comme un spectre jailli d'un temps révolu, d'un pays trop lointain. Peine à croire qu'il puisse arriver d'Aden, il est habillé comme un bourgeois parisien. Même pas le canotier marseillais, il faut dire qu'on est en octobre ou novembre, il ne sait plus très bien, c'est sans doute maintenant la saison du chapeau melon. L'homme bavarde, bavarde, des paroles fatigantes, ça n'en finit pas. Quelle plaie !

— … et, savez-vous, on parle de vous dans les gazettes…

— Tu entends, Arthur ? On parle de toi à Paris ! Tu as entendu ce que Monsieur a dit ?

— M'en fous !

— Ils disent que vous avez écrit des poèmes. Qu'on vient de les publier. Et même que c'est très bien !

— Merde pour la poésie !

Il ferme les yeux. Il replonge en Abyssinie. Il voit la plaine poudreuse, le soleil voilé, il sent la chaleur… il est en sueur…

— Pardonnez-lui. Il est malade. Il n'a plus toute sa raison. La morphine, vous comprenez…

Il ne dira plus rien. Il est très loin. Et puis, cela n'a plus aucun sens pour lui. Il sait qu'il ne guérira pas. Alors, explorateur, commerçant ou poète, quelle importance ? Explorateur du vide, marchand de vent ! Hé-hé ! Quand même ! Le premier poète français à avoir fait rimer *Vénus* et *anus* !

solides/bolides sueurs/fleurs cité/cécité fièvre/lèvre Français/bassets galons/salons passez/assez panique/botanique sapajous/Acajous Tropiques/microscopiques torpeurs/candeurs fourmille/charmille rumeurs/meurs douce/rousse impudiques/tuniques vermeils/sommeils bouche/couche brise/grise amoureuse/douloureuse Paresse/caresse larmes/flammes miel/ciel charmants/amants jeunesse/délicatesse patience/souffrance Épouse/jalouse routes/gouttes sauvages/orages

Ce matin, ou hier matin, enfin il croit bien que c'était le matin, il n'en sait plus trop rien, un coq avait chanté. Plusieurs fois, avec insistance. Comme s'il s'adressait à lui. D'où ? Une basse-cour dans l'hôpital ? À côté ? Chez les fous ? Une illusion ? *Ad matutinem, gallo canente spes redit*, au matin, au chant du coq, l'espérance renaît... Le début des laudes du dimanche. Le coq chantait donc, vrai ou faux coq, mais quelle espérance ? Bien après lui, des coqs chanteraient l'aube et le jour nouveau. Et lui, pauvre Arthur, il n'y serait plus ! Il en était sûr ! Et parfois, pourtant, il doutait. Son abcès pourrait se résorber d'un coup, au chant du coq ou à un autre moment, et il se retrouverait comme jadis et naguère, jeune, beau, ingambe, plein de projets. À moins que ce coq ne surgisse là comme celui de Pierre pour lui reprocher quelque chose ? Mais qui aurait-il pu renier ou trahir, un jour, dans sa folle aventure terrestre ?

Coq marseillais ou coq romain, quel que soit le coq, il signale aux survivants que la vie va repartir pour une journée au moins, que rien n'est perdu. À vous de jouer ! Débrouillez-vous avec ce délai, on vous l'offre, vous verrez bien ce soir ce qu'il en restera. Ainsi soit-il ! *Amen* ! Chant du coq ! Cocorico ! Galéjades ! Rien n'est jamais joué. Vous délirez, monsieur Jean ! Vous êtes complètement fou ! Vous croyez aux miracles ! Vous ne serez même pas crucifié la tête en bas ! Un coq se fout bien de vos projets, de votre jambe perdue, de vos passés qui ne reviendront pas et de votre avenir qui est barré, oui, vraiment barré. Superstitions ! Tout est perdu, aucun espoir, le chant du coq n'est qu'un chant du cygne, une illusion, une de plus ! Tous les coqs du monde chantent à la même heure, ou à peu près, et ils ne disent rien d'autre que vous allez mourir comme tout le monde, comme les coqs, bien sûr, et comme les humains, surtout.

Les éléphants ne sont ni fort nombreux, ni de forte taille, dans le centre de l'Ogadine. On les chasse cependant sur le Fafan, et leur vrai rendez-vous, l'endroit où ils vont mourir, est toute la rive du Wabi. Là ils sont chassés par les Dônes, peuplade somalie mêlée de Gallas et de Souahelis, agriculteurs établis sur le fleuve. Ils chassent à pied et tuent avec leurs énormes lances. Les Ogadines chassent à cheval : tandis qu'une quinzaine de cavaliers occupent l'animal en front et sur les flancs, un chasseur éprouvé tranche, à coups de sabre, les jarrets de derrière de l'animal.

Toute sa peau est devenue trop sensible. Le moindre pli du drap, une minuscule bosse du matelas, un grain de sable, un cheveu même, supplices insupportables. Il faut le soulever, brosser avec soin le lit, tendre le drap et l'alèse à se rompre, reposer le malade avec la plus extrême délicatesse. Il rêve d'un lisse idéal, une brise légère et tiède qui le maintiendrait en l'air sans le moindre contact, flottant dans une sorte de nirvana sans fin. Et ce n'est pas tout. Son moignon est trop bas, il lui pèse, on le rehausse à l'aide d'un coussin, bientôt ça lui fait mal, il faut réduire la hauteur avec une cale de coton, puis son bras droit devient une bombe de douleur, une vraie dynamite, et qui ne peut plus rien frôler, on l'entoure d'une couche d'ouate épaisse et on le repose, tout doux, le long de son corps. C'est au tour du bras gauche, on l'enveloppe de flanelle. Sa jambe gauche est glacée, plus de circulation, plus de réaction. Pommades, massages, aucun effet. Ensuite le cou se tétanise. La douleur, démon personnifié, semble rouler de proche en proche, sauter d'un membre à l'autre, vouloir ne laisser jamais aucun répit à la carcasse dont elle s'est emparée et que rien ni personne ne pourra chasser... Pas un démon, non. Un monstre, un monstre cannibale, épouvantable, pire que tout ce qu'il a connu dans sa vie. Pour combattre la douleur, l'illusion d'un monde lisse, lisse, plus lisse que le plus lisse des satins, un lisse crissant qui fait frissonner les nerfs, un pur cauchemar.

lys blé nénuphars roses saules roseaux aulnes chênes marronniers luzerne framboises fraises églantiers noisetiers lilas tilleuls cresson glaïeuls aubiers héliotropes roses trémières belladones nectaires, oranges myosotis violettes lauriers lotus hélianthes pâquerettes eucalyptus lianes romarin bambous tabac cotonniers mangliers lichens garances chardons caoutchouc mûriers pommes de terre vigne pommes tremble sapin bruyère ormeaux groseilles ivraie aristoloches amarante buis liserons doucette acacias pois peupliers ronces salades palmes sainfoins thym giroflées genêts digitales ronces jacinthe souci pavot mûres prunelier

Sec, sec, sable, silence, solitude. Cailloux, désert, poussière... Montées, descentes, plaines, collines, montagnes... Soleil voilé par cette espèce de brume de chaleur et la poudre en suspension dans l'air. Morne piétinement de la caravane obstinée. Les chameaux, curieux animaux, indifférents comme lui, têtus, avançant esclaves de leur charge, habitués aux coups et aux cris des chameliers, pas après pas, des dizaines, des centaines de kilomètres sans s'arrêter... La plupart du temps, il marche devant son mulet, sans chapeau, juste une mince chéchia sur le sommet du crâne, le visage recuit, cette fois ce ne sont plus les coups de soleil d'Italie, non, autre chose, un hâle sombre, la peau noircie, ridée, cramée par plusieurs années de fournaise… Parfois, au bout de quelques heures, il se sent un peu las, il enfourche sa monture et sort de ses arçons l'un des volumes qu'il a emportés. Le *Guide pratique du commandant de navires à vapeur. Résumé des principales connaissances théoriques et pratiques nécessaires pour bien diriger ces sortes de navires et en tirer tout le parti possible.* Par M. Aristide Vincent. « C'est à vous, jeunes marins du dix-neuvième siècle, que je dédie cet essai sur un nouveau mode de navigation qui vous appellera, dans un avenir peu éloigné, à changer les relations de tous les peuples, à porter la civilisation, nos arts, nos sciences, dans toutes les contrées, même les plus sauvages, les plus reculées, avec une promptitude inespérée ; à effacer les nuances qui distinguent et séparent les diverses nations, par le rapprochement facile et rapide des habitants de toutes les parties du globe. »

Malgré la brûlure accablante de la piste, il peut lire ainsi durant des heures, levant les yeux à intervalles réguliers pour surveiller la bonne ordonnance du convoi ou pour faire quelques signes aux caravaniers. Paysage de montagne, bien reconnu, peu d'obstacles, sauf quelques rochers que la file de chameaux contourne sans hésiter. Les sages préceptes de M. Vincent ont quelque chose de rafraîchissant. « Les bouées qui se trouvent sur le chemin du navire, ou qui entourent le lieu du mouillage, doivent être évitées avec le plus grand soin ; l'orin qui s'engagerait dans les aubes deviendrait très difficile à dégager, et si, saisi par l'hélice, dans son mouvement de rotation, il arrivait à s'embobiner autour de son moyeu, il en résulterait indubitablement des avaries qu'une grande vitesse pourrait rendre très graves. Nous croyons donc que le vapeur qui donne la nuit dans un port qu'il ne connaît pas doit laisser tomber l'ancre dans un lieu peu éloigné du mouillage habituel des navires, ou bien attendre au large que la clarté du jour lui permette de venir prendre un poste convenable. » La poussière, le gravier, le sable, la sécheresse implacable de la piste, le vent brûlant, la lente ambulation des bêtes formaient de plaisants contrastes avec les aventures humides évoquées par le *Guide pratique*. Arthur lit tout. Il veut tout savoir de tous les métiers. Il naviguera sur la mer Rouge toute proche, d'Aden à Suez. Il bâtira des maisons, des entrepôts, des hôtels. Il fera construire une voie ferrée. Le *Manuel du mécanicien de locomotive* est aussi passionnant qu'un roman du vieux Victor.

La préparation des caravanes prend des mois. Il lit sous la tente aux heures les plus chaudes. Ensuite l'évolution du convoi dans le désert dure parfois trois semaines ou même plus, il a beaucoup de travail, il faut palabrer, donner des ordres, surveiller les arrimages des chameaux, guetter les environs au cas où des bandits s'approcheraient, prendre des décisions sur l'itinéraire, sur le bivouac. Mais il y a aussi de longues heures vides et monotones, ce lent cheminement dans un paysage qui semble ne jamais changer. On s'arrête tôt. On allume les feux. Les hommes préparent la cuisine. Il y a du temps encore avant de trouver le sommeil. Arthur lit. « Lorsque le mécanicien s'aperçoit, par les signaux ou autrement, qu'un train arrive à sa rencontre, il doit immédiatement serrer les freins et renverser la marche, pour arrêter et reculer le plus promptement possible : si la collision est inévitable, il doit fermer tous les robinets de la machine, jeter son feu, et ne quitter son poste qu'au dernier moment. » Peu à peu l'immense campement s'est apaisé, les flammes des foyers disséminés font briller les yeux des bêtes couchées très près les unes des autres. Plusieurs hommes armés de carabines veillent, ils scrutent la lisière du désert d'où peuvent surgir à tout instant des fauves affamés ou des pillards intrépides. « En présence d'un danger de collision, le courage et le sang-froid du mécanicien peuvent seuls éviter l'accident, ou en diminuer la gravité. Le mécanicien sait qu'en pareil cas il doit veiller au salut des voyageurs plus qu'à sa vie. »

À chaque voyage, il emporte deux ou trois de ces manuels qui paraissent contenir tous les savoirs du monde. *Nouveau manuel complet du Chandelier et du Cirier, traitant de la fonte et de l'épuration des suifs, de la fabrication actuelle des chandelles coulées ou trempées ainsi que celle des cierges et des bougies de cire…* À quoi peut donc bien servir de savoir fabriquer des chandelles ? se demandera l'ignorant. Dans sa solitude, il aime faire les questions et les réponses. Mais le nouveau Robinson, sur son île déserte ou dans son continent perdu, doit savoir tout faire et même, au besoin, réinventer la civilisation. *Nouveau manuel complet de l'Artificier… Nouveau manuel complet du peintre en bâtiments, vernisseur, vitrier, doreur et argenteur sur bois, sur porcelaine et sur verre…* C'étaient des livres sérieux qui offraient dès leur frontispice, comme à l'étalage d'une boutique, tout leur contenu, des livres écrits par des polytechniciens, des ingénieurs des Mines, des médecins, des astronomes, des capitaines de la Marine, des colonels, des compagnons du tour de France, des hommes qualifiés… *Le Parfait Serrurier ou Traité complet des ouvrages faits en fer… Tracé général des courbes circulaires, elliptiques et paraboliques de raccordement pour chemins de fer, routes, canaux, etc.*

Nouvelle littérature d'une nouvelle civilisation, celle des inventeurs, des bâtisseurs et des colons qui par vagues entières partent à la conquête des continents. *Cours de Topographie et de Géodésie... Nouveau Manuel complet du Briquetier, Tuilier, Fabricant de carreaux, de tuyaux et de drainage, contenant les procédés de fabrication, la description d'un grand nombre de machines, fours et appareils usités dans ces industries...* Il avait écrit à plusieurs reprises à sa mère ou à sa sœur de lui commander à Paris puis de lui envoyer ces livres. Personne n'avait eu la curiosité de lui demander à quoi ils pourraient être utiles en ce bout du monde...

Le plus gros, trois kilos au moins, c'est *Le Ciel, notions élémentaires d'astronomie physique...* Le plus petit, à peine trente grammes, tient dans la poche, c'est le *Nouveau manuel complet de la télégraphie électrique et de ses applications, contenant les installations télégraphiques, les télégraphes à signaux fugitifs, enregistreurs, autographiques, imprimeurs, multiples, le téléphone, le microphone, le phonographe, le service des chemins de fer pour la correspondance, les signaux et les appareils de protection, les sonneries domestiques, les avertisseurs d'incendie, etc.* « L'installation d'un service téléphonique d'un réseau un peu étendu comme dans une ville est facile à concevoir. Il existe un poste central auquel viennent aboutir tous les fils des divers abonnés, dont chacun est désigné en particulier par un numéro d'ordre. » Hourrah ! Voilà, le monde de demain est simple, précis, mécanique, électrique. « Allô ? Aden ? Oui ! Le 25 à Aden, s'il vous plaît ! Merci, passez-moi monsieur Bardey ! » Moderne ! Moderne !

Il a perdu une jambe. Mais pas les deux, mes amis ! Il ne sera pas cul-de-jatte. Cul-de-plomb, cul de basse-fosse, cul-de-lampe, cul-de-porc, cul-de-poule, cul-desac, cul-de-jatte ! Qu'est-ce que ça veut dire ? On n'est plus qu'un tronc, il suffit qu'on vous pose dans une jatte ? Une jatte ? Ou bien un tronc en forme de jatte ? Il faudrait voir dans un dictionnaire. Mais ici, rien de tel, pas de dictionnaire, même pas de livres dans l'hôpital, sauf les atlas des médecins et sauf les siens dans sa malle et ses tiroirs… Avec les bossus, les borgnes, les aveugles, les cagneux, les manchots ? Comme disait La Fontaine : « Cul-de-jatte, goutteux, manchot, pourvu qu'en somme / Je vive, c'est assez, je suis plus que content. » Ou le père Hugo, *Notre-Dame de Paris* : « En s'approchant, il vit que ce n'était rien autre chose qu'un misérable cul-de-jatte qui sautelait sur ses deux mains comme un faucheux blessé qui n'a plus que deux pattes. »

Une araignée blessée, voilà tout mon sort… Sauteler sur ses deux mains… Joli mot, *sauteler* ! Mais celui qui a encore une jambe, quel nom peut-il porter ? Unijambiste ? Maudit mot moche ! Il ne veut être ni objet d'horreur ni objet de pitié. Il veut se dresser au-dessus des mêlées humaines ! Que personne ne se rende compte de son infirmité ! Ni les capitaines des paquebots, ni les chameliers, ni ses collaborateurs d'Aden… Avec une seule jambe, on peut encore courir le monde et même monter à cheval ou faire de la bicyclette. La technique a mis au point des jambes articulées d'une surprenante modernité ! Rotule d'acier, ressorts, engrenages, caoutchouc, élastiques… *Il faut être absolument moderne !* Sous le pantalon qui pourra distinguer le vrai du faux ? Faucheux ! Faucheux ? Les granges à foin de son enfance, longues pattes gracieuses qui cassaient comme des fils de verre dès qu'on les touchait.

En attendant de recevoir cette miraculeuse jambe articulée, il peut toujours essayer de voguer avec ses béquilles. Deux infirmiers l'aident à s'asseoir sur le bord du lit. Il saisit les deux sinistres ustensiles, il tente de les ajuster sous ses aisselles, il se dresse, la douleur sous les bras est insupportable. Il veut faire quelques pas, c'est un supplice, les larmes lui viennent aux yeux, il doit abandonner, il retourne vers le lit, se rallonge. Tout mouvement lui est maintenant interdit, la douleur a conquis chaque partie de son corps et le rend totalement impuissant. Il enrage… Il rugit… Plus de retour possible… Nulle part… Où est donc mon Ithaque ? Même pas de Pénélope ! Un Ulysse à jambe de bois ! Ulysse au pilon ! Même Athéna rit. Poséidon se frotte les mains. Quelle grotesquerie !

Une image des mois précédents surgit, très vive. C'était dans le train, en roulant de Charleville vers Paris pour regagner le port où il voulait rembarquer pour Aden. Quand le train s'arrête dans une gare, la portière s'ouvre, des voyageurs veulent monter, lorsqu'ils voient l'unijambiste à demi vautré sur la banquette, ils ont un mouvement de recul, partent à la recherche d'un autre compartiment. Entre deux étourdissements, il essaye de regarder par la fenêtre. Isabelle est là, le soutient. À peine sorti d'un joli bois de châtaigniers, le convoi avance lentement entre des haies lourdes de noisettes vertes et de lilas aux grappes de fleurs fanées. Des jardins s'ouvrent dans les clairières. Des enfants jouent au croquet. On traverse des villages, kiosques, orphéons, lampions, bouffées de musique. Des hommes, des femmes, des vieux font de grands signes vers les passagers du train. Comme si c'était un jour de fête exceptionnel. Ce n'est qu'un simple dimanche d'été en Île-de-France.

Il regarde, tout se passe sur une autre planète, il ne se sent pas concerné, ces images lui rappellent vaguement des choses lointaines, étrangères désormais, il appartient au désert, aux pierres, au sable, à l'Afrique… Le train longe la Marne. Des canoteurs partout. Quelques minces voiliers qui tentent de capter les bouffées d'un vent trop rare. Une rive sablonneuse, des enfants les pieds dans l'eau. Sur les chemins de halage, des promeneurs endimanchés, des ombrelles et des robes à fleurs. Les maisons se font de plus en plus denses, on entre dans les banlieues noires et grises. Il va falloir débarquer, prendre un fiacre, traverser Paris, maintenant il pleut, chaussées grises et mouillées, réverbères du soir, reflets partout, pavés, vitrines, fenêtres, taches mauves, bleues, jaunes… Ruissellement, kaléidoscope, lumières dans la nuit… Vite, attraper un autre train vers le Sud. Marseille ! Embarquer !

Il est bien réveillé cette fois. Il est en sueur comme d'habitude, le cœur battant toujours la chamade. Il souffre horriblement. Le bras droit, le bras gauche, la hanche droite, le moignon, les mains, le cou, la tête, il n'en peut plus. Il voudrait qu'on lui coupe tous ces membres qui lui restent ! Et même la tête ! Guillotine ! Couic ! La porte s'ouvre, on pousse dans la chambre une table couverte d'instruments bizarres, un grosse bobine, spires de cuivre brillantes, boîtiers, galvanomètre, potentiomètres, cadran avec une aiguille agitée, fils, électrodes, pinces… Du pur Jules Verne ! Ce n'est pas pour coloniser les océans ni pour visiter la Lune ni pour faire marcher un automate. Un médecin qu'il ne connaît pas, et son assistant. On lui place des pinces au bras gauche, dans la maigre chair qui subsiste, près de l'épaule et près du coude. L'assistant tourne une manivelle de la main gauche et, de la droite, prend des notes sur un gros registre.

D'abord il ne sent rien du tout. Puis un curieux chatouillement. Son bras se met à tressauter. Enfin il souffre et fait la grimace.

— Bien, très bien ! dit le médecin qui s'est assis à côté de lui.

Il fait un signe à l'assistant qui aussitôt tourne l'un des potentiomètres. L'intensité augmente. Il sue abondamment. Il a maintenant très mal. Ça dure, il n'en peut plus. Ils le débranchent, placent les pinces à la hanche, au-dessus de la monstrueuse enflure. Il essaye de remuer autant qu'il peut.

— Enfin, monsieur Jean, tenez-vous tranquille, c'est pour votre bien !

— Mais j'ai mal !

— Il a mal ! dit en riant le médecin à l'adresse de son assistant. Justement, c'est la preuve que vous allez mieux !

Il ferme les yeux. Le syllogisme l'accable. Souffrir pour mieux guérir. Où est donc le bon Hippocrate ? Encore des larmes. À quoi sert de se battre contre les ânes ? Il n'est plus qu'un vague sac de viande humaine sur lequel ces Diafoirus font des expériences avec leurs instruments, « révolutionnaires » disent-ils. En vérité des jouets à la mode pour ces enfants cruels, des machines inventées par de nouveaux Frankensteins. Ils sont même prêts à réveiller les morts comme Edgar Poe avec son Waldemar. Et si lui, Arthur, se liquéfiait soudain sous leurs yeux comme dans l'histoire ? Une masse en putréfaction d'un seul coup, logique conclusion des fermentations ignobles de son moignon… Bien fait ! Hélas, même pas !

Le médecin et l'assistant bavardent, échangent des impressions, sourient, se lancent des mots chics, excitation galvanique, effet chauffant, inverser les pôles, courant alternatif, courant continu, contractions musculaires, tétanies, mais en fin de compte il est visible qu'ils n'y comprennent rien. La seule chose qu'ils saisissent, et ce n'est pas dans l'épais manuel qu'ils feuillettent à la hâte, c'est que le malade ne veut pas guérir ! Sale malade ! La peau de sa hanche est devenue rouge, des gouttes de sang commencent à perler. Ils haussent les épaules, le débranchent, replient leurs fils, rangent le matériel sur le chariot et s'en vont, dépités. Le médecin tient la porte pendant que l'attelage Jules Verne, poussé par l'assistant, glisse en couinant sur le carrelage de la chambre. Ils disparaissent. *Exeunt medici*, comme auraient peut-être écrit Shakespeare ou Molière à la fin d'une scène aussi grotesque. Il n'a même plus la force de lever sa main gauche pour essuyer les larmes le long de ses joues. Il préfère se laisser sombrer à nouveau dans la débâcle de la morphine.

L'autre jour, il ne sait plus quand, ils l'ont sorti du lit. Ils l'ont porté, galerie, couloir, escalier, jusqu'à la cour et ils l'ont installé bien calé avec des coussins sur un des bancs proches des platanes. Le soleil était presque au zénith, il en était tout inondé, la chaleur enfin retrouvée lui faisait un bien fou, atténuant un peu les explosions de douleur qui assaillaient son cou, ses reins, son moignon, son bras gauche, son unique jambe. Ils avaient aussi apporté ses deux béquilles qui reposaient, ridicules, dérisoires, inutiles, à côté de lui. Incapable de s'en servir. Tiraillements dans les épaules, faiblesse dans les bras, équilibre impossible. Effondré dans ses coussins, il lisait l'un de ses trésors favoris, *Météorologie. Les mouvements de l'atmosphère et des mers, considérés du point de vue de la prévision du temps* par Hippolyte Marié-Davy. Cet Hippolyte sans

Phèdre n'était pas n'importe qui : « Docteur-médecin, Docteur ès-Sciences, Agrégé de l'Université, Astronome, Chef de la division de Météorologie à l'Observatoire Impérial de Paris »... Tout en majuscules... mais malgré tout un style assez plaisant. « La transparence de l'atmosphère n'est cependant pas parfaite. Chacune des particules dont elle est composée absorbe ou réfléchit une partie des rayons qui passent dans son voisinage, et quelque faible que soit cette partie, la répétition du même effet finit par le rendre appréciable. La réflexion ainsi produite porte surtout sur les rayons bleus de la lumière solaire, c'est à elle qu'est due la teinte particulière du ciel quand il est pur ; sans elle la voûte céleste serait noire, et le soleil nous paraîtrait comme un disque lumineux nettement circonscrit. On doit rattacher à la même cause la teinte bleue qui voile les objets éloignés. »

Tout se brouille dans sa tête, quel jour sommes-nous ? Il ne sait même plus, quand a eu lieu cette séance au soleil près des platanes de la cour. En septembre après son retour ? En octobre ? Ces tout derniers jours ? Peu probable étant donné le vent et la fraîcheur de l'air. Après l'amputation, au printemps, il avait pris l'habitude de se faire porter là, au moment de la sieste, tout l'hôpital ronflait, énorme usine de turbines, il aimait alors lire et somnoler. Les infirmiers tentaient de le dissuader, l'heure où la ville est déserte, où chacun se terre dans l'ombre, où le soleil est maudit, la chaleur terrible. Marseille roupille ! Mais non, lui, il aimait le soleil, même lorsqu'il brûle à mort. Et, au fond de sa chambre, ce qui lui manquait le plus, c'était l'astre, sa lumière et sa chaleur. En juin, il avait assisté à la sortie des premières cigales dans les frondaisons d'un vert tendre. Quelques essais rauques, bancals, puis la crécelle régulière, forcenée, qui durerait des semaines sans répit. Et les cigales continuaient tard le soir, abusées par la lueur des becs de gaz. Étonné : en pleine ville, elles faisaient autant de vacarme qu'à la campagne.

En cette saison, plus la moindre cigale, un épais tapis de belles feuilles de platane, les plus belles feuilles mortes au monde, et juste le soleil, encore assez chaud au milieu de la journée. Arthur est un fils du Soleil, le seul dieu en lequel il pourrait croire… Il lui mettrait volontiers une majuscule comme les astronomes. Et, chez Hippolyte encore, la description des ouragans : « La violence du vent, dans son mouvement circulaire, soulève une mer affreuse. La crête des lames est emportée dans l'espace et une pluie salée retombe de toutes parts. Les vagues, battues par les vents successifs dont elles ne peuvent suivre la direction variable, surtout près du centre, finissent par s'entrechoquer et par s'élever en retombant verticalement sur elles-mêmes ; elles produisent alors ces lames sourdes si redoutées des marins. »

Il s'était longtemps interrogé sur son bizarre prénom et sur sa signification. *Ours* pour les Celtes, *pierre* pour les Irlandais. Il est les deux à la fois. Un ours de pierre. Peu d'Arthurs dans l'histoire. Si le roi de la Table Ronde ne l'avait jamais beaucoup inspiré, un autre Arthur lui avait bien plu, Arthur Gordon Pym, un aventurier mélancolique parcourant les océans à la recherche d'on ne savait trop quoi pour enfin pénétrer dans un monde cauchemardesque mais fascinant. Il avait lu le roman traduit par Baudelaire, avec une réelle frénésie, et certaines des images violentes s'étaient gravées en lui profondément. « Toutes mes visions étaient de naufrages et de famines, de mort ou de captivité parmi les tribus barbares, d'une existence de douleurs et de larmes, traînée sur quelque rocher grisâtre et désolé, dans un océan inaccessible et inconnu. » Il avait rarement plongé dans un livre d'aventures aussi prenant. Il songe à cet Arthur. Que ferait-il en pareille circonstance ? Que ferais-tu si on t'avait coupé une jambe ? Mais Pym avait sombré dans les abîmes et il était à tout jamais incapable de répondre… « Et alors nous nous précipitâmes dans les étreintes de la cataracte, où un gouffre s'entr'ouvrit, comme pour nous recevoir. Mais voilà qu'en travers de notre route se dressa une figure humaine voilée, de proportions beaucoup plus vastes que celles d'aucun habitant de la terre. Et la couleur de la peau de l'homme était la blancheur parfaite de la neige… »

Ça n'arrête pas de courir dans sa tête. Comme un train lancé à toute vitesse et sans freins (ils n'ont pas lu le *Manuel du Mécanicien !*). Cette fois, il est assis sur le Vieux-Port, c'est le soir, l'été, seize ans plus tôt. Il a vingt ans ! Il a beaucoup voyagé déjà, beaucoup marché. Il se repose. Un visage revient, celui du garçon rencontré ici même à Marseille, ce garçon polonais qui parle français avec l'accent marseillais. Ils boivent pas mal de rhum, et même un peu trop ! Ils parlent et rient, toutes les folies du monde s'ouvrent à eux, les navires sont là, plusieurs prêts à appareiller le lendemain, ils évoquent l'Orient, l'Océanie, les îles, la mer, l'aventure. Peut-être toujours là, qui sait ? Revenu, resté assis au même endroit, séduit, à l'attendre ? Combien de temps ? Des années, des siècles ? Non, peut-être seulement des heures, tout est possible.

Suffirait de se lever, de prendre ses béquilles. Pas si loin, marcher, sautiller comme jadis, descendre la rue Cannebière, s'asseoir, reprendre la conversation calme devant la forêt des mâts. Qui était-il ? Où est-il ? Marin ? Soldat ? Reparti dans son pays de glace ? Non, lui aussi détestait le froid ! Un homme pour les tropiques comme ce pauvre Arthur… Voici qu'il se met à penser à lui-même comme à un étranger. Paralysé, bloqué, enfermé, abruti par les drogues qu'on lui injecte et qui le transforment peu à peu en fantôme. Maigri, blanchi, vieilli. L'autre ne le reconnaîtrait sans doute pas. En admettant même qu'il ait gardé le moindre souvenir de ce passant furtif d'une nuit d'été…

Quelques jours plus tôt, il a demandé à Isabelle de lui couper les cheveux. Elle les lui a taillés très ras, comme il le voulait. Après, elle a approché un miroir. Il s'est vu, spectre épouvantable, visage amaigri jusqu'à l'os, yeux enfoncés et cernés de bistre. Ce qui l'a surtout frappé c'est de retrouver son crâne nu et pointu. En décembre 75, à Charleville, quelques mois après son retour de Marseille, il avait dû beaucoup insister pour que le coiffeur accepte de lui raser la tête, exercice assez inhabituel pour un figaro. Il était désespéré, sa sœur Vitalie, dix-sept ans, agonisait, atteinte d'une tumeur au genou. Comme lui aujourd'hui ! Il avait une grande tendresse pour elle. Elle lui ressemblait, yeux très bleus, cheveux châtain clair. Fragile et tendre, un peu naïve, elle tenait un journal, elle écrivait de petits poèmes. Elle adorait elle aussi son frère dont elle admirait la moindre action, même la plus absurde. Il s'était toujours senti proche d'elle et était scandalisé par l'ennui mortel dans lequel la dévotion religieuse, la triste vie provinciale et la sévère autorité de sa mère la maintenaient. Il l'aurait même volontiers emmenée avec lui dans toutes ses aventures mouvementées, l'entraînant loin de cette horrible vie sacrifiée de vierge chrétienne. Mais elle ne devait jamais rien connaître de la vie libre. Arthur avait fait lui-même la déclaration de décès. À l'enterrement, tout le monde avait remarqué son crâne rasé. Aujourd'hui il est frappé par la similitude de leurs destins.

Hier, c'était peut-être hier, ou bien il y a deux mois, il avait pris le volume *Minéralogie* du *Cours élémentaire d'histoire naturelle à l'usage des Lycées, Collèges, Séminaires et Maisons d'Éducation* par MM. Milne-Edwards, A. De Jussieu et F.-S. Beudant. Arthur aime les chapitres sur la cristallographie, ce foisonnement de formes géométriques, tétraèdres, octaèdres, parallélépipèdes, prismes, dodécaèdres, et leurs combinaisons qui ont donné naissance, dans le grand chaudron de la nature (comme ils disent) et au cours des millénaires de millénaires, à toutes ces formes d'une si grande diversité. La minéralogie est une science qui permet de comprendre le monde, les couches géologiques, les propriétés des terres, la profondeur des mers, les éruptions volcaniques, la formation des montagnes et des plaines. Et les matériaux si variés, si colorés de cette genèse permanente. Pyroxène, amphibole, feldspath, granite, porphyre, andésite, basalte, gabbro, gneiss, grès, schiste, calcite, il ne sait pas à quoi correspond exactement chacun de ces termes ni même s'il les énumère selon la moindre logique, mais ils suffisent à son goût des mots. Et puis, parmi eux, il y a la quintessence de la minéralogie, ces noms qui remuent l'humanité depuis toujours, argent, cuivre, pyrite, calcédoine, quartz, jaspe, jade, opale, malachite, azurite, lapis-lazuli, grenat, rubis, émeraude, diamant, or, l'or enfin ! Marchand d'émeraudes ! Chercheur d'or ! Pêcheur de diamants ! Beauté, richesse, avenir… Il pourra construire les murailles de la Jérusalem céleste. « Le premier fondement était de jaspe, le second de saphir, le troisième de chalcédoine, le quatrième d'émeraude. Le cinquième de sardonyx, le sixième de sardoine, le septième de chrysolithe, le huitième de béryl, le neuvième de topaze, le dixième de chrysoprase, le onzième d'hyacinthe, le douzième d'améthyste.» Il épate les prêtres de l'hôpital quand il récite des passages entiers de la Bible de Lemaître de Sacy, sa Bible d'enfant, celle que lisait Racine deux siècles plus tôt ! Arthur aime surtout l'Apocalypse de Jean.

Je m'ennuie beaucoup, toujours ; je n'ai même jamais connu personne qui s'ennuyât autant que moi. Et puis, n'est-ce pas misérable, cette existence sans famille, sans occupation intellectuelle, perdu au milieu des nègres dont on voudrait améliorer le sort et qui, eux, cherchent à vous exploiter et vous mettent dans l'impossibilité de liquider des affaires à bref délai ?

D'où viennent ces formules, ces phrases, ces images qui jaillissent chaque minute dans ses songes ? Comme surgies d'un monde lointain, inconnu. Des messages envoyés par d'autres, dcs étrangers, des fantômes ? Des émanations de son corps malade, carnavalesques, charlatanesques, abracadabrantesques ? Inquiétantes, cruelles, dangereuses, il sent qu'il faudrait s'en tenir éloigné, les repousser, les oublier, les conjurer, ne pas céder à leurs séductions faciles, à leurs beautés vénéneuses. Au risque de replonger dans un enfer, enfin un enfer paradisiaque, celui-là même où l'immerge la délicieuse et maléfique morphine. Il cède. Il laisse ces flots l'envahir, il se sent bien et mal à la fois, il plane, il a la nausée, jamais il ne s'est senti aussi étranger à lui-même. Il ne perçoit plus son corps. Sa carcasse est comme une autre personne, une masse toute proche mais tout à fait inquiétante, hostile, aucune sensation, seulement ces flots d'images qui harcèlent son cerveau. Il rit. Il émerge. Tout s'éclaire. Ces mots, ces images sont en lui, viennent d'un passé proche, de tout ce qu'il a lu et appris enfant, Virgile, Ovide, Villon, Ronsard, La Fontaine, tant d'autres, et à ce flot immense s'ajoute ce qu'il a lui-même griffonné puis soigneusement recopié sur mille papiers dispersés… Où sont-ils aujourd'hui ? Et comment recoller les morceaux de la mémoire ? Comment recoller sa jambe enfuie ? Comment ressouder les fragments de sa vie ?

Un militaire à son chevet. Il devine de qui il s'agit. Il n'a plus pensé à lui depuis des années, plusieurs dizaines d'années même. D'où arrive soudain ce personnage à peine entrevu quand il n'était qu'un petit garçon et dont il a même oublié le visage et la voix ? Soldat, conquête de l'Algérie, hauts faits d'armes, galons, médailles, apprend l'arabe, lit le Coran, rédige des rapports, écrit un traité sur l'éloquence, capitaine, tôt retraité… Grand, les yeux gris-bleu, très clairs, comme son fils. Il a soigneusement calligraphié sur la page de faux titre de l'énorme Bescherelle familial, la *Grammaire Nationale* : « La grammaire est la base, le fondement de toutes les connaissances humaines. » Macache ! Plus banal, impossible ! Pourquoi revient-il le hanter aujourd'hui ? Doit être mort à cette heure. Pourquoi un père ? Pourquoi seulement une mère ? Mon père, mon père, tu n'entends donc pas ce que le Roi des Aulnes me promet à voix basse ?

Mein Vater, mein Vater, und hörest du nicht,
Was Erlenkönig mir leise verspricht ?

Mais le père n'a pas entendu l'enfant, il n'a pas su le protéger, il l'a laissé ravir par le méchant roi. L'homme se penche sur son lit, il n'est qu'un uniforme chamarré, vide de toute chair. Comment aurait été sa vie, à lui, Arthur, si cet homme était resté ? Aurait-il maté la *Mother* ? Aurait-il transformé les années Charleville ? Il a l'impression que le visage sans traits ricane, comme le chat d'*Alice au pays des merveilles*. Il aurait aimé lui parler, lui poser des questions, il sait qu'il n'y a là qu'un fantôme, aucune révélation, même pas le spectre d'*Hamlet*, seulement un vague ectoplasme tout juste bon pour les tables tournantes de Victor à Guernesey. Exit le paternel ! Et ta mère ? *Elle avait le bleu regard — qui ment !*

Ça n'a pas tardé, à croire qu'ils l'attendaient derrière la porte ! Retour des uniformes ! Ça y est, ils ont fini par retrouver sa trace ! Passer d'Arthur à Jean, ça ne suffisait pas, le nom toujours là, maudit nom de famille ! Ils l'ont pris, trois gendarmes, ils l'ont emmené à la caserne, tout en haut de Marseille, au-delà de la gare Saint-Charles. On l'a jugé. Insoumis, déserteur, traître, mauvais Français, métèque, apatride, rastaquouère ! Ils l'ont habillé du brillant uniforme des pioupious, vareuse bleu indigo, pantalon garance, baudrier blanc, cartouchière de cuir noir, havresac kaki de trente kilos et ce ridicule képi rouge. C'est parti pour cinq ans, mon gars ! Jusqu'en 96 ! Tu piges ? Si au moins on pouvait lui trouver un rôle dans le comique troupier ! Il pourrait peut-être leur dire qu'il a travaillé jadis dans un cirque.

— Soldat Arthur, au pas ! Mieux que ça…

— Mais je n'ai qu'une jambe !

— Veux pas l'savoir ! Une-deux, une-deux, en avant ! Tu vas déguster, mon tourlourou ! On va t'apprendre à bisser et à trisser ! Et aussi à danser la polka, tête de bourrique, clampin de mon cul ! Tu vas chier dans tes bas ! Et le fusil bien droit sur l'épaule ! Plus vite ! Plus régulier ! Une-deux ! Une-deux !

Il sautille sur le mâchefer du champ de manœuvres. Sa jambe de bois s'enfonce dans le sol mou, il peine à garder l'équilibre. Il titube. Les autres sont alignés au bord de la piste. Ils se tapent sur le ventre. Ils rient à gorge déployée. Ils se moquent de lui. Cloche ! Clodo ! Bancal ! Bancalo ! Traîne-la-patte ! Boiteux ! Béquillard ! Bancroche ! Estropié ! Cul-de-jatte ! Homme-tronc ! Stropiat !… C'est fou ce que ces brutes peuvent avoir comme vocabulaire ! Et avec l'accent ! Et même quelques-uns en provençal, s'il vous plaît ! *Cou-de-bos ! Gàmbi ! Cambitort ! Estroupia ! La crosso !* Un gros capitaine à face de bœuf, le tronc couvert de médailles cliquetantes, vient observer les évolutions du nouveau soldat et dodeline du képi avec satisfaction. On en fera peut-être bien quelque chose de ce drôle de p'tit mec, l'armée sait mater les plus indociles, et puis dans la chambrée, ils sauront bien dresser cette sale petite gouape à gueule de fille ! Cette fois, pas question de s'échapper. Privé de sortie, pas de perm', consigné à la caserne et, s'il se rebelle, séjour au mitard, à l'eau et au pain sec. Et s'il réussit quand même à s'enfuir, il sera rattrapé, jugement sommaire, peloton, fusillé contre l'horrible mur en meulière de la caserne. Pouah ! Même avec sa jambe artif ? Aïe, *pichoun* !

Et la ville ! L'autre ville ? Il en rêve souvent. Elle est là, devant lui, comme il l'a vue, une première fois, à la façon de Rastignac, depuis les hauteurs de Montmartre, près des moulins où l'avait entraîné Paul dès son deuxième jour à Paris. Un matin, brouillard épais d'abord, gris, lugubre, puis se dissolvant lentement, les flèches et les dômes sortant de la confusion brumeuse, Notre-Dame, le Panthéon, la flèche de la Sainte-Chapelle, le Louvre, l'arrière du fronton du nouvel Opéra en chantier… Les nuées s'évaporant et dessinant quartier après quartier l'immensité, impossible d'en voir les limites, quelques vagues collines bleues à l'horizon. Il n'y avait plus qu'à conquérir cette Byzance offerte, nonchalante, paradoxale, trop grande pour être saisie d'un seul coup. Il fallait commencer par de plus modestes colonisations, Montmartre, le Quartier latin, les gares qui l'intéressaient, celle de Strasbourg, celle du Nord et celle du PLM.

Il paraît qu'il y a maintenant une tour de trois cents mètres de haut imaginée par Eiffel, celui-là même qui construit les écluses pour Panama. Et à propos, où en est ce projet de canal ? J'irais volontiers travailler là-bas. Paris était resté dans sa mémoire comme un manège ininterrompu de tavernes, de marchands de vins et de brasseries, des dîners des Vilains Bonshommes aux saouleries du *Rat Mort*. Il avait découvert les maléfices délicieux de l'absinthe et sûrement beaucoup abusé du liquide, blanc comme du lait, mais bien trop pervers et d'une emprise terrible sur les estomacs vides et les cerveaux fébriles. Restaurants, théâtres, chahuts, bagarres. Des successions de chambres aussi, à Montmartre, au Quartier latin, à Montparnasse. Chez les uns, chez les autres, au hasard de l'hospitalité. Des drôles de types, journalistes, artistes, poètes, échotiers, caricaturistes, la « bohème », ce que les bourgeois parisiens considéraient comme la lie de la société. Pourtant il aimait les provoquer, il leur faisait toutes les farces possibles et même les insultait. Il savait qu'ils étaient eux-mêmes de futurs bourgeois.

Toujours sa chambre marseillaise sinistre. C'est la nuit, ou plutôt il lui semble que c'est toujours la nuit. La porte s'ouvre. Une silhouette sombre se glisse et la referme avec soin. L'homme s'approche en silence jusqu'au lit. Fait un signe pour lui intimer la discrétion. Chut ! Qui êtes-vous ? Grand, mince, sombre, moustache discrète et petit bouc, les yeux flamboyants. Vous m'avez reconnu, non ? Oui, vous êtes le capitaine… ! Chut ! Ne dites rien. Levez-vous ! Mais je ne peux pas ! Bien sûr que si, allez ! Il se lève, il a ses deux jambes ! Il marche ! L'homme lui tend des vêtements, une vareuse, un pantalon de drap bleu, des habits de marin ! Il les enfile avec facilité, en trente secondes il est prêt. Suivez-moi. Il obéit.

Ils sortent, longent le couloir, descendent les escaliers, traversent une première cour, personne, une seconde, miracle, la grille de la Conception est ouverte ! Il suit son visiteur énigmatique. Ils prennent la première rue en face, puis une seconde sur la droite, il reconnaît le décor, ils descendent la rue Cannebière, la ville est vide, noire, offerte. Leurs pas résonnent. Ils arrivent au port, s'approchent du bassin, l'homme fait un geste, deux matelots surgissent de la nuit et les escortent au bord du quai. Un bizarre navire plat, tout de métal, sans mâts, sans cheminées, est amarré là, étroite coupée de fer, ils avancent, foulent le pont criblé de rangées régulières de gros rivets à tête hexagonale. Allez-y, n'hésitez pas ! dit l'homme. Il montre une sorte de kiosque, Arthur enjambe, prend appui sur un barreau et descend l'échelle. Le personnage mystérieux laisse passer ses marins puis s'enfonce à son tour, rabat l'écoutille ronde au-dessus de lui, la verrouille en tournant un volant et les suit.

Ils sont maintenant dans une longue salle remplie d'appareils bizarres, voyants électriques, poignées, horloges, commutateurs, valves… Plusieurs marins s'affairent. L'homme donne quelques ordres, des matelots appuient sur des boutons, abaissent des manettes, puis le capitaine prend la barre, debout face au mur constellé de cadrans, on entend le bruit sympathique d'un moteur, sourd et ronronnant, ça bouge, ils partent. Arthur regarde autour de lui. Un grand hublot ovale bordé de rivets, derrière il perçoit des eaux glauques, à peine traversées par le faisceau lumineux du submersible. Ils s'enfoncent, glissent à travers une poix verdâtre épaisse, ici ou là les traces fugitives de coques de navires ou de barques bien rangées bord à bord. Voilà, nous y sommes ! dit l'homme. L'engin fend les eaux du goulet, maintenant éclaircies, plus de quilles ni de bordés à proximité. C'est bientôt le large, la pleine mer, la mer libre… Je n'allais quand même pas vous laisser entre leurs mains ! dit simplement le capitaine, souriant mais toujours attentif à sa barre et à ses cadrans. Ils avancent dans la profondeur de la nuit méditerranéenne. C'est la liberté, la liberté libre… encore une fois…

Il a demandé qu'on lui passe l'un des deux tomes de son *Encyclopédie du Commerce*, un autre de ses régals quotidiens. Il l'ouvre au hasard, comme il en a l'habitude, aujourd'hui il explore la partie des G. Gage, galle, Galway, Gand, gant, ganterie, garance, garantie, Gard, gares, Gênes… Il s'attarde sur le ginseng (« qui a bien perdu de sa réputation primitive même chez les Chinois »), la girofle (« L'odeur aromatique et la saveur brûlante des clous de girofle viennent d'une huile volatile abondante… »), la gomme arabique (« son odeur a quelque analogie avec l'huile de lin »), le goudron (« on a recommandé son usage contre les vers et la pourriture sèche des charpentes, planches, échalas… »), les grains, tous les grains du monde avec leurs modes d'obtention et le cours dans les différents pays (« les disettes ne sont jamais universelles ; quand un pays manque, un autre abonde »), le grenat (« il est le plus souvent d'un rouge-violet très gai… »)… Il pousse jusqu'à la lettre H. Halifax (« centre de pêcheries assez considérables et les côtes de la Nouvelle-Écosse abondent en poissons »). Il s'endort, pour une fois heureux.

Il pense parfois que son mal est une punition. Il a trop aimé le livre de Job. « Et Job, s'étant assis sur un fumier, ôtait avec un morceau d'un pot de terre la pourriture qui sortait de ses ulcères. » Sa déchéance d'aujourd'hui comme son désespoir sont les reflets de ceux du personnage. « Pourquoi m'avez-vous tiré du ventre de ma mère ? Plût à Dieu que je fusse mort et que personne ne m'eût jamais vu. » Longtemps il a triomphé de tout, voyages périlleux, errances hasardeuses, affaires incertaines. Il a gagné beaucoup d'argent, près de quarante mille francs. Il pourrait se retirer dans un pays chaud, prendre femme, fonder une famille. Non, on l'a frappé à mort. « J'ai été tout d'un coup réduit en poudre, moi qui étais si puissant autrefois. » Il n'est plus rien. Un corps mutilé, rongé par une lèpre mortelle. « J'ai dit à la pourriture : Vous êtes mon père ; et aux vers : Vous êtes ma mère et ma sœur. » Comment expliquer ce destin si l'on ne croit pas en Dieu ? *De profundis clamavi ad te, Domine !* Mais personne en haut ! Personne ne répond ! Qui ou quoi l'a poursuivi ainsi avec tant d'acharnement ? Qui pourrait l'expliquer ? *Le malheur a été mon dieu.* Il n'est plus qu'une carcasse, gisant dans un hôpital, sur un lit souillé, loin de tout ce qu'il a aimé et connu, bon pour la fosse, aucun espoir. *C'est le tombeau, je m'en vais aux vers, horreur de l'horreur !*

L'eau claire ; comme le sel des larmes d'enfance… La colère l'envahit par vagues. Jamais il n'a été ainsi, jamais il n'a ressenti une telle rage. Il ne veut pas souffrir, il ne veut pas s'apitoyer sur lui-même, il ne veut pas être estropié, il refuse farouchement de mourir… Et pourtant… Le monde se soustrait à sa volonté, tout lui résiste, il pleure, il pleure à flots, les ruisseaux de larmes coulent le long de ses joues et cascadent sur sa poitrine, il ne pouvait imaginer posséder en lui tant de fluides. Il ne pisse plus une goutte, il pleure ! Torrents du malheur, angoisses lacrymales, phénomène de foire. Sur qui, sur quoi pleures-tu ? Tiens-tu tellement à la vie, toi qui as toujours professé le plus grand mépris pour les vanités terrestres ? Que signifient ces cascades, cette eau salée répandue, ce désespoir affiché, cet ignoble spleen romantique dont tu t'es toujours moqué ? Enfin, c'est évident, tu n'es pas bien original, personne ne veut mourir ! Souviens-toi de ton ami La Fontaine : « Plutôt souffrir que mourir, C'est la devise des hommes. » Si banal, si vrai ! Non ! Ni mourir ni souffrir ! Est-ce possible ? Je suis trop jeune ! Je ne veux pas mourir ! Il le crie, personne n'entend. De toute façon il n'est pas le seul à beugler dans cet hôpital ! Comment sortir de ce cauchemar ? Retrouver les moments délicieux, les rêveries douces, les surprises de l'enfance ? Éclats de rire, courses dans les prés, barques sur la Meuse, vieilles berceuses, siestes dans les foins, lectures sous les aubépines…

J'ai fait la magique étude
Du bonheur qu'aucun n'élude…

Il a toujours été attentif aux moindres nouveautés de la science. Il sait qu'il existe des milliers d'univers, des soleils, des planètes au fin fond de nébuleuses lointaines, incommensurables. Pourquoi n'aurait-il pas un double quelque part ? Un double qui revivrait sa propre vie ? Ou même un double qui revivrait sa vie à l'envers ? Sa jambe revient, il marche, il repart, parcourt les Europes, les Asies, les Afriques, les Amériques, navigue dans toutes les Océanies miraculeuses, atolls, lagons, coraux, palmiers… Il rajeunit de jour en jour, d'heure en heure, il repasse à l'envers par mille épisodes de sa vie. Il marche en chantant, il voit tout ce qu'il a déjà vu et tout ce qu'il n'a pas vu alors. Le monde lui apparaît dans toute sa transparence. Il est Homère et Ulysse, Dante et Virgile, Goethe et Faust. Il possède tous les savoirs. Il est vieux comme le monde. Il aime cet enfer comme il aimerait n'importe quel paradis, à condition qu'il y puisse marcher…

Il avance dans la clarté éblouissante. Il a marché des heures. Tout est blanc, épais, calme, froid, très froid. Il faut lever haut la jambe pour avancer, pas après pas. Aucune trace, premier à passer là. Personne, pas une silhouette noire sur des kilomètres. Un cheval mort enfoui, dont seules dépassent les quatre jambes. Un paysage magique, excitant de splendeur, les pics enneigés, les vallées ensevelies sous l'épaisseur de la couche, les ravins blanchis et enchâssés de glaces cristallines bleutées, les squelettes d'arbres givrés, les torrents au fond des précipices, les chemins effacés, seuls leurs poteaux télégraphiques noirs de place en place, le ciel bleu au-dessus. Tous les sons atténués, étouffés, un calme insensé, une ferveur unique. Il progresse. Vers il ne sait quoi. Il pourrait bien mourir ici, se coucher dans l'épaisseur ouateuse, s'assoupir dans le froid lénifiant, on retrouverait son corps intact des semaines ou des mois plus tard, comme le cheval. Ou même continuer jusqu'à ce que le décor se transforme, se dégage de sa gangue de blanc, que la glace disparaisse peu à peu, que les lacets de la route resurgissent, et les rocs gelés, et les bornes rassurantes, et, au col, la brumeuse cabane de pierre à la cheminée fumante qui sera le refuge final avec son feu grésillant, son alcool, ses viandes, ses hôtes patibulaires mais accueillants, ses rires, ses frissons, son sommeil béni. Qui était donc ce saint qui se nommait Gothard ? C'est la deuxième fois qu'il passe là, et tellement différente de la première, printanière !

geignant/saignant orgueil/cercueil latentes/éclatantes étranges/anges oreilles/vermeilles latrines/narines tresses/fesses foules/houles baigne/saigne ivresse/tresse fraise/baise chevilles/trilles planches/hanches Femme/infâme Paris/pourris entrailles/batailles peines/veines lupanars/blafards brunes/lunes barbares/cigares bottines/tartines terre/guerre poussière/pierre richards/mouchards féroces/crosses bouges/rouges bataille/canaille paladins/Saladins squelettes/violettes aimable/diable crapule/pullule fille/Bastille

Quelques jours auparavant. Il est là, allongé sur le dos, ficelé, emballé dans ses ouates et ses flanelles, ballot tout prêt à embarquer et à jeter à fond de cale, entièrement paralysé, bloc de douleur, un seul œil ouvert, il ne sait même plus lequel, l'autre inerte, paupière morte. Il pense à la mort, à *sa* mort. À toutes ces simagrées rabâchées depuis toujours, ces images, squelettes, corbillards, convois funèbres, têtes de mort… *Mais, lui, si ennuyé et si troublé, qu'il ne fit que s'amener à la mort comme à une pudeur terrible et fatale…* La porte s'ouvre. Peut-être la Dame à la Faux qui pénètre ? Non ! L'abbé Chaulier, encore lui ! Il porte un petit plateau de vermeil avec deux récipients métalliques ciselés d'arabesques d'or, il les pose sur la commode. Il est suivi par un enfant de chœur qui brandit un cierge allumé. Terrible coup de tonnerre ! Arthur a aussitôt compris. *Extrême-onction*, le sacrement des malades et des mourants. Il connaît le rituel. Il se souvient très bien de l'Épître de saint Jacques : « Quelqu'un parmi vous est-il malade ? Qu'il appelle les prêtres de l'Église, et qu'ils prient sur lui, l'oignant d'huile au nom du Seigneur. Et la prière de la foi sauvera le malade, le Seigneur le soulagera ; et s'il a commis des péchés, ils lui seront remis. »

Voilà, il aura connu dans sa vie presque tous les sacrements… Non ! Sans doute pas ! Combien y en a-t-il déjà ? Cinq, six, sept ? Baptême, première communion, eucharistie, pénitence… Ne lui manquait que le mariage ! Merde ! Raté ! Et aussi celui-ci, le pire, le dernier de la liste, celui qui clôt tous les autres, celui que personne ne désire jamais ! Et lui, il n'en veut surtout pas. Il est même prêt à appeler le Diable en renfort ! Il tire la langue. L'enfant de chœur sourit. Le prêtre n'a rien vu, il marmonne ses prières tout en disposant ses objets sur le plateau. Il s'approche.

— Mon fils, voulez-vous vous confesser ?

Il ne peut ni parler ni même bouger la tête. Il voit tout dans un brouillard. Son cœur bat fort, lui fait même très mal. Le battement résonne jusqu'au bout du moignon. Il voudrait se défendre. Il ne sait comment faire… *vorreì e non vorreì*… Accepter le sacrement qu'on en finisse une fois pour toutes ou bien cracher sur le prêtre ? Il tente de balbutier quelques mots. Oh, et puis qu'il fasse ce qu'il veut, de toute façon, je suis mort, nous sommes tous morts ! L'abbé, croyant à une confession, lui donne l'absolution. Puis il ouvre la première boîte. *Domine non sum dignus ut intres sub tec-*

tum meum... Non, pas de ça ! Seigneur je ne suis pas digne que tu entres dans ma maison. On a beau dire, il entrera quand même. Et c'est l'ensoutané qui dit lui-même les paroles, pas très orthodoxe tout ça ! *Sed tantum dic verbo et sanabitur anima mea...* Dis seulement une parole et mon âme sera guérie ! Mon âme peut-être mais mon corps ? Une âme et un corps ! Corps pesant, trop lourd, pourrissant, mortel, où est mon âme ? Le prêtre lui présente l'hostie, la lui enfourne dans la bouche. Une bonne chose de faite ! Si tous les malades étaient aussi faciles ! Arthur mord dans l'hostie qui ne se met même pas à saigner. Il n'a pas la force de la recracher ni même de déglutir, elle reste là, fade, collée à son palais comme un sale petit bout de papier buvard.

Le prêtre a soulevé le couvercle de la seconde boîte, il fait un geste, revient vers lui et lui oint le front, puis les paupières, enfin les lèvres. *Per istam sanctam unctionem et suam piissimam misericordiam adiuvet te Dominus gratia Spiritus Sancti, ut a peccatis liberatum te salvet atque propitius allevet.* Arthur veut lui faire des grimaces, ou même dire croâ-croâ, pourquoi pas, il n'y parvient pas. Comme lorsqu'il était petit, avec son frère Frédéric : ils essayaient d'inventer des blasphèmes, le Diable c'est sûr les inspirait, mais, au dernier moment, une sorte de paralysie envoyée par Dieu ou par leur ange gardien leur fermait la bouche et le péché mortel ne pouvait se produire. À cette heure, le Diable est aussi muet que Dieu ! L'enfant de chœur s'ennuie, il bâille. Une larme de cire glisse le long du cierge et vient lui brûler les doigts.

Une fleur
Vaut-elle un seul pleur de chandelle ?

Le garçon en surplis de dentelle sursaute, manque de lâcher l'objet, le rattrape in extremis. C'est l'bon Dieu qui t'a puni ! Ça t'apprendra à te toucher, petit connard !

Que faire ? Pascal pari ? « Vous avez deux choses à perdre : le vrai et le bien, et deux choses à engager : votre raison et votre volonté, votre connaissance et votre béatitude ; et votre nature a deux choses à fuir : l'erreur et la misère. Votre raison n'est pas plus blessée, en choisissant l'un que l'autre, puisqu'il faut nécessairement choisir. Voilà un point vidé. » Sacré Blaise ! Il allait bien vite en besogne ! Et son discours est quelque peu douteux ! « Mais votre béatitude ? Pesons le gain et la perte en prenant croix que Dieu est. Estimons ces deux cas : si vous gagnez, vous gagnez tout ; si vous perdez, vous ne perdez rien. Gagez donc qu'il est, sans hésiter. » Bien écrit, pas consolant pour deux sous !

Arthur pleure de rage, une fois de plus. Le prêtre, ému par ces larmes qu'il veut croire des larmes de foi, refait son petit signe de croix huileux sur l'extrémité du bras gauche emmailloté, il fait le tour du lit, même geste sur le bras droit, puis au-dessus de la couverture sur le moignon qu'il n'ose découvrir. Il vient au pied du lit, soulève la couverture et oint enfin le dessus du pied gauche nu. Chaque fois il répète sa formule magique *Per istam sanctam unctionem*... Il revient vers le plateau, s'essuie les doigts à l'aide d'un linge blanc éclatant bordé d'une fine dentelle. Il se tourne vers Arthur, fait cette fois une large bénédiction. *In nomine Patris et Filii et Spiritus Sancti, Amen.* Les larmes coulent toujours à flots, seul langage du moribond. Bon signe, très bon signe !

— Repose en paix, mon cher fils !

L'abbé saisit son plateau. Très fier de lui, triomphant, en voilà une belle fin, une fin édifiante, il va aller la raconter partout, et bien sûr d'abord à Isabelle, si tous les mourants étaient comme celui-là ! Il sort comme il est entré, suivi par l'enfant de chœur avec son cierge qui a réduit de dix centimètres environ… Si vous gagnez, vous gagnez tout ; si vous perdez, vous ne perdez rien !

L'engagement dura à peine un quart d'heure, l'émir n'avait que quelques centaines de Remington, le reste de sa troupe combattant à l'arme blanche. Ses trois mille guerriers furent sabrés et écrasés en un clin d'œil par ceux du roi du Choa. Environ deux cents Soudanais, Égyptiens et Turcs, restés auprès d'Abdullaï après l'évacuation égyptienne, périrent avec les guerriers Gallas et Somalis. Et c'est ce qui fit dire à leur retour aux soldats Choanais qui n'avaient jamais tué de Blancs, qu'ils rapportaient les testicules de tous les Frenguis du Harrar.

Aden et Harar ont fini par l'ennuyer. Il voudrait aller ailleurs, partir pour Zanzibar. Grande île au large de l'Afrique, plus tout à fait africaine, pas encore arabe ou indienne, une sorte de paradis neutre, exotique, propice aux récoltes et à la douceur de vivre, les plantations de cocotiers, girofliers, orangers, citronniers, ananas, bananes, manguiers s'y succèdent, le riz et la patate abondent comme la gomme et le caoutchouc. Il y fait chaud et, c'est surtout ce qu'il recherche, un climat tropical tempéré par l'air marin. C'est aussi une terre des *Mille et Une Nuits*, tout imprégnée des intrigues magiques de Bagdad et du Caire. « Les femmes Arabes ne sortent jamais de jour ; mais dès le coucher du soleil, on les voit se glisser sans bruit dans les rues obscures, accompagnées de leurs esclaves : c'est l'heure où l'usage les autorise à se visiter entre elles. Elles portent alors un masque de fil de métal qui couvre, sans le cacher, le haut du visage. Les femmes exercent une grande influence à Zanzibar ; on les dit fort adonnées aux intrigues amoureuses. » Il a lu ces lignes dans le rapport d'un explorateur colonial… Il ne sait pas si tout ce que l'auteur raconte est vrai. L'aventure est tentante. C'est peut-être le clou de girofle dont l'arôme enivrant a jadis déclenché en lui ce désir bizarre. Bizarre comme Zanzibar, un mot qui contient l'aventure, avec deux Z comme zizi, zigzag, zizique ou zozo, et qui rime aussi avec bazar, Gibraltar, Madagascar, Omar ou Malabar. Avec Harar aussi, on n'en sort pas !

Et puis Zanzibar n'est pas vraiment une fin en soi. ... *si j'avais le moyen de voyager sans être forcé de séjourner pour travailler et gagner l'existence, on ne me verrait pas deux mois à la même place. Le monde est très grand et plein de contrées magnifiques que l'existence de mille hommes ne suffirait pas à visiter.*

Au cœur de Paris, dans la chambre minuscule, la petite table, juste devant la fenêtre encore noire. Bougie. Papiers. Encrier. Il écrit, il rature, la plume d'acier Sergent-Major crisse sur la feuille, l'encre sent fort, odeur âcre et piquante. Il pose le porte-plume, il se relit. Pépiements dans les branches, tout proches. Autre feuille, porte-plume, il recopie ce qu'il vient de rédiger en s'appliquant du mieux qu'il peut, il sait qu'il a une belle écriture, fruit de ses patientes et mortelles études de Charleville. Les oiseaux sont de plus en plus bruyants, agitations, froissements d'ailes, ébauches de trilles, petits cris… Le ciel s'est éclairci. Arthur regarde les feuillages qui émergent de la nuit. Il repose le porte-plume, déchire son brouillon, se lève, ouvre la fenêtre. L'air est tiède, les moineaux sont maintenant tout agités, plusieurs volettent d'un arbre à l'autre, il s'accoude, la clarté envahit le décor, toits, arbres, immeubles, fenêtres. Rumeur lointaine des tombereaux aux roues cerclées de fer sur les gros pavés du Boul'Mich'.

Sensation saoulante de se sentir peu à peu pris dans les rythmes de la ville, son réveil, ses sursauts, ses bruissements, les foules bientôt en mouvement, les murmures, les éclats de voix, des sonorités encore indécises.

À quatre heures du matin, l'été
Le Sommeil d'amour dure encore.

Il rentre dans la pièce, fouille dans ses tas de papiers, prend sa pipe, la bourre, l'allume. Il s'accoude de nouveau à la rambarde, aspire goulûment la fumée. Les feuillages des marronniers sont de plus en plus verts, le ciel bleuit. Il adore travailler la nuit, avec pour seule drogue la discrète excitation de l'insomnie. Il se sent comme le Veilleur de la tradition : Dormez en paix, braves gens ! Il est le maître du monde, il raffole de cette délicate ivresse de l'aube où tout lui apparaît offert, ouvert, simple. *Les heures bleues !* Il pense qu'il a écrit, encore une fois, quelques beaux vers. Bonheur ! Il crache sur les tuiles du toit…

Il a perdu la partie, il le sait, il ne peut plus rien faire. Même pas appeler Méphistophélès. Vendre son âme en échange d'une vague éternité, et de la connaissance universelle, si c'était possible ! S'enfuir encore, repartir, rouler de vague en vague à l'autre bout de la mer et des terres. Même vivre jusqu'à cent ans ! C'est peu mais cela lui suffirait ! « Je te donnerai ce qu'aucun homme n'a pu même entrevoir. » Arthur ne sera plus jamais Faust. Il a déjà vendu son âme dix fois à tous les diables, et il y a bien longtemps, c'est fini ! On ne recommence pas ! Ça ne vaut que pour une fois ! « Quel est ton nom ? — La demande me paraît bien frivole, pour quelqu'un qui a tant de mépris pour les mots, qui toujours s'écarte des apparences, et regarde surtout le fond des êtres. » Qu'a-t-il fait de son petit volume, la belle traduction de Nerval avec la préface de Gautier ? Perdu ! Oublié quelque part ! Beau livre ! Dommage ! « Je suis trop vieux pour jouer encore, trop jeune pour être sans désir. » Ses livres maintenant ? Ses manuels de tout ce qu'on peut imaginer faire et fabriquer sur cette terre ? Mais tout ce bazar peut passer au feu sans hésitation en échange du seul petit volume. À quoi bon désormais ? Même pas un ami ! Même pas une femme ! Même pas un enfant ! Seulement beaucoup d'argent, à la banque ! Inutile ! « Laisse-moi jeter encore un regard sur ce miroir, cette image de femme était si belle ! — Non ! Non ! Tu vas voir devant toi, tout à l'heure, le modèle des femmes en personne vivante. Avec cette boisson dans le corps, tu verras, dans chaque femme, une Hélène. » Dans chaque femme, une Hélène !

Bruxelles, une chambre d'hôtel sur la place. C'est le début de l'après-midi. Fenêtres ouvertes, les odeurs de ragoût, de bière et de café montent du rez-de-chaussée. La porte est fermée à clé. Il ne peut s'enfuir. Il est debout les mains dans le dos, contre le mur. L'autre est assis en face de lui, à peine trois mètres, sur une chaise qui barre la porte. Il se balance. Il a l'air assez ivre. Ils se parlent depuis des heures, ça tourne en rond. L'autre ne veut pas qu'il parte, lui, au contraire, veut partir. Une histoire finie, aucune raison de poursuivre, on devrait s'arrêter là. Calmes, amis, très bien, à la prochaine, et ainsi de suite. Mais non, l'autre n'en peut plus. Il est malade d'amour, de désir, de bière ou d'absinthe. Il sort un pistolet, jouet ridicule, tire une fois, marmonne une phrase « Tiens je t'apprendrai à vouloir partir ! », première balle dans le poignet. Il en tire une seconde qui touche le mur et ricoche vers on ne sait où.

Une scène. Bien d'autres scènes dans sa vie, des drôles, des tristes, des mélodramatiques, des grotesques, des tendres, c'est sans doute le lot commun. Il ne peut y penser sans regrets. Car, s'il avait su, il aurait pu calmer Paul, le ramener à de plus simples arrangements. Enfin, c'est loin tout cela ! Aucune raison d'y revenir. Aucune raison pour que quiconque se préoccupe de cette misérable affaire dans l'avenir. Ils étaient tous deux ignorés de tous. Sauf de la police qui avait arrêté le tireur. L'affaire n'intéresserait plus personne. Sans doute serait-elle définitivement oubliée… Une bulle dans l'histoire du monde…

Il pense encore une fois à Monsieur Georges. Pourquoi cette nuit-là n'a-t-il pas choisi de partir avec lui ? S'embarquer à l'aube sur le même navire. Ils auraient bien trouvé une ruse pour l'inscrire à la dernière minute sur le rôle d'équipage. Appareiller, une vraie fête ! Quitter la ville, doubler les forts, laisser l'archipel sur bâbord, s'engager dans la pleine mer, foncer au large… Partir vers les îles, la mer des Sargasses, la Caraïbe, le Gulf Stream ! Bercés par les alizés. Vivre la vie des marins. Peut-être que toute sa destinée en aurait été changée ? Marin ! Se raconter le soir entre matelots des histoires du gaillard d'avant, partager les tempêtes, les escales, les repas, les beuveries, les rencontres, les bonnes et les mauvaises fortunes. Revenir un jour à Marseille, repartir vers d'autres ports, visiter d'autres pays.

Il se demandait souvent pourquoi la figure de ce compagnon de quelques heures des nuits d'été, seize ans auparavant, revenait ainsi le hanter. Beau garçon ? Oui, certes, un visage aussi juvénile que le sien, une sorte de double aux yeux de chat, même taille à peu près, non, peut-être un peu plus petit que lui, corps souple, mains fines, humour et grâce… Et une immense volonté de vivre qu'il avait dû mettre depuis au service des aventures les plus hasardeuses. Comment retrouver sa trace aujourd'hui ? De toute façon, à cet instant, béquillard, quasi-macchabée, il est incapable d'entreprendre quoi que ce soit. Une fois guéri, peut-être pourra-t-il partir à la recherche de cet ami lointain… Bercés par les alizés !

Entre le Ciel de son enfance, plein d'anges roses et bleus et de bienheureux blancs, Dieu en trône, la Vierge et tous les saints, et le ciel plein de soleils, de planètes et de comètes, il a choisi. Malgré le poids éprouvant du livre qui lui écrase le ventre lorsqu'il est allongé dans son lit, il se délecte pour la millième fois du *Ciel*, la belle encyclopédie Hachette reliée de cuir. *Un chant mystérieux tombe des astres d'or.* Cartes, tableaux, schémas, photographies, planches en couleurs, énigmes, les comètes, les planètes lointaines du système solaire, les taches de l'astre et ses éruptions, ses flocules, sa rotation, les plaines lugubres et les cratères de Mars ou de la Lune, les spectres lointains d'Uranus, de Pluton ou de Jupiter… Cent cinquante millions de kilomètres entre la Terre et le Soleil, un million et demi de kilomètres d'un bord à l'autre du Soleil ! Il ne se lasse jamais de ces chiffres plus merveilleux que des contes de fées, de ces explications savantes, précises, « épatantes » ! Un nouveau mot à la mode, « un moignon épatant ! » lui a dit le chirurgien quelques jours après l'opération… Quel con ! Pourquoi pas un mignon moignon, ou encore un trognon de moignon, pendant qu'il y est ?

« Des milliers de feux étincellent de toutes parts sur le sombre azur du ciel. Variés de couleurs et d'éclat, les uns resplendissent d'une vive lumière, perpétuellement mobile et scintillante ; d'autres brillent d'une lueur plus égale, plus tranquille et plus douce ; un grand nombre semblent n'envoyer leurs rayons que par jets interrompus : on dirait qu'ils ont peine à percer les profondeurs de l'espace. » Arthur, plongé dans la lecture de passages qu'il connaît presque par cœur depuis des années, oublie toute douleur, il se réjouit de trouver là les explications des phénomènes qu'il a observés au cours de ses veilles nocturnes sous le ciel africain. Et, avec son frère et son autre sœur, Vitalie, la petite morte de dix-sept ans, quand, allongés dans l'herbe d'été, ils regardaient l'étoile. « Qui ne connaît l'Étoile du Berger ? Qui n'a contemplé sa blanche lumière à la fois douce et vive, rarement scintillante, mais parfois assez intense pour faire porter ombre aux objets sur le sol… L'éclat de Vénus est si vif qu'on peut l'apercevoir en plein jour : c'est de beaucoup la plus blanche et la plus brillante des étoiles du ciel tout entier. »

Et aussi, à dix-huit ans, cette découverte de la mer, la première fois, sur la côte belge, en attendant le paquebot de Douvres avec Paul. L'émerveillement d'un phénomène naturel, cette évidence de la rotondité de la Terre et des mers, observation à la portée de tous et qui rend chacun savant comme un astronome grec. « Supposez-vous placé sur la côte, au sommet d'une tour élevée, d'un monticule ou d'une falaise. Un navire apparaît à l'horizon : vous ne voyez d'abord que le haut des mâts, les voiles les plus élevées ; les basses voiles et la coque sont invisibles. À mesure que le navire s'approche, ses parties inférieures sortent de derrière l'horizon, et bientôt il apparaît tout entier… »

Il a toujours aimé les noms des étoiles et des constellations. Il les apprenait sans même savoir où elles se trouvaient exactement, il les récitait, et la nuit, à Roche, dans son Ardenne natale, ou bien dans le désert africain, son bonheur était parfait. Véga, Lyre, Bouvier, Cygne, Pégase, Antarès, Régulus, Cassiopée, Dorade, Achenar, Canopus, Castor, Pollux, Bételgeuse, Aldébaran, Orion… *Mes étoiles au ciel avaient un doux frou-frou.*

Il n'oublie pas non plus ces moments inspirés, la nuit, loin de tout, lorsqu'il s'amusait, dans sa petite enfance, à émettre des vœux. « Il ne se passe pas de nuits, quand le ciel est complètement découvert de nuages, où un observateur, posté de manière à embrasser tout l'horizon céleste, n'aperçoive une ou plusieurs *étoiles filantes*. Tout le monde sait qu'on nomme ainsi des points lumineux qui, apparaissant subitement au milieu des étoiles, semblent glisser sur la voûte du firmament, en laissant le plus souvent l'impression d'un sillon de feu qui s'évanouit après une durée variable… » Quels étaient donc les souhaits qu'il faisait alors ? Rêves qui, sans doute, ne se sont jamais réalisés. *… Je regrette de ne pouvoir faire un tour à l'Exposition cette année, mais mes bénéfices sont loin de me le permettre, et d'ailleurs je suis absolument seul ici, et, moi partant, mon établissement disparaîtrait entièrement. Ce sera donc pour la prochaine ; et à la prochaine je pourrai exposer peut-être les produits de ce pays, et peut-être m'exposer moi-même, car je crois qu'on doit avoir l'air excessivement baroque après un long séjour dans des pays comme ceux-ci.*

Sur le chemin de l'école, un matin, un peu avant huit heures. Fraîcheur, brumes légères. Son frère et lui s'arrêtent près du pont et sautent dans une barque amarrée contre la rive. Ils repoussent le bateau qui fonce dans le courant vif de la rivière jusqu'à la butée de la chaîne. Ils restent debout et le font rouler furieusement sans parvenir à le faire chavirer. Ils tirent sur la chaîne pour revenir au bord. Ils ne se disent rien. C'est leur secrète aventure quotidienne. Ils recommencent cinq fois, dix fois, il n'y a pas d'autre combinaison possible, se balancer jusqu'à la limite du chavirage, ils sont légers, deux petits garçons frêles. Soudain Arthur s'arrête, veut que les eaux agitées se calment. Il s'allonge dans la barque comme Moïse dans son panier d'osier sur le Nil. Frédéric, pas content, préférerait continuer, il s'assied sur le banc de nage et boude. Arthur observe les vaguelettes qui s'apaisent et plonge son regard dans le courant éclairci. Algues ondulantes, cailloux brillants, petits poissons argentés, paradis… La cloche sonne. Les deux frères bondissent hors de la barque, se saisissent de leurs livres et cahiers déposés sur le talus, foncent vers la porte de l'école où ils parviennent juste au déclenchement de la seconde sonnerie.

Un jour, il marche vraiment au pas, et ce n'est pas un rêve ! C'est à Salatiga, dans la montagne de Java. Coiffé d'un képi bleu à cordon orange, affublé d'un costume invraisemblable, bleu à brandebourgs, un fusil sur l'épaule. Il se sent au comble du ridicule, il se met à pouffer de rire. Comment peut-il être tombé si bas ? À Bruxelles, il s'est engagé dans l'armée hollandaise pour la prime de trois cents florins. Et aussi parce qu'il pense qu'il va pouvoir découvrir de nouveaux horizons, il a une fichue envie de voyager ! On lui a donné un billet de train pour Rotterdam. De là, à Harderwijk. Caserne sur le Zuyderzee. Instruction militaire. Impossible de se faire la belle avant d'avoir touché la prime. Embarquement. Six semaines en mer à bord du *Prins van Oranje* jusqu'à Batavia. Affecté à une garnison dans la montagne au-dessus de Semarang. Il y est déjà depuis quinze jours. Il n'a qu'une seule envie, se carapater. Pas question d'aller tirer sur les indigènes lors de la prochaine expédition coloniale à Sumatra.

Enfin, mes amis, vous ne connaissez pas Arthur ! S'il est capable de traverser l'Europe à pied, ce n'est pas cette petite île d'à peine deux cents kilomètres de large qui va l'effrayer ! Ni les tigres ni les serpents. Tant qu'il y a une route… et même pas de route du tout, la jungle, la montagne, les bords de lacs ou de rivières, il peut marcher. Et puis de Salatiga à Semarang, guère plus d'une cinquantaine de kilomètres ! Une nuit il s'enfuit, juste vêtu d'un pantalon et d'une chemisette coloniale. Il leur laisse tout son attirail de carnaval mais, bien sûr, emporte sa prime. Il marche le long de la route, plutôt à l'intérieur des fourrés. Appréciant la beauté des bosquets fleuris, des lianes, des fougères et des orchidées. Et parfois, des bandes de perroquets, d'oiseaux de paradis, de cacatoès. Au hasard de sa descente vers la mer, il cueille des bananes, des mangues, des *markisa* et des *rambutan*. Il s'arrête même dans des auberges indigènes pour dévorer quelques galettes de riz ou des crêpes.

Il est méfiant mais personne ne le dénonce, on n'aime pas les Néerlandais dans ce pays, on encouragerait même plutôt les déserteurs. Il ne sait pas ce qu'il risque s'il était repris. Fusillé ? Pendu ? Il se cache une quinzaine de jours à Semarang, échappant aux patrouilles hollandaises, changeant de cachette le plus souvent possible. Finalement, il embarque comme matelot sur le *Wandering-Chief*, petit voilier écossais bourré d'une cargaison de sucre. Près de cent jours de traversée. Cap de Bonne-Espérance, tempête épouvantable, le sucre sera un peu salé, Sainte-Hélène, les Açores, encore des tempêtes, enfin Queenstown où le navire arrive ayant perdu deux de ses mâts et la plupart de ses voiles ! Arthur gagne le port voisin de Cork, prend le ferry jusqu'à Liverpool. De là, train jusqu'à Southampton, puis Dieppe, encore le train, Paris, traversé à toute vitesse, et Charleville, retour à la maison ! C'était en 76, l'année de ses vingt-deux ans, c'est loin !

Autre scène maintenant. Il avance à la lisière du désert, quitte le sable et les pierrailles, le paysage se transforme, végétations de moins en moins clairsemées, bouquets d'arbres, douces ondulations de collines, savanes fleuries, gazelles, antilopes, girafes, éléphants, rhinocéros, autruches… En s'approchant du fleuve serpentant à travers les herbages, il découvre des hippopotames vautrés dans la vase, la peau picorée par d'agiles passereaux, plus loin de grands échassiers gobant des petits poissons, des troupeaux de gnous s'abreuvant paisiblement et que les crocodiles bondissants saisissent et entraînent au fond pour les noyer et les dévorer. Scènes familières, il les a vues dix fois déjà dans les gravures du *Magasin pittoresque*, mais immobiles, figées dans le noir et blanc brutal du papier imprimé. Cette fois, il est dans la couleur, le mouvement de la vraie vie sauvage. Est-ce l'Afrique qu'il connaît déjà depuis tant d'années, ou un rêve, un de plus parmi tous ceux que lui envoie l'opium ?

À mesure qu'il progresse, les minarets et les tours d'une ville surgissent de l'horizon. En s'approchant, il découvre une grosse bourgade fortifiée surmontée d'un château. Les portes de la ville sont ouvertes, des groupes d'hommes vont et viennent, conduisant des ânes ou des mulets bâtés lourdement chargés, c'est jour de marché et, dans les ruelles étroites, les étalages sont couverts des denrées les plus diverses, fruits, légumes, épices, viandes et poissons… Et aussi des tapis, des coussins, des vêtements, des petits meubles, des paniers, des selles pour chevaux ou chameaux, des couteaux, des fusils… Un homme sort de l'une des maisons en pisé et lui fait signe de le suivre. Il franchit derrière lui la porte très basse, il se retrouve dans le noir et avance en tâtonnant, ses yeux s'habituent à l'obscurité, il distingue le dos de son guide, ils marchent un long moment, il est étonné d'un tel parcours sous ces petites maisons basses toutes semblables qui s'alignaient le long de la ruelle étroite, il devine aussitôt qu'il s'agit de quelque chose d'inhabituel.

L'espèce de tunnel s'éclaircit peu à peu, ils pénètrent dans une grande salle taillée dans le roc. Il y règne une vive clarté sans qu'on puisse en deviner la source. Au centre de la pièce, une estrade cachée par des tapis éclatants. Sur cette scène, un grand sofa couvert de peaux de bête. Une créature est alanguie parmi des coussins, vêtue d'un collant en peau de panthère, chevelure blond-roux, longue et frisée, elle est très belle, un air de courtisane orientale, un regard malicieux. À moins qu'il ne s'agisse d'un jeune homme déguisé en femme ? Arthur reconnaît aussitôt Sarah, qu'il a vue jadis à Paris en Chérubin dans Beaumarchais et aussi dans *Ruy Blas* et dans *Phèdre*. Le personnage lui fait signe d'approcher, lui parle mais aucun son ne sort de sa bouche, ou bien c'est l'inverse, ses oreilles à lui n'entendent plus, comme Ulysse encore. Il se sent malheureux. Sarah, il a toujours aimé ce prénom et, bien sûr, comme tout le monde il a adoré voir sur scène cet étrange androgyne, vrai garçon ou vraie fille, même s'il n'apprécie pas beaucoup sa déclamation qu'il estime un peu trop pompeuse.

— Il va finir par se réveiller !

La voix cette fois l'a réveillé et ce n'est pas celle de Sarah, plutôt celle de sœur Rosalie qui, debout à côté du lit avec Isabelle, est penchée sur lui. On lui donne son lait chaud.

Isabelle est là, toujours fidèle. Depuis combien de temps ? Il ne sait plus. Des jours, des mois, des années peut-être ? Il voudrait qu'elle lui trouve un pays où se rendre. Le plus vite possible. Il veut quitter l'hôpital tout de suite, avec elle. Elle l'aidera, ils feront des miracles, affaires, richesse, bonheur. Partir mais partir vers un pays chaud. Il lui a dit : pas moins de vingt degrés centigrades la nuit ! Au-dessus, le jour, ça m'est égal, les fortes chaleurs ne me font pas peur. Nice ou Alger ? Un peu froid l'hiver, non ? Le Caire ? Tunis ? Marrakech ? Plus bas encore ? Il a peur du froid. Le froid, la neige, la glace sont comme des menaces mortelles. Il n'aime que la chaleur, il ne peut vivre que par le soleil, le soleil éclatant, la brûlure de ses rayons. La simple idée de froid le fait frissonner. C'est peut-être une maladie ? Tiens ! Son ami d'un soir marseillais de jadis ! Lui non plus ne supportait plus le froid. Où est-il à cette heure ? Au chaud ? Pourtant, si les hivers ardennais étaient parfois rigoureux, il n'en a pas de souvenirs trop cruels. Sauf un, le dernier, neige, glace, frissons, désespoir. Mais c'est autre chose encore.

Préoccupé par ses affaires, il a trop tardé à quitter Harar. Il ne connaissait pas son mal qui progressait de semaine en semaine. À la fin, il ne pouvait plus marcher, il avait dans le genou droit et la cuisse des douleurs abominables, il ne pensait pas que de tels supplices pussent exister. Il avait eu des maladies, des accidents, mais jamais une telle intensité de souffrance. Ni l'opium ni les drogues du pays Danakil ne pouvaient l'atténuer. Au lieu de commander des livres techniques, il aurait dû s'intéresser à la médecine. Il ne dormait plus. Il souffrait au-delà du dicible, son salut était dans une fuite bien organisée.

Il a mis tout en ordre. Mais impossible de marcher, de se tenir sur un cheval ou un mulet. Il a fait fabriquer une civière couverte d'un toit de palmes. Départ le mardi 7 avril il y a maintenant sept mois, ce printemps même. Chaque pas des porteurs était une torture. Le soir, on s'arrêtait, il ne pouvait se reposer. *En route, je ne pus jamais me lever de ma civière, on étendait la tente au-dessus de moi à l'endroit même où on me déposait et, creusant un trou de mes mains près du bord de la civière, j'arrivais difficilement à me mettre un peu de côté pour aller à la selle sur ce trou que je comblais de terre. Le matin, on enlevait la tente au-dessus de moi, et on m'enlevait.* Onze jours de tortures ! Arrivé à Zeilah, adieu à tous ses porteurs, traversée de trois jours, retour à Aden, hôpital. Adieux à Djami. Embarquement sur l'*Amazone* des Messageries Maritimes, le 9 mai, à deux heures trente du matin. Encore onze jours de mer épouvantables ! Marseille le 20 mai. Tout droit vers l'hôpital de la Conception !

Un jour, en se promenant dans la ville, en 75, ou peut-être à son retour en 77, un mirage, cette fois pantagruélique, offert en pleine vitrine aux passants marseillais, toujours médusés : nougats noirs ou blancs, pâtes de coing ou d'amande, marrons glacés, macarons, calissons d'Aix, navettes de Marseille à la fleur d'oranger, berlingots, pastilles à la violette, cerises, angéliques, prunes et figues confites, fougasses salées ou sucrées, chocolats, confits de pétales de rose, crème de marron, craquants, biscotins, miels et confitures, loukoums ottomans, tourons espagnols, dattes fourrées… Marseille, la Bagdad des Mille et Une Nuits. Ne lui manquait qu'une Shéhérazade pour lui raconter des histoires à n'en plus finir. Aujourd'hui, il voudrait sortir, trotter sur ses béquilles jusqu'à la confiserie, et se gaver de nougats, de dattes et de macarons. Il les voit, il les hume, il a faim de sucreries, il en bave…

Avec ses deux bras emmitouflés, il ressemble à une momie. Un Égyptien préparé pour son ultime voyage vers le royaume des morts. Il n'attend plus que la barque funéraire qui va le lancer au-delà du Nil vers le couchant, à la poursuite du soleil. Il va retrouver Osiris qui l'accueillera avec sympathie, il en est sûr. Il est allongé de tout son long, sur le dos, il navigue, poussé par un vent imperceptible, les nuages défilent au-dessus de lui, il aperçoit par moments la lune, la nuit tombe, les premières étoiles commencent à briller, il va de plus en plus vite, l'obscurité est désormais profonde, une lueur loin devant lui, le dieu ? Il ouvre les yeux, toujours sa chambre mais cette fois illuminée. Une petite foule. Comment sont-ils entrés ? Il n'a rien entendu. Il se passe de drôles de choses dans cette maison des morts.

— Nous allons procéder à la dissection de ce cas fort intéressant, dit le docteur Pluyette, à demi tourné vers un groupe d'internes, eux-mêmes donnant chacun le bras à une fille de salle. Elles sont fardées à outrance, attifées comme les filles de la rue Bouterie, vulgaires et rigolardes. Derrière ces couples, s'alignent les sœurs de l'hôpital, en tunique très décolletée. Elles ont mis du rouge à lèvres et, tout voile ôté, se sont frisées, un troupeau de moutons. Même le directeur de l'hôpital, M. Belmont, a quitté son cher piano et, en frac, un peu en retrait, assiste à la séance, perplexe mais intéressé. Pluyette s'approche, un scalpel à la main. L'autre chirurgien, le docteur Beltrami, juste derrière lui, brandit une longue scie toute souillée de sang séché. Elle a dû servir un moment auparavant dans une des salles de leur service.

— Vous ne pouvez pas faire ça, dit Arthur. Je suis sous la protection d'Osiris. Et je vais ressusciter !

Rire général. Les internes explosent, les bonnes sœurs pouffent avec plus de discrétion. De l'index de sa main libre, Beltrami se frappe la tempe, complètement toc-toc ce garçon ! Le docteur Pluyette approche son scalpel et commence à découper en sifflotant le haut de la hanche, détachant avec soin les muscles de l'articulation, un flot de pus s'écoule. Le malade pousse un cri, personne ne semble percevoir ses protestations. Ou bien ils font semblant ! Il remue en tous sens, s'il ne peut les arrêter, il fera peut-être chavirer la barque. Mais la dissection continue, on lui a rabattu toute la peau le long de la cuisse, deux muscles pendent aussi, le scalpel gratte et, d'une pince qu'il vient de saisir, le chirurgien écarte des tissus et se tourne vers la petite foule. L'assemblée applaudit.

— Vous êtes en présence d'une magnifique tumeur des os. Non seulement cette sale bête a rongé le bas du fémur de notre patient et nous avons dû la réduire il y a cinq mois, mais elle est revenue et a envahi toute sa cuisse, tous les os de son corps, et elle ne lui laisse évidemment pas la moindre chance de survie. Même en allant à Lourdes !

Il ricane, les internes ricanent, parfaite imitation servile de leur patron, et tous les autres ricanent ensuite, même les bonnes sœurs.

Arthur assiste, impuissant, à sa dissection et à la démonstration savante. Au moins, progrès, il ne sent plus aucune douleur. Il aimerait quand même qu'on le laisse tranquille. Il l'a bien mérité. Il voudrait savoir où va le mener la barque des morts. Il préférerait rester à peu près intact plutôt que finir en morceaux dans les bocaux du service d'anatomo-pathologie de l'hosto puis sur les rayons du musée de médecine des hospices marseillais. Et tous ces gens qui regardent vers sa cuisse et son intimité, à la fin, il a beau avoir perdu toute pudeur, c'est irritant ! Et la dignité des malades ! Il ferme les yeux. Le chirurgien poursuit ses écœurants charcutages qu'il commente d'une voix monotone que n'égaye même pas l'accent marseillais.

Quand c'est terminé et que l'assemblée s'est enfin retirée, Arthur rouvre les yeux. Ils ne l'ont pas recousu, lui laissant peau et viandes putrides pendre bêtement sur le bord du lit comme un écorché de planche anatomique. Dans la chambre, seuls sont restés les deux chirurgiens. La porte s'ouvre, ses deux bonnes sœurs habituelles reviennent, elles sont tout excitées. Elles relèvent leur long tablier, elles sont nues en dessous, se jettent sur les médecins qui en une seconde ont, eux aussi, écarté leur blouse blanche, dards massifs pointant ferme, et les embrochent sauvagement. Un des couples tombe en travers du lit, sur la jambe gauche d'Arthur.

— Attention, dit sœur Rosalie. Mon malade !

Le docteur Pluyette, qui déjà la besogne avec furie, se met à rire.

— Dans l'état où il est, ton malade, ma belle salope, il ne peut se rendre compte de rien. Il n'en a plus pour longtemps.

Sœur Rosalie, abandonnant toute pitié, éclate de rire à son tour et houspille son cavalier avec les mots les plus grossiers afin qu'il la foute plus fort encore. Sœur Marie pendant ce temps a roulé à terre puis s'est mise à quatre pattes et est enfilée à la grecque par le docteur Beltrami qui, pris d'une rage folle, la secoue en tous sens. Elle pousse des cris de truie qu'on égorge mais ça semble plus du plaisir que de la douleur, elle chante des chansons de carabin, marmonne des phrases obscènes et tendres qui, certainement, ne sont pas des prières catholiques.

Arthur est plutôt étonné, ces gens manquent beaucoup de sérieux, comme s'ils n'avaient pas d'autres endroits pour faire ça ! La salle de garde des internes, les appartements du personnel, ceux des médecins, la salle de musique du directeur, il pourrait leur jouer du Wagner pour stimuler leurs ébats, que sais-je encore… C'est curieux, vraiment très curieux. En tout cas ni les cris obscènes de sœur Marie ni les râles de sœur Rosalie n'attirent l'attention du reste de l'établissement, personne ne vient. Bientôt, les quatre se relèvent, se rajustent et sortent calmement.

Isabelle est là. Il est bien réveillé. Il lui sourit.

— Tu ne sais pas, pendant que tu étais absente, la nuit dernière, ils sont venus dans ma chambre…

— Qui donc ?

— Les deux chirurgiens. Avec les deux bonnes sœurs… Ils ont fait une sarabande infernale !

— Une sarabande ?

— Oui. Ils ont fait l'amour par terre et sur mon lit. Sans honte. Sans façon. Comme de vrais gorets ! Comme ceux de chez nous à Roche ! D'ailleurs ils grognaient comme cochons et truies !

— Enfin, Arthur, ce n'est pas possible ! Tu as rêvé ! Tu dis des horreurs !

— Zut ! Crois-moi, je te jure. Je peux te donner des détails. Le docteur Pluyette est monté sur sœur Rosalie.

Et le Beltrami a forniqué à quatre pattes sur le carrelage avec sœur Marie…

— Mais enfin, c'est impossible ! C'est ignoble ! Tu divagues !

— Je les ai vus ! De mes yeux vus ! Ils ne se sont même pas gênés devant moi, les drôles ! Ça a duré un bon bout de temps. La preuve, je n'invente rien, sœur Rosalie est blonde et sœur Marie brune !

— Tu as vu leurs cheveux !

— Pas seulement leurs cheveux. Leur petite fourrure ! Elles ne portaient rien sous leur blouse !

— Arrête ! Tu blasphèmes ! Comment veux-tu que des bonnes sœurs, des bonnes sœurs si gentilles, si dévouées, des saintes qui ont tout sacrifié à Dieu, comment veux-tu qu'elles s'exhibent et se livrent à de pareilles abominations ?

— Pas des abominations. Elles avaient l'air d'y prendre bien du plaisir. Et ce n'était sûrement pas la première fois ! Elles semblaient s'y connaître en cochonneries, elles piaulaient et disaient des drôles de grossièretés.

— Tu as rêvé. Et puis, en admettant même que ce genre de choses soit possible, pourquoi veux-tu que ces gens-là soient venus faire ça justement dans ta chambre ?

— Ça doit ajouter du piment à leurs coucheries… Tu es naïve, Isabelle, enfin tu sais bien que, sous le voile et le tablier, ce sont aussi des femmes, elles ne pensent qu'à ça ! Quant aux médecins, à force de vivre dans le sang, les sanies, les ordures, des ordures à dégueuler, ils adorent la vie, et la vie c'est l'instinct génésique. Ils n'ont rien dans la caboche, tout dans les olives !

Isabelle se tait. Elle est atterrée.

— Je vois bien que tu ne me crois pas. On me croit

fou parce que je dis des choses qui semblent à tout le monde insensées. Mais je ne suis pas fou, non ! Je ne délire pas ! Ce que je vois, je le vois. Je suis même entré dans la vision supérieure de l'âme…

Encore une fois, il est le *majnoun*, le possédé. Ce cauchemar ne finira donc jamais ? Personne pour le croire ? Pas même Isabelle. Il a vu tout cela ! Il continuera à voir des choses que les autres ne perçoivent pas…

Par moments, il a l'impression de respirer l'air acidulé de la mer mêlé à ses bouffées de charbon, ses filets séchant, ses poissons, ses savonneries, ses goudrons, ses moulins à blé, folle farine fraîche, ô l'odeur divine ! Et ses moulins à fèves de cacao… Et ses entrepôts aux sacs d'épices crevés, ouverts, éblouissants de fragrances exotiques, poivre, girofle, gingembre, curry ! Le port, tout proche, vient à lui, il le perçoit à travers les murs et les cours de l'hôpital, ses arômes délicats, forts, piquants, multiples. Les grands voiliers prêts à appareiller, les vergues grouillantes de matelots chantant et criant à tue-tête, les paquebots à vapeur crachant leurs petites touffes de fumées, lançant de joyeux coups de sirène pour prévenir de l'imminence de leur départ.

Tu veux partir ? Un peu, mon n'veu ! Côté Suez ou côté Gibraltar ? M'en fiche ! Le principal c'est de fuir, d'échapper à la pestilence, à la chambre prison. Alors, à droite de la carte ou à gauche, peu importe puisque tu te retrouveras toujours au bout du monde et, bon an mal an, tous les trajets se valent ! La ville est là qui pulse et respire autour de lui, avec ses escaliers, ses places, ses rues, ses boulevards, ses belvédères, ses forts et ses canaux, toutes ces architectures enserrant le port et son étroit goulet qui injecte dans l'océan, navire après navire, barque après barque, ses centaines de nacelles, esquifs de la vraie liberté… *Je regrette l'Europe aux anciens parapets.*

On lui avait écrit. « Vous ignorez sans doute, vivant si loin de nous, que vous êtes devenu à Paris dans un très-petit cénacle une sorte de personnage légendaire, un de ces personnages dont on a annoncé la mort, mais à l'existence desquels quelques fidèles persistent à croire et dont ils attendent obstinément le retour. On a publié dans des revues du Quartier latin et même réuni en volume vos premiers essais, prose et vers ; quelques jeunes gens (que je trouve naïfs) ont essayé de fonder un système littéraire sur votre sonnet sur la couleurs des lettres. Ce petit groupe qui vous a reconnu pour maître, ne sachant ce que vous êtes devenu, espère que vous réapparaîtrez un jour pour le tirer de son obscurité. » Il a classé la lettre parmi tous ses autres papiers… Ulysse tuera tous les prétendants… Mais lui-même sera mort !

Il a le vertige, il est au milieu d'une grande foule animée, tous les personnages dansent autour de lui, le regardent en souriant, c'est merveilleux, est-ce lui qui rêve ou bien quelqu'un d'autre qui le rêve en cet instant ? Son père a retrouvé un visage. Sa mère, enfin réconciliée, aimante, jeune et jolie même. Son frère, Frédéric, ses sœurs, la première Vitalie, bébé mort de trois mois, ressuscitée et aujourd'hui belle jeune fille, la seconde Vitalie, l'autre jeune morte de dix-sept ans maintenant bien vivante et dansante, Isabelle est là elle aussi, ses amis de collège, ceux de Charleville, de Paris, de Bruxelles, de Londres, de Chypre, de Marseille, d'Aden, du Harar… Paraît qu'on revoit en un clin d'œil toute sa vie avant de… Et, avec eux, toute une foule étrange, bariolée et grouillante, beaucoup de femmes, Anne, Ariane, Amélie, Astarté, Cybèle, Cypris, Europé, Léda, Ophélie, Nina, Juliette, Henriette, Jeanne-Marie, Mab, Diane, Vénus, Psyché, Séléné, Hortense, Hélène, Henrika, Eucharis, Colombina, Louise, Léonie, Circeto, Lulu, Madame, la fille aux tétons énormes, la blanche Irlandaise, la fille à lèvre d'orange, l'ondine niaise, la reine des Bergers, les sœurs de charité, les petites amoureuses, la petite morte, la première communiante, les chercheuses de poux, les Sabines de la banlieue, les Bacchantes… quelques couples, Michel et Christine, le jeune ménage, la Vierge et l'enfant Jésus, l'homme et la femme superbes… des hommes, Zeus, Phébus, Éros, Thésée, Belzébuth, Héraclès, Endymion, Chérubin, Pan, Milotus, Tartufe, Bottom, Faust, Fra Diavolo, Pedro Vélasquez, Napoléon III, son fils puceau et branleur, Eugénie, le notaire, le pitre, monsieur Prudhomme, le dormeur du val, le chat Murr, le Coq gaulois, le blanc chasseur, le petit tambour, Thiers et Picard, le prince et son génie, Louis XVI et le forgeron, les grands-parents, les ouvriers charmants, les Peaux-Rouges criards, les poètes de sept ans, les douaniers, les pendus, les assis, les desperados, les charpentiers, les assassins, les haleurs, les effarés, les orphelins, une vraie comédie humaine… et tout au bout de la sarabande, poussant devant elle la Vierge folle et l'Époux infernal, la Mort avec ses habituels oripeaux et sa faux. Il a encore le temps et la force d'en rire : rien que du théâtre ! *Je suis maître en fantasmagories !…*

Il émerge, il se réveille, ou il croit qu'il se réveille, tout est sombre, il cligne des yeux mais rien, ténèbres absolues, impénétrables. Il appelle. « Djami ! Djami ! » Non, personne. Djami a disparu. Aucun écho. Il tente de bouger les bras, sa jambe gauche. Non, serré, enserré de partout, ligoté, immobile, prisonnier. Difficile de respirer, le cœur ne bat plus. Ça y est ! Il a compris ! Il est mort, mort et enterré. Il est dans son cercueil. Il a tout raté, son agonie, son mot de la fin, son dernier couac, son enterrement, cimetière, cérémonie, orémus, musiques, descente, fleurs sur la caisse, bruit des pelletées sur le couvercle. À fond de cale ! Comment est-ce possible ? Il a froid, fosse étroite, terre glaciale, il a commencé sa décomposition… L'odeur de l'humus. *Je me revois la peau rongée par la boue et la peste, des vers plein les cheveux et les aisselles et encore plus de gros vers dans le cœur, étendu parmi des inconnus sans âge, sans sentiment…* Les bêtes minuscules le grignotent déjà, il les sent, toute sa peau picote, ça grouille, si au moins il y avait un peu de lumière. Ou une sonnette pour appeler, encore une idée d'Edgar, leur faire savoir qu'il n'est pas tout à fait crevé, qu'il a encore quelque chose à dire. C'est donc cela la mort ? Rien que la sensation d'être au fond du trou, englouti dans la terre grasse, étouffé, abandonné de tous ? Quel naufrage ! Quel désastre ! Enfin, le mot désastre est bien faible pour une si grande horreur !

La terre s'ouvre, éclate, deux anges noirs l'ont déchirée de leurs dents. Longs cheveux flottants qui traînent sur le sol. Voix de tonnerre grondant avec violence. Leurs yeux comme l'éclair qui brille. Leur souffle comme le vent impétueux. Son âme tremble, se détourne pour fuir, pénètre dans les narines du cadavre. Il reprend conscience, il voit et il entend. Les anges, armés de barres de fer, lui parlent avec violence. Il flotte dans la terre comme dans de l'eau. « Qui est ton Seigneur ? Quelle est ta religion ? Qui est ton prophète ? » Ils agrandissent le tombeau, lui ouvrent une porte sur le côté. C'est celle du paradis d'Allah. Ils lui apportent des vêtements de soie et des parfums. Zéphyr. Repos. Il demande timidement quand viendra l'heure du jugement. « Car j'ai été mort, mais maintenant je suis vivant dans les siècles, et j'ai les clefs de la mort et de l'enfer. »

Isabelle entre dans la chambre. Elle est droite, elle marche comme tout le monde sur ses deux jambes, elle fait un peu de rangement puis s'approche du lit. Il pleure.

— Pourquoi ces larmes, Arthur ?

— Tu es belle ! Tu es vivante ! Tu es en bonne santé ! Tu as deux jambes ! Et moi, je ne suis plus qu'une larve…

— Mais non, accroche-toi à la vie. Tu peux guérir, les médecins l'ont dit !

— Les toubibs sont des menteurs, des radoteurs, des ânes ! Ils n'arrêtent pas de me dire des balivernes ! Je vois bien que je vais mourir ! Je le sais, je le sens. Je vais aller sous la terre et toi, tu marcheras dans le soleil !

— Ne dis pas ça ! Tu sais bien que ce n'est pas vrai !

— Ne me mens pas toi aussi ! Dis-moi la vérité, la vraie vérité ! Promets-moi de t'occuper de moi, *après*. Je ne veux pas que tu leur laisses mon corps. Je veux être enseveli, pas disséqué par ces vautours. Ne me laisse pas sur leurs tables d'équarrissage ! Sois mon Antigone !

— Je te promets que je ferai tout ce qu'il faut. Mais cesse de penser à ces choses. Essaie de te reposer…

— Me reposer ! Mais je ne fais que ça depuis des semaines ! Et j'en aurai bien le temps quand je serai mort !

— Tais-toi, Arthur ! Sinon c'est moi qui vais pleurer…

Un rayon de soleil perce les nuages et vient illuminer une partie du carrelage. Et toujours les affreux oiseaux de mer crient et gémissent comme des enfants à l'agonie. Horribles, épouvantables Érinyes ! Croassant ! Becs crochus ! Sans merci ! Mégère, Tisiphoné, Alecto ! Mais pourquoi moi ? Je n'ai tué personne ! Même pas ma mère ! Qui m'a maudit ainsi ? Pourquoi me harceler ? Les chariots grinçants de la cuisine passent dans les couloirs, c'est l'heure de la sousoupe. Le frère et la sœur se demandent quand tout ce cauchemar sera fini… « En même temps je vis paraître un cheval pâle, et celui qui était monté dessus s'appelait la Mort, et l'enfer le suivait ; et le pouvoir lui fut donné sur la quatrième partie de la terre pour y faire mourir les hommes par l'épée, par famine, par mortalité, et par les bêtes sauvages. »

Il marche sur la plage d'une île tropicale. Sable blanc éclatant. Palmes vertes bercées par l'alizé tiède. Senteurs délicieuses de fleurs et d'épices. Mer d'un bleu violent, presque violet. Courtes vaguelettes qui frémissent à ses pieds. Il avance, entièrement nu dans le soleil brûlant. Il est heureux, ça devrait ne jamais s'arrêter. Comme il arrive au bout de l'anse de mer et qu'il s'apprête à passer à la plage suivante, il découvre qu'un petit voilier, venant du large, s'approche. Voile blanche, silhouette en contre-jour, un seul personnage à bord. La voile s'abaisse, la barque s'échoue sur l'autre plage. Curieux, il franchit la dune qui sépare les courbes de la côte. Le personnage a mis le pied sur le sable et lui fait signe. Il semble nu lui aussi mais, trop lointain, et dans l'éblouissement du soleil, Arthur ne parvient pas à découvrir s'il s'agit d'un homme ou d'une femme…

Retour à la surface, en toute lucidité cette fois, croit-il. Isabelle est là, visage d'angoisse, traces de larmes.

— Prends une feuille, je vais te dicter une lettre.

Étonnée, elle prend une page presque vierge dans les papiers de son frère. Déjà seulement quelques lignes griffonnées, un inventaire. De quoi ? Dents… Sans doute des défenses d'éléphants :

Un lot 1 dent seule
Un lot 2 dents
Un lot 3 dents
Un lot 4 dents
Un lot 2 dents

Elle ne comprend ni le sens ni la logique de cette liste. Son frère s'impatiente.

— « Monsieur le Directeur ! »

Elle répète après lui, écrit du mieux qu'elle peut. Il parle lentement, épelle bien, il a l'air clair et conscient.

« Je viens vous demander si je n'ai rien laissé à votre compte. Je désire changer aujourd'hui de ce service-ci dont je ne connais même pas le nom, mais en tout cas que ce soit le service d'Aphinar. Tous ces services sont là partout et moi, impotent, malheureux je ne peux rien trouver, le premier chien dans la rue vous dira cela. Envoyez-moi donc le prix des services d'Aphinar à Suez. »

Elle a continué à écrire, incrédule. Elle le regarde, horrifiée. Tout ceci est incohérent. Comment peut-il demander des tarifs, alors que, manifestement, il est au bout ? Il continue de sa voix lente, toujours avec le plus grand sérieux.

« Je suis complètement paralysé. Donc je désire me trouver de bonne heure à bord, dites-moi à quelle heure je dois être transporté à bord. »

Pas plus de précisions. Il a fermé les yeux, replongé dans sa narcose. Elle ne sait que faire de cette lettre ni même à qui cet étrange message est adressé, au directeur de l'hôpital, à quelqu'un de chez Aphinar, à Aphinar lui-même ? Mais qui est Aphinar ? Homme ou femme ? Un dieu égyptien ? Une idole babylonienne ? Une amie de Shéhérazade ? Une étoile de l'hémisphère sud ? Une compagnie de navigation ?

Arthur murmure. « Je suis l'Alpha et l'Oméga, le commencement et la fin. » Isabelle est bouleversée. Elle pleure de désespoir. Elle fait un signe de croix, elle regarde le crucifix au-dessus du lit, ferme un instant les yeux, prie elle ne sait plus ni qui ni quoi, reprend son papier, le relit, toujours aussi perplexe. Il est raide, les yeux fermés enfoncés profond dans les orbites, cernés de leur étrange et large bordure bistre, les joues rentrant dans la mâchoire, le teint de parchemin, à peine de souffle, comme s'il était déjà mort. Accablée, misérable de douleur, elle crayonne un portrait de son frère dans un coin de cette lettre bizarre qu'elle n'enverra sans doute jamais. Presque une tête de mort. Seule la petite moustache blonde semble vivante. *Je désire me trouver de bonne heure à bord !*

Maintenant la nuit est finie depuis longtemps, maigre rayon de soleil sur le carrelage. Il est complètement paralysé, il va très mal. Et très bien en même temps. Son corps est presque entièrement froid. *Ô Mort mystérieuse, ô sœur de charité.* Il ne lui reste plus que des bribes de perception, ses oreilles n'entendent plus, ses yeux ne voient plus. Il a oublié la présence de sa sœur à son côté. Elle prend sa main glacée, il ne sent plus rien. Dans le coma, mais toujours lucide, tout à fait délivré de toutes ses douleurs, une sorte d'accalmie bénie. Derniers souffles. Ô divine morphine !

Elle est retrouvée !
Quoi ? l'éternité.
C'est la mer mêlée
Au soleil.

Mardi 1er février 1921

Le client est seul sur l'esplanade déserte. Il s'est installé à la terrasse, la même terrasse, dans le même fauteuil de rotin, ou du moins il le croit. Peut-être pas le même nom de café, il n'en a aucun souvenir ! Comment savoir, quarante-cinq ans après ? Non, c'est évident, sûrement pas ce siège ! Et puis quelle importance ? Ce qui compte, c'est la force brute du souvenir, la sensation du corps affalé dans sa coque confortable, attendant il ne savait quoi, l'aventure, les espoirs, les désespoirs de la vie, de l'amour. Le même sentiment aussi : c'est comme s'il avait toujours été là. Le cliquetis des drisses battant les mâts, le sifflement du vent dans les haubans. Stridences, claquements, grincement des poulies, des défenses, des aussières, des bordés. La musique des gréements qu'il connaît si bien !

Le garçon de café s'est approché.

— Vous en êtes bien sûr, Monsieur ?

— Oui, oui, merci ! Je n'ai pas froid, je ne crains rien…

Il se retrouve devant les quais, humides encore, parsemés de flaques claires, les beaux jours d'été de sa jeunesse et les foules du couchant ont disparu, et lui, pense-t-il, ne sera plus là pour en profiter quand la chaleur reviendra, dans quelques semaines, une nouvelle saison de soleil, avec ses bavardages, ses rumeurs, ses bruits qui courent d'une table à l'autre, ses boissons fraîches, ses ardents guetteurs de la mer, ses adolescents prêts à partir pour des rives inconnues, cette génération qui succède à celle qui vient d'être sacrifiée, ses vaisseaux qui surgiront du néant pour venir accoster juste devant eux, triomphe éclatant, retour des exilés lointains, foules sur le quai, familles, mouchoirs, cris, applaudissements, hourrahs, pleurs et rires à la fois.

Le Vieux-Port pour lui seul ! Il a gardé son loden, sa casquette et sa longue écharpe de laine tournée deux fois autour du cou (Jessie l'a exigé). Il a posé sa canne près de lui, contre le bras du fauteuil. Il doit bien y avoir de temps en temps des journées ensoleillées, sinon ils n'auraient pas laissé ces quelques tables sur leur terrasse. Et toujours deux ou trois bouquets pour égayer, cette fois du mimosa, sans doute la seule fleur disponible en cette saison avec le romarin aux minuscules corolles mauves, déjà !

Le garçon revient, lui apportant un plaid qu'il dépose sur la chaise voisine.

— Si vous avez froid, vous pourrez le mettre sur vos épaules.

— Je vous remercie, mais ça ira très bien ainsi. Donnez-moi donc un double rhum. Un rhum de la Martinique !

Il ne fait pas froid à ce point. Si, peut-être quand même, après cette petite pluie piquante vite repoussée par le vent. Il a connu tant d'autres froids, ici ou là, et même sous les tropiques, après une ondée, après une tempête, pendant la mousson, lorsque le corps soudain refuse la chaleur naturelle, accablante, et se met à frissonner d'une fièvre étrange, puis à trembler violemment, à se glacer, aucune couverture, aucun caban, aucune chaufferette ne pouvant alors en venir à bout, et lorsque, l'esprit *en proie aux longs ennuis*, il sentait venir la crise de paludisme.

Il plisse les paupières, fixant le mur discontinu des coques sales des navires en face de lui. Toujours les cabanes des poissonniers ou des clubs nautiques, quelques barrières de plus, des embarcadères, et autant de mâts, de haubans, de vergues et de voiles capelées, mais désormais presque chaque barcasse, même affrétée pour la pêche, est équipée de cette ridicule colonne cylindrique, cuivre ou zinc ou fer-blanc, il ne saurait le dire avec précision, souvent recouverte d'une affreuse peinture noirâtre qui la fait ressembler à un chapeau haut de forme un peu cabossé. Certains navires ne possèdent même plus de gréement du tout, juste cette cheminée, parfois même deux gros tuyaux, et des petits mâts plantés plus pour l'apparat, la décoration nostalgique, que pour une réelle fonction nautique. La voile a presque partout perdu, la vapeur et la mécanique ont triomphé.

Il fouille dans la poche intérieure de sa veste, sous le loden tiède, saisit son étui à cigares en cuir, l'ouvre, en tire un long havane. Il regarde ses doigts, il lui semble que c'est ce qui a le plus vieilli chez lui, il ne les reconnaît jamais. Ridés, plissés, rougis, déformés par la goutte et les rhumatismes, jaunis par le tabac, loin de ses doigts d'adolescent qui faisaient jadis l'admiration de ses familiers. Il prend le cigare de la main gauche, replace de la droite l'étui dans sa poche intérieure puis sort du manteau la boîte d'allumettes qu'il a ramassée sur le comptoir de l'hôtel une heure plus tôt. *Splendide Hôtel.* Confortable, bien fréquenté, un garage pour remiser la Cadillac, mais rien de l'hospitalité exotique, insolite, des petits palaces tropicaux qu'il avait eu l'occasion de connaître à Bangkok, à Singapour, à Sydney ou ailleurs.

Dans le hall, le réceptionniste de l'hôtel lui a tendu un plan de la ville. Il l'a distraitement examiné. Le port, comme il l'imaginait des années plus tôt, a continué vers le nord. La ville a absorbé les villages des environs, véritable pieuvre hugolienne, dont les seules limites semblent être les pentes les plus fortes des montagnes. En descendant vers le Vieux-Port, il a regardé les affiches de cinéma. Au Majestic, on donne *Le Lys brisé*. Au Régent, *Le Comte de Monte-Cristo*. Tout recommence toujours !

Aujourd'hui, il a fait visiter à Jessie *sa* ville, là où la vraie vie a débuté pour lui. Ils ont roulé tout le jour, passant La Joliette, continuant au-delà d'Arenc, du cap Pinède et de La Madrague. En revenant, ils ont longé les quais, lentement, admirant les paquebots et cargos alignés dans les bassins. Avec un vrai bonheur enfantin Conrad énonçait à sa femme les noms des navires et de leurs compagnies… *Florentina*, *Pontos*, *Trois Rivières*, de chez Worms, *Libertas*, *Olympe*, des Affréteurs réunis, *Numidia*, de Frayssinet, *Équateur*, *Euphrate*, *Bosphore*, *Persépolis*, des Messageries Maritimes, *Cordoba*, *Mont-Pelvoux*, des Transports Maritimes, *Lamoricière*, de la Compagnie générale transatlantique, *La Gaule*, *Abda*, *La Meurthe*, de Paquet, *Madonna*, *Gergovia*, *Olbia*, de Cyprien Fabre… une bonne centaine d'autres, plus éloignés, impossibles à atteindre, dispersés sur des kilomètres de quais et de bassins. Une flottille de remorqueurs. Une autre de bateaux-pilotes, *ses* bateaux-pilotes étaient maintenant des barques à vapeur. Et aussi deux vaisseaux de guerre russes en visite, l'*Alexandre-III* et le *Nicolas-Ier*. Dans les bassins de radoub, des navires encore, le *Charles-Roux* qu'une armée de peintres était en train de badigeonner, le *Sabara*, le *Plata*... Partout une activité étourdissante, voitures, camions de livraison, grues plongeant leurs crocs dans les cales ouvertes, remorqueurs à l'attente, et des foules de personnages, matelots, soutiers, ouvriers, charpentiers, calfats, lamaneurs, dockers, employés des bureaux du port, commissaires de bord, officiers galonnés, douaniers, passagers débarquant ou embarquant…

Retour par la Major, le Vieux-Port, la Corderie, une poussée jusqu'au Prado, un déjeuner succulent sur la Corniche, huîtres et langoustes, arrosées d'un bandol frais. Et, pour finir, une montée héroïque à Notre-Dame de la Garde, Jessie, courageuse, claudiquant avec ses béquilles pour les dernières marches entre le stationnement de la voiture et les terrasses. Un bedeau est sorti en courant de la basilique, pensant avoir à faire à des hôtes importants. Il a voulu commenter la ville quartier après quartier, ce qui a vite fait d'exaspérer Conrad, lui qui se sent bien plus marseillais encore que l'autre, une sorte de séminariste qui n'avait même pas l'accent. Enfin, le fâcheux s'étant retiré, il a tout montré et tout raconté à Jessie. Ou presque tout. Cette montée à la « Bonne Mère » lui en a rappelé une autre. Il était heureux de se retrouver face à son port, ou plutôt au-dessus de sa ville, tel un dieu…

Maintenant, assis au bord de l'eau, il est l'une de ces minuscules silhouettes qu'il voyait d'en haut tout à l'heure. C'est toujours le même bassin rectangulaire, familier, avec ses pontons et ses navires, ses immeubles anciens et ses quartiers, ses forts protecteurs (drapeaux tricolores qui flottent), ses quais à gros pavés, ses boutiques cosmopolites, ses bistrots modestes mais chaleureux et ses grands cafés pour touristes, ses rythmes nonchalants. Tramways désormais électriques, mais c'est le même itinéraire vers La Joliette, distribuant sous leurs roues des gerbes d'étincelles, automobiles chuintantes, habitées par des fantômes casqués de cuir et des femmes emmitouflées dans des manteaux de castor. Le même encombrement de paniers, de tonneaux, de baraques de pêcheurs et de clubs nautiques. À cette heure, l'agitation est moindre. Saison creuse. Froid hivernal. Calme. C'est ce qu'il lui faut après ces dernières journées éprouvantes sur les routes de France.

Il regarde les reflets des eaux du bassin. Pas aussi magiques que jadis. Il écoute le bruit des drisses bousculées par le vent, ce battement métallique qui apporte sa résonance musicale à tout le tableau. Comme par le passé, il sent qu'il pourrait rester là toujours. Pourquoi pas ? Un vieux marin méditant sur ses aventures lointaines et prêt à les raconter à des aventuriers en herbe ? Il aimerait partir à la recherche de ses amis d'autrefois, se glisser dans les ruelles, revoir leurs cafés et les arrière-salles enfumées des conspirateurs. À quoi bon ? Presque un demi-siècle ! Sans doute tous disparus. Morts à la guerre, des noms sur les monuments, il y en a partout, dans chaque ville, dans chaque quartier, dans chaque village. Au mieux partis ailleurs. Impossible de les retrouver. La compagnie Delestang n'existe plus. Où est donc Marie-Thérèse ? Si elle vit encore, très vieille dame ! Baptistin a dû se retirer quelque part, en Corse ou sur la côte. Les cafés de leur jeunesse ont changé de nom. Aux adresses que Conrad fréquentait alors, sûrement plus personne. À part le vieux Viktor. Il l'a revu plusieurs fois au hasard de ses escales en Extrême-Orient, il sait qu'il vit maintenant à Toulon. Il lui rendra visite à son retour de Corse.

En descendant vers le port depuis son hôtel, il a pris la rue Cannebière, qu'on appelle maintenant « la » Cannebière et qui a tendance, dans les journaux ou sur les enveloppes de la Poste, à perdre un de ses deux *n*. La Canebière donc débouchait sur l'un des trois quais bordant le port, et ce quai aussi avait changé de nom. Son Baedeker notait que, pour remercier la Belgique, on avait après la guerre transformé le quai de la Fraternité en quai des Belges. Joli cadeau ! En longeant le quai vers l'Hôtel de Ville, il a découvert les deux grandes nouveautés marseillaises. D'abord un imposant et plutôt disgracieux ascenseur flanquait la colline de Notre-Dame de la Garde. L'extrémité du port était désormais barrée par le célèbre pont transbordeur. Il pense à la tour Eiffel. Même style mais en moins encombrant ! Cette mince dentelle de fer s'accordait-elle avec les constructions militaires plus anciennes des deux forts ? Après tout, les Marseillais font ce qu'ils veulent et il préfère cela à l'absurde Tower Bridge de Londres, machinerie moderne mastodonte camouflée sous une architecture imitant quelque vague double donjon médiéval.

Dans le couchant, le pont transbordeur devient une simple épure noire sur fond de ciel et de remparts grisâtres. Le va-et-vient tranquille de la nacelle, avec ses petits groupes de piétons, a quelque chose de léger et d'évident même si, paraît-il, beaucoup de Marseillais se plaignent de ce tas de ferrailles qui leur gâche la vue traditionnelle. Conrad avait plusieurs fois tenté de rendre justice à cette ville et à ce qu'elle avait représenté pour lui. Comme si le débarquement du jeune et beau Protis, quelque quatre ou cinq siècles avant notre ère, près de deux mille cinq cents ans plus tôt, n'avait été imaginé par les dieux, Zeus et toute sa bande, que pour édifier un décor qui serait un jour celui de l'arrivée, de l'initiation, de l'épanouissement et des amours d'un jeune exilé polonais. Il avait écrit dans son dernier livre son attachement à ce coin du monde. *Il est de certaines rues qui jouissent d'une atmosphère qui leur est propre, d'une sorte de renommée universelle et de l'affection particulière de leurs concitoyens. La Cannebière est une de ces rues-là, et le bon mot : « Si Paris avait une Cannebière, ce serait un petit Marseille » est la plaisante expression d'un orgueil municipal. Moi aussi, j'en ai subi le charme. Pour moi, la Cannebière a été une rue qui menait vers l'inconnu.* La Canebière, flèche vers le large, tremplin pour l'aventure.

Si les rues ou les quais changent de nom, les hommes aussi. Il avait choisi comme nom Conrad. Une trouvaille. Il était impensable qu'il signe, en Grande-Bretagne, en France ou ailleurs, de son nom polonais que personne ne retenait, que personne n'avait jamais su entendre ni orthographier de façon correcte, tous ses papiers en témoignaient, certificats, brevets, contrats, attestations… Il était devenu écrivain et, en fin de compte, la littérature regorgeait de pseudonymes. Molière, Voltaire, Stendhal, Nerval, Mark Twain, Lewis Carroll, George Elliot, Pierre Loti, Edith Wharton… Inutile de chercher longtemps. Un prénom était déjà là qui pouvait devenir à la fois nom de famille et nom de plume. Désormais on n'entendrait plus la différence entre le C et le K ! Magie d'une seule lettre !

Le lendemain de son mariage, en mars 96, il avait emmené Jessie en Bretagne. Ils avaient pris le paquebot de Southampton à Saint-Malo, puis le train jusqu'à Lannion et, de là, ils avaient rayonné dans la région. Après quelques jours de recherche, ils avaient trouvé une maison de pêcheur à louer à L'Île-Grande, île-village si proche de la terre qu'on y accédait par une simple levée de terre. L'endroit en cette saison printanière frileuse était un peu triste et désert mais les paysages qu'ils parcoururent à pied, par le chemin des douaniers, vers Trégastel et Ploumanac'h, leur avaient offert des points de vue magnifiques sur les chaos de rochers rouges aux formes étranges, les plages découvertes très loin à marée basse, les baies fermées, les landes vertes peignées par le vent, les îles proches couvertes d'oiseaux… Leurs amis, à Londres, s'étaient étonné d'un tel choix pour un voyage de noces qu'on aurait plutôt imaginé vers Paris ou Bruxelles ou même, pourquoi pas, Marseille ou Nice. Conrad avait voulu un endroit retiré où il pourrait écrire et il avait commencé à rédiger des nouvelles. Et aussi un roman, souvenir qui le fait sourire aujourd'hui puisque ce roman, *La Rescousse*, il ne l'a achevé que l'année dernière, vingt-quatre ans plus tard ! Jessie avait alors vingt-deux ans, lui trente-huit. Aux yeux de ses proches, c'était un drôle de mariage, tous pensaient qu'ils étaient aussi peu assortis que possible, lui aristocrate polonais cultivé, elle fille simple d'un milieu très modeste.

Conrad se sent un peu coupable, il est conscient qu'il n'a pas donné à Jessie une vie très attrayante. Beaucoup de tracas financiers, de fréquents déménagements. Et puis Jessie était tombée un jour dans une rue de Londres, s'était blessée aux genoux et, malgré plusieurs opérations, n'avait jamais retrouvé tout à fait sa liberté de mouvement. La jolie sveltesse de ses vingt ans avait fait place à une impressionnante obésité. Mais il avait une grande affection pour elle. Elle avait assuré, envers et contre tout, le bon maintien de leurs logements successifs, et surtout elle lui avait donné deux garçons, Borys, aujourd'hui vingt-trois ans, et John, qui allait sur ses quinze ans. Une vie de famille donc, pas très romantique, assez loin des grandes passions rêvées de son adolescence marseillaise et de ses escales… Ce qui ne l'empêchait pas de penser souvent à ces semaines heureuses de L'Île-Grande, où jeunesse, amitié amoureuse et insouciance étaient leur seul horizon…

Depuis qu'il s'est installé sur le Vieux-Port, vers quatre heures de l'après-midi, il a eu la chance d'être toujours en plein soleil. Soleil d'hiver, bas, pas très chaud, mais soleil tout de même, qui pour le moment se trouve encore un peu à gauche au-dessus du Pharo mais sera bientôt dans l'axe du port. Il ferme les yeux et la lumière rougeoyante qui pénètre ses paupières lui rappelle les sensations qu'il venait chercher lors de ses premiers séjours, ces longues méditations hypnotiques où il perdait ses repères, oubliait tout, avait l'impression de se transformer en autre chose, tels ces sages bouddhistes ou taoïstes dont parlent les légendes asiatiques, capables de s'envoler, partir vivre des siècles d'aventures, et revenir à la même place sans qu'il se soit écoulé même une seconde. C'est ce qu'il ressentait alors : une absence contenant un univers qu'une vie entière aurait du mal à explorer, une force invincible dont il était le maître et dont personne n'aurait pu le priver. Il a toujours été attiré par ces états particuliers proches de l'évanouissement ou du vertige, qui ont une vertu, celle de vous apprendre à douter de tout. Il pense qu'il ne s'agit que d'une simple propriété de l'esprit, une défaillance peut-être, ou même une infirmité. Mais il aime cela et la méditation a toujours été pour lui à la fois une joie et une thérapeutique.

Il aspire la fumée de son cigare, souffle un petit jet devant lui. Les minces volutes bleues et grises se tordent, s'enroulent, se dissolvent dans une douce lenteur voluptueuse. Il les observe. Avec intensité mais sans en tirer autre chose qu'une légère hypnose. Comme naguère, à son arrivée dans la ville, il le faisait avec les nuages ou les reflets des eaux du port. Buées, nuées, fumées, bulles engendrent des formes belles mais trop fluides, mobiles, pour les décrire le vocabulaire est défaillant. À la fois transparentes et concrètes, proches et fuyantes, espiègles et déroutantes. Il sourit en pensant que ces choses éphémères ont toujours été les symboles de la futilité, de l'inconsistance, des illusions, de la fragilité de la vie. Peut-être cette propriété de générer sans cesse de l'évanescence à partir de presque rien, une simple braise, a-t-elle été la principale séduction de cette herbe. Avant même le goût, l'odorat ou les vertus apaisantes, il y a cette curieuse magie qui rend le fumeur d'aujourd'hui semblable aux chamans amérindiens découverts par Christophe Colomb.

Dans ce bien-être que lui procure le havane, il se prend soudain à rêver. L'absorption de la fumée, l'expérience de la vanité et de la fugacité des choses ont aussi, pense-t-il, un rapport avec la perception du temps. Les durées des traversées étaient interminables. En 87, Amsterdam-Semarang, quatre mois de navigation. En 92, Plymouth-Adélaïde, trois mois de mer… Celui qui met le pied sur le pont d'un navire en partance pénètre dans une tout autre dimension. Une autre mesure, une autre sensation du temps et de l'espace. Les repères visuels, digues, phares, amers, disparaissent, c'est maintenant le vide. De même les repères temporels, minutes, heures, jours n'ont plus rien de commun avec ceux des Terriens. Tout serait vite confusion sans le chronomètre et le sextant.

La lenteur, l'attente, l'ennui se saisissent de votre corps et le plongent dans une léthargie bizarre, une sorte de longue maladie qui commence, douce et langoureuse, une inconscience depuis toujours désirée, « *la miséricordieuse amnésie des marins, cette amnésie naturelle et invincible, qui ressemble à l'innocence dans ce sens qu'elle ne permet aucune introspection* ». La vie à bord, c'est « les deux S », « solitude et silence », vous vous recroquevillez, vous entrez en vous-même, vous oubliez qui vous êtes, vous oubliez votre passé, vous oubliez même vos rêves d'avenir. C'est comme si la durée s'étirait, mais à l'intérieur de vous-même, rompant toutes ses amarres, vous façonnant peu à peu une autre personnalité. Dans votre temps vécu, un autre temps encore, fait non plus de secondes ou de minutes mais de minuscules bulles ou capsules où se déploient d'autres mondes. Vous vous retrouvez riche de bifurcations. Tout s'ouvre et se ramifie à l'infini.

Seuls vous entraînent la petite vitesse paisible du navire, le bruit des vagues roulant contre la coque, la stricte course du soleil au-dessus de la mer, la rotation perceptible des étoiles sur la voûte nocturne, les craquements de la coque, les grincements du gréement, les claquements des voiles, les mille petites résonances curieuses de ce vaisseau spatial dans lequel vous êtes embarqué, les ponctuations de la cloche qui sonne les quarts. Vous pourriez aussi bien être parti pour Mars, Vénus ou la nébuleuse d'Andromède. Des incidents de navigation parfois, tempête, baleine, calamar géant, rencontre de naufragés, mais dès le lendemain vous avez déjà oublié, était-ce hier, avant-hier, la semaine dernière, le mois d'avant ? Quelle importance ! Vous vous fondez dans cet immense anonymat délicieux, dans ce soporifique oubli de tout, dans ce néant auquel aspiraient les sages de la Grèce ou de l'Asie, tout cela vous est donné là, généreusement, sans contrepartie… Vous êtes le roi du monde ! En vérité, vous êtes retombé au temps d'Homère. La lenteur, la succession molle des jours et des nuits, les saisons qui s'écoulent, le retour sans cesse repoussé vers une île d'enfance devenue presque imaginaire…

Et puis vous vous réveillez un matin, peut-être à l'approche de la côte. Des mois, des sommeils, des rêves, des années ont passé. Le monde a tourné, on ne vous en a rien dit. Tout s'est produit dans votre dos. C'est la guerre, ou c'est la paix. Foules sur le rivage. Ou bien vous êtes perdu en terre inconnue. Aucune importance. Vous ne comptez pas, vous êtes en dehors de tout. Cette merveille, c'est la marine ! *Nulle part, plus qu'à la mer, les jours, les semaines, les mois ne s'évanouissent rapidement dans le passé. On dirait qu'on les laisse sur l'arrière aussi aisément que ces légères bulles d'air que soulèvent les remous du sillage, et qu'ils disparaissent dans le grand silence qui accompagne la marche du navire, sous l'effet d'une sorte de pouvoir magique ; ils passent : jours, semaines, mois. Seul un coup de vent peut venir troubler la vie régulière du navire.*

En cette saison, le but de son voyage est la Corse, où il aimerait trouver inspiration et décors pour un nouveau livre. Il n'a encore qu'une idée vague en tête, peut-être un vrai roman historique situé à l'époque napoléonienne. Au retour il veut passer par Toulon et revoir aussi la région d'Hyères. Il a gardé un souvenir extraordinaire de ce paysage, visité plusieurs fois entre 74 et 78 puis fréquenté lors de ses aventures de contrebandier, et dont toute la topographie est restée précise dans son souvenir. D'autant qu'il a conservé une carte des Îles d'Or et de l'isthme de Gien. Souvent consultée, annotée, froissée. Et même s'il évitait de penser à l'horrible conclusion de son aventure amoureuse, il avait cherché maintes fois une façon de transposer ses sentiments de l'époque en un récit romanesque qui aurait eu cette région pour cadre. La rade, les îles, les passes, les criques, les collines, les rochers et les plages… Évidemment, il savait que mettant le pied à Hyères, il irait marcher seul sur les chemins qu'il avait parcourus autrefois et qu'il ferait aussi une halte au cimetière, ne serait-ce que pour lire un certain nom sur une tombe datant de quarante-cinq ans.

Cela fera en effet bientôt près d'un demi-siècle, et il ne peut sans trembler se remémorer cet instant affreux. Il rentrait des Antilles fin 75, il avait débarqué au Havre le 23 décembre et gagné Paris aussitôt pour rendre visite aux seules personnes qu'il y connaissait, les Chodzko, rue de Tournon. Il s'attendait à les trouver prêts à fêter Noël. Tous étaient en noir. On lui avait alors appris la nouvelle sans se douter, bien sûr, de l'effet aussi dramatique que cela aurait sur lui. Thérèse était morte le 11 décembre. On avait retrouvé son corps dans une crique de la rade d'Hyères. Suicide donc. Comment ? Pourquoi ? Personne n'en parlait. Personne ne savait. Accablé, anéanti, il était redescendu à Marseille par le PLM, il en avait oublié sa malle, et il avait marché sur le Vieux-Port, toujours aussi abattu, abasourdi, au milieu de ses amis qui, joyeux, inconscients, fêtaient Noël, buvaient et festoyaient en attendant le Jour de l'An.

Il s'est interdit par la suite de penser à elle, à son sourire, à son corps, à ses robes, à ses mots. Mais, tel un fantôme vindicatif, elle revenait le hanter. Et sans cesse, cette question sans réponse, pourquoi ? Il ne parvenait pas à dissocier ce paysage magnifique de l'image d'un corps de femme flottant entre deux eaux… Elle était entrée dans sa vie par un coup de foudre et la nouvelle de sa mort avait été un autre coup de foudre…

Le soleil inonde encore le port et réchauffe son visage et ses mains. C'est peut-être pour cela qu'ils laissent quelques fauteuils sur le quai, pour ranimer les vieux nostalgiques, les marins retraités, les épaves de la vie, ceux qui ne connaissent pas le froid, ou ne veulent pas le reconnaître, ou ne le sentent même plus dans leurs vieux membres figés, dans leurs os devenus pierre friable, ceux qui n'ont plus rien à perdre, ceux que la mémoire seule fait encore vagabonder parmi les bordés et les gréements sur des mers lointaines que les autres, pauvres imbéciles de Terriens, ne peuvent même pas imaginer, ceux qui donneraient leur maigre fortune pour aller mourir tranquilles, ignorés de tous, sans patrie, sans amis, sans famille, dans un mouillage lointain, définitivement voués aux abysses, cousus sans façon dans leur sac de toile à voile lesté d'une gueuse de plomb, jetés brutalement à la mer, rejoignant vers les fonds ténébreux le grand vide de l'océan, le vrai bonheur du néant.

Assis face à son port, comme lors de ses dix-sept ans, il se sent apaisé. Enfin, tout est relatif, au fond du corps le poids de la fatigue, de l'usure, des crises graves qu'il a traversées. Ce qui avait le plus marqué sa vie depuis le début du siècle, c'était ces épisodes qui le terrassaient soudain et l'abattaient pendant des jours, des semaines, des mois entiers parfois. On appelait ça *dépression* en français, le même mot que pour les épisodes climatiques dont se méfient si vivement les marins. Son oncle avait tenté une explication. « Dans tes projets, tu as la fâcheuse habitude de te laisser emporter par ton imagination — tu débordes alors d'optimisme —, et quand ces projets échouent, tu t'abandonnes au plus sombre désespoir. Ton excès d'amour-propre te conduit à souffrir plus que nécessaire de ces déconvenues. Il en serait tout autrement si, plutôt que de l'imagination, tu avais de la persévérance dans tes activités et dans tes amitiés. » Conrad savait que ce n'était pas du tout une maladie de l'imagination. Les ambitions de sa jeunesse étaient oubliées, et, dans son activité actuelle, l'écriture, il était plutôt persévérant ! Quand la chose le prenait, et elle pouvait surgir au beau milieu d'une période d'optimisme, rien ne lui paraissait valoir la peine d'être vécu, il aurait accepté la mort avec soulagement. Il devenait un de ces zombies dont on lui avait parlé aux Antilles. Apathie, asthénie, anéantissement, inhibition, impuissance… pas de mot exact, ou plutôt trop de mots !

Immobile à sa table de travail, il regardait les piles de pages blanches avec dégoût, les pages déjà écrites avec un plus grand effroi encore. Il doutait de ses capacités, il avait l'impression d'être un imposteur, on allait vite le démasquer, il avait envie de tout jeter au feu, il souffrait de tous ses membres, sa tête était vide, il ne valait plus rien. Maisons, femme, enfants, amis, tout lui faisait peur. Il voulait être seul, il demeurait dans le noir, prostré, accablé, hébété, insomniaque… Était-ce la conséquence des attaques de malaria ou de goutte ? Ou bien ces attaques étaient-elles déclenchées par la dépression elle-même ? L'œuf et la poule, éternelle question… Il avait une conviction : « Le moral agit sur le physique », avait-il écrit à son oncle. Et à son amie Marguerite : « Je vois tout avec un tel découragement — tout en noir. Mes nerfs sont tout à fait détraqués. » Et un autre jour : « Mes rêves ne sont que cauchemars. » Il avait aussi confié à l'un de ses correspondants : « J'ai l'impression de m'être fracassé en mille morceaux. »

Tristesse, fatigue extrême, impuissance, culpabilité... Mais quelle faute à expier? Est-ce que le marin aurait une faute à réparer? L'œil du Cyclope? La colère de Poséidon? Cette angoisse, cette sensation d'épuisement mental ne le lâchaient plus. En même temps, du fond du gouffre, il percevait une vague lueur. *Et pourtant qui sait, ces jours où je n'ai pas écrit une ligne, voire le moindre mot, ces jours terribles, abominables, angoissants, font peut-être partie de ma* méthode *de travail.* Plusieurs fois on lui avait conseillé de consulter un spécialiste des nerfs, voire de lire Freud ou d'autres. Il n'en était pas question! Il ne voulait pas chercher les clés. *Je ne veux pas aller au fond. Je veux considérer la réalité comme une chose rude et rugueuse sur laquelle je promène mes doigts. Rien de plus.* Il pensait que cette dépression était peut-être la source secrète de ses dons. Il fallait donc l'accepter, comme il avait fini par accepter son destin d'orphelin, d'exilé et de marin lunatique...

Et puis autant sa vie lui paraissait lors de chaque crise comme un tissu décousu d'occasions ratées, de fuites inutiles, d'errances sans but, de rencontres sans lendemain, autant l'écriture avait redonné une cohérence à ces morceaux de vie. Ses personnages et ses paysages recomposés étaient le ciment de cette existence parallèle. Il pensait qu'il avait réussi à vaincre en partie cette cruauté et cette absurde indifférence de la nature en fabriquant ces petites machines mystérieuses et trépidantes, les livres.

Durant ses navigations, au beau milieu de ses nuits de veille, lorsqu'il s'était réfugié dans sa cabine ou bien lorsqu'il arpentait le plancher de la dunette, attentif à la bonne marche du voilier, lui revenait souvent en mémoire la saga de ses années marseillaises. L'émerveillement de ses premières explorations de la ville, tout ce qu'il avait appris en quelques mois, ses sorties en mer avec les magnifiques pilotes, les milieux qu'il avait fréquentés, depuis les aventuriers anarchistes jusqu'aux coteries guindées de la bourgeoisie provençale. Les quelques aventures douteuses auxquelles il s'était livré en compagnie de Baptistin Solari ou d'autres lui avaient laissé le délicieux goût de l'illégalité. Il avait affronté avec bonheur tous les dangers. Seule peur alors, être un jour pris pour ce qu'il était, c'est-à-dire un citoyen appartenant au Tsar, et donc contraint d'aller faire son service militaire pour le compte de la nation abhorrée. Il avait réussi à échapper à cette menace en s'embarquant à bord d'un navire britannique, et en devenant, plus tard, à la fois citoyen anglais et capitaine breveté.

Auparavant, des années de vagabondages, de trafics, d'insouciance au cœur de cette Provence où il serait volontiers resté s'il n'y avait eu cette menace militaire, mais aussi ce coup violent du destin, cela revenait parfois sans qu'il puisse s'y opposer, la disparition brutale de Thérèse. L'image surgissait, le taraudait. Et dans ces moments-là, les autres spectres de sa vie, sa mère, son père, bien plus terribles que le vieux père d'Hamlet, se mêlaient à ses sombres pensées et il devait les chasser tous sous peine de se retrouver en proie à la plus désolante mélancolie. Heureusement, les soucis ordinaires de la navigation lui permettaient le plus souvent d'échapper à cet abîme. Toujours quelque chose à faire, des décisions à prendre, des ordres à donner. Et si les années marseillaises émergeaient à nouveau au fil de ses pensées vagabondes, il préférait se remémorer les épisodes les plus romanesques de ses dix-sept, dix-huit et dix-neuf ans. Par exemple lorsque ses amis pilotes l'avaient laissé, pour la première fois, guider lui-même un steamer jusqu'à son bassin.

Une des choses qu'il affectionnait, c'était ce gai savoir que seuls les marins partageaient entre eux, cette familiarité constante avec la marche des astres, et, n'ayons pas peur des mots pensait-il, le cosmos. Chaque jour en mer, quand c'était possible, lorsque le soleil était visible, il faisait le point grâce à un instrument qui semblait si moderne et qui n'était qu'un développement raffiné des cribles et alidades antiques. Prendre le sextant, le déployer, viser, noter les angles, faire les calculs, une démarche excitante qui s'apparentait à une sorte de magie moderne et ésotérique. Il était honnête, il n'essayait jamais d'épater les passagers. Si certains, curieux, lui posaient des questions, il leur expliquait la simplicité banale de l'instrument, et tout le reste, la rotondité de la Terre et des océans, les latitudes et les longitudes.

Ensuite, la nuit, repérer les étoiles, se situer avec le plus de précision par rapport à la voûte céleste, et laisser aussi son esprit errer à travers les constellations mythiques, était un plaisir qu'on ne pouvait connaître ni à Londres ni même à Marseille. Il n'était pas dupe. Il avait lu Flaubert et ses moqueries. Aucune raison pour se laisser aller à de bêtasses spéculations métaphysiques sur l'infini, la petitesse de l'homme, etc. Ni Bouvard ni Pécuchet ! Quel que soit l'humour qu'on pouvait apporter à ce genre de réflexions, c'était cependant aussi un plaisir répété. Il notait dans ses carnets les constellations qu'il avait observées, le Scorpion, le Triangle Austral, la Dorade ou la Croix du Sud. Ou bien, ce qui l'intriguait toujours, le croissant de lune dans une position inhabituelle. Même si, dans le journal de bord, ses relevés se résumaient aux seules formules d'usage. Dans le Kent, ce qui lui manquait le plus, c'était l'abondance stellaire de ses nuits des mers du Sud.

Été 79. Le *Duke of Sutherland* à Sydney, beau clipper amarré au quai Circulaire, après cent neuf jours de mer éprouvants. La plupart des marins ont quitté le navire. Définitivement. Mal nourris, mal logés, mal payés, ils sont partis chercher un autre embarquement. Conrad est resté. Il fait fonction de gardien de nuit. Autour, une quinzaine de navires, noyés dans l'ombre, désertés. Il se trouve tout près des quartiers du port. Il entend les échos des tavernes, les rires, les chants de marins, les cris de joie, les pianos mécaniques, les bouffées d'orchestres. Parfois des bandes jaillissent des ruelles et se bagarrent sur les quais entre les empilements de caisses et de ballots, menaces, appels stridents, coups de sifflet, tout le monde s'enfuit, la police… Le calme revient. Il reste là des heures, accoudé à la lisse, n'attendant rien, ne pensant à rien, ou presque. Un vide dont il a l'habitude et dans lequel il se sent toujours à l'aise.

Par instants, il songe aux longs mois de mer qui viennent de s'écouler. L'inconfort et la promiscuité : poste d'équipage étroit dans le gaillard d'avant. Une seule pièce commune et minuscule pour les latrines. Pauvreté de la nourriture : pain, viande salée, légumes, café. Dix à douze heures de travail quotidien et, cette fois, Conrad n'est que matelot, il doit monter dans le gréement par tous les temps, dénouer les ris en se tenant sur les marchepieds branlants, penché en avant, le ventre appuyé à la vergue, les doigts gelés et toujours écorchés. Ce qu'il n'avait fait qu'une fois, par bravade, lors de son premier voyage aux Antilles, et avec une peur réelle, il doit le refaire deux, trois, cinq, souvent dix fois chaque jour ! *Tu l'as voulu, George Dandin !* Il ne cesse de s'en prendre à lui-même. Peut-être un jour seras-tu « pacha », comme disent les marins français pour désigner leurs commandants. Belle cabine d'acajou, salle de bains avec céramiques et cuvette personnelle, cuisine particulière, steward et *cook* à ton service ! En attendant, il faut tout connaître de la triste vie du matelot esclave, la pauvreté, le froid, l'humidité, la saleté, la faim, et les ampoules ouvertes et saignantes plein les mains ! Voilà, c'était un embarquement de prestige, rêvé en lisant une petite annonce dans le *Times*, et puis un si beau nom de vaisseau, noble et ronflant, *Duke of Sutherland* ! Il s'est précipité, on l'a engagé, évidemment, les esclaves ne courent pas les rues, et il leur a donné un an de sa vie !

Bon, la température si clémente de Sydney, le soleil, une meilleure nourriture, l'inactivité font oublier ces mauvaises heures de mer. Les plaies de ses mains finissent par disparaître. Dans le poste d'équipage désert ou bien sur le pont ensoleillé, il lit durant des heures. *Salammbô*, *L'Éducation sentimentale*, et toujours son petit volume, *The Dramatic Works of Shakespeare*. Le théâtre nocturne du port australien contemplé de la dunette du navire est une chose. La ville explorée de jour en est une autre. Il n'a pas beaucoup d'argent, quelques shillings à peine. Il visite la cité, s'arrête dans les petits restaurants chinois, des bars bon marché, des maisons closes où la plupart du temps il n'a que les moyens de boire une bière en regardant les filles. Il rencontre des personnages étranges et fous comme ce Français qui n'a plus de mains et qui tient un débit de tabac sur George Street. Cinq mois entiers à errer dans la ville en attendant que les armateurs du voilier aient trouvé cargaison et passagers. Heureusement son oncle lui envoie de l'argent du fond de sa Pologne russe ! Et lorsqu'un chargement de laine à destination de l'Angleterre finit par être affrété, comme il n'y a encore personne à bord, c'est Conrad qui, sac après sac, charge les cales géantes du navire !

Retour par le cap Horn. Tempêtes terribles. Tous sont mouillés, tous sont affamés. À nouveau l'Angleterre après une traversée étirée comme un cauchemar sans fin. Six semaines plus tard, il fête son vingt-deuxième anniversaire, seul à Londres, quelques jours avant de s'embarquer à nouveau, cette fois sur un vapeur, l'*Europa*, à destination de sa chère Méditerranée dont il va compter les lumières complices dans la nuit.

En s'établissant à la campagne, solution qu'il avait préférée à la grande ville, il avait choisi les régions proches de Londres, le Sussex ou le Kent. Il pouvait ainsi se rendre dans la capitale en une petite heure de train. Et surtout il était entre deux mers, tout proche des ports de la Manche comme de ceux de la mer du Nord et de l'estuaire de la Tamise. Il avait partagé avec des amis la location d'un voilier à Rye et caboté aux alentours. Maintenant qu'ils habitaient « Oswalds », à Bishopsbourne, près de Canterbury, la côte nord était toute proche et Douvres n'était qu'à une heure à peine. Au cours des années, il avait sillonné les environs. Il avait emmené les garçons visiter la cathédrale de Canterbury et la tombe du Prince Noir, la citadelle de Douvres, le site de la bataille d'Hastings, mais, de toutes leurs excursions, ils avaient préféré la jetée de Brighton, ses salles d'exposition ou de jeux et ses cafés clinquants, et surtout les folies du Pavillon Royal, pure vision des Mille et Une Nuits… Poussant un jour jusqu'à Southampton, toute la famille avait pu admirer l'*Olympic*, le sister ship du *Titanic*.

Autour de lui, on prenait Conrad pour un marin, donc un rêveur incapable de maîtriser les choses techniques de la vie terrestre quotidienne. Surprise du visiteur, son hôte venait le chercher à la gare au volant d'un roadster qu'il conduisait à toute allure. Il avait commencé à rouler très tôt. Dès 1904, il avait loué des voitures avec chauffeur, une De Dion, une Darracq... Il avait acheté une Cadillac en 1912. Puis une Ford T. Pendant la guerre, une Humber de 10 CV, cette fois à quatre places. Enfin, en 1918, il était revenu à un modèle de Cadillac d'avant guerre.

Il aimait les voitures, les moteurs, la vitesse, le vent, la vivacité de l'aventure sur les routes de campagne. Les automobiles qu'il avait possédées, hautes sur pattes, avec leurs grandes roues minces, grêles comme des sauterelles, les deux gros yeux des phares à l'avant, le pare-brise à charnière qu'on gardait le plus souvent levé, la capote articulée qu'on préférait repliée afin de mieux profiter de l'air marin. Les crachins rafraîchissants du pays lui rappelaient les heures passées sur la dunette de ses navires. Dérapages par temps de pluie, tête-à-queue, réverbère, rupture d'un câble et voiture folle, levier de vitesse brisé, démolition d'un mur de garage, troupeau de moutons sur la route, voiture qui verse sur le côté, collision avec la carriole d'un boulanger, un vieillard renversé dans un village, un autre au bord d'une route, sans conséquences graves, et d'innombrables pannes de pétrole, les incidents ne manquèrent jamais et la passion de Conrad pour les machines ne faiblissait pas.

Six ans plus tôt, la guerre leur était d'abord apparue comme une chose exotique, un peu étrange, étrangère même. En tout cas assez abstraite. Parfois, Jessie et lui faisaient leur excursion favorite le long de la côte jusqu'à Margate et même au-delà du cap, vers Folkestone ou Douvres. Ils arrêtaient la décapotable au bord d'une plage et restaient là, tous deux, côte à côte, immobiles, écoutant le ressac régulier des vagues sur les galets et les subtiles variations du vent dans les prairies au-dessus des falaises. Conrad roulait une cigarette ou deux. Un après-midi, ils avaient entendu des rumeurs sourdes, échos d'un orage éclaté loin en mer. Puis ils s'étaient rendu compte qu'il y avait beaucoup trop de coups de tonnerre, plusieurs à la fois même, et à des cadences insolites. Ce n'était pas un simple orage, c'était la bataille des Flandres, l'artillerie allemande qui pilonnait avec acharnement les lignes de défense belges et françaises. Cette découverte leur avait glacé le sang. Ils étaient rentrés précipitamment. À partir de ce jour, Jessie et lui avaient vécu avec la sensation permanente, physique, que le théâtre de la guerre, comme on dit, ne se trouvait qu'à quelques dizaines de miles de chez eux !

Les mois, les saisons passant, ils s'étaient habitués à la guerre et aux nouvelles, plus ou moins fausses, de l'État-Major. Borys avait eu dix-sept ans et s'était porté volontaire. Ses parents avaient pensé que sa formation durerait au moins un an et que, d'ici là, le conflit serait fini. Mais, après seulement quelques semaines, Borys avait été nommé sous-lieutenant et envoyé en France. Pas encore dix-huit ans ! Du jour au lendemain, la mère et le père vécurent dans l'angoisse. D'autant plus que le fils était en garnison à Armentières, à quelques kilomètres seulement du front. L'été 1916, il prit part à la bataille de la Somme et l'année suivante, lors de nouveaux combats dans la région, il fut choqué par l'explosion d'un obus et légèrement gazé. Rapatrié, il avait échappé au pire. Conrad avait écouté les récits de son fils. Il en avait été horrifié. Les tranchées, les bombes, les gaz, la boue, les rats, les blessés, les amputations dans des hôpitaux de fortune, les cadavres à demi enfouis qu'on ne pouvait ramasser et qui pourrissaient sur place…

Des centaines de milliers de jeunes gens, de très jeunes garçons parfois, gamins à peine sortis de l'enfance comme Borys, avaient été sacrifiés dans des offensives tout à fait inutiles et inefficaces, on l'avait découvert au lendemain de la guerre. Des millions peut-être. Réduits en une bouillie ignoble, membres et viscères mêlés à la boue, gadoue sanglante qui finirait par s'enfouir, sécher, et dont on retirerait au cours des années ossements fracassés, casques, chiffons d'uniformes, fusils, bidons et gamelles rouillés, godillots, maigres papiers serrés dans des portefeuilles collés, avec des photos de famille, de pauvres lettres et des fleurs séchées, le tout au milieu de tonnes de ferrailles, balles, fragments d'obus, canons tordus, baïonnettes et fusils, buissons de barbelés rouillés, bombes intactes qui explosaient, tuant ces archéologues d'un genre nouveau ou ces paysans qui tentaient d'aplanir leur terre défoncée par la guerre et dont ils devinaient qu'elle resterait longtemps stérile.

Devant ce Vieux-Port retrouvé, mille autres souvenirs se bousculent et cascadent sans la moindre logique. Il se revoit là, jeune homme, et le visage de son ami d'un soir revient aussi. Insistant, énigmatique, et pourtant précis. Il y a repensé souvent. Il s'est chaque fois demandé qui en vérité il était. Il lui reste un prénom et ce petit fascicule à peine entrevu et aussitôt oublié. Était-il cet Arthur dont on a tant parlé, devenu depuis le poète sublime pour tous les lettrés qu'il a eu l'occasion de rencontrer ? Il n'a jamais évoqué avec ses amis français cette rencontre de l'été 75. Aucune certitude. Il faudrait qu'il interroge Valéry, Gide et aussi Ravel, le compositeur dont il s'était fait un ami en une seule soirée…

Le personnage ne payait pas de mine, les textes qu'il avait posés sur la table étaient-ils réellement de lui ? Il faudrait se remémorer une expression particulière, quelque chose de concret. Sans doute faudrait-il tout relire encore une fois pour peut-être réveiller quelque souvenir enfoui… Ou bien ce vagabond était-il un usurpateur, un imposteur qui se faisait passer pour un autre dont il promenait la brochure délabrée au hasard de ses errances ? Lorsque, bien des années plus tard, il a lu l'ouvrage rassemblant les œuvres du poète, *Vers et proses*, il a d'abord eu un réflexe de rejet. Disparate, étrange, baroque. Et, bizarrement, lui qui, depuis l'enfance, retenait instantanément tout ce qu'il lisait, il avait oublié ce qu'il avait pu lire en ce soir fort lointain, sur le port de Marseille… Ensuite il était revenu aux textes, à ce volume du Mercure de France qu'il avait posé sur son bureau à portée de main, et, peu à peu, il s'en était imprégné, c'était même devenu pour lui, toute une saison, une espèce de drogue. Et, des années plus tard, le volume était toujours sur son bureau, décousu, dépenaillé, il l'avait encore relu, les rythmes et les rimes avaient résonné en lui durant ses longues et excitantes journées d'écriture. Il avait trouvé dans ces poèmes et ces proses tant d'images, de mots, de correspondances avec sa propre vie ! Orphelin, ennemi de toute autorité, nomade, antimilitariste, cet appel de la mer et des continents lointains, cette violence intérieure, une soif d'enfance et de bonheur, le goût de l'infini, et surtout la marque d'une sorte de malédiction qui lui rappelait celle que clame Baudelaire à propos du poète au seuil des *Fleurs du mal.*

Les premières biographies parues, vers la fin du siècle, n'avaient pas tout à fait répondu à ses interrogations. L'autre était bien passé plusieurs fois à Marseille, y compris en ce fameux printemps 75. Il y était même revenu mourir, en 91, au moment où lui, Conrad, rentrait du Congo en Angleterre, malade, usé, déprimé, mais avec dans sa malle l'ébauche de son premier roman. Si la description du personnage et de sa façon de vivre semblaient s'accorder, le mystère demeurait entier. Ce qui le frappait surtout, c'était l'étrange parallélisme de leurs destinées. Ils avaient été nourris au même lait, d'Homère à Shakespeare, de Byron à Baudelaire. Et puis la fuite à l'adolescence, l'exil, les errances à travers le monde pendant près de vingt ans, et tant d'autres coïncidences, la hantise du service militaire, le séjour à Java, Bruxelles, l'ivoire africain, la malaria, Londres, l'absolue solitude… Et cependant Conrad se demandait par quel hasard incroyable, si c'était bien lui, il avait pu croiser cet être maintenant admiré de tous, et comment il avait pu manquer une telle occasion.

Aléas de la vie de marin, il est souvent plus terrien qu'embarqué. Janvier 87. Il replonge l'espace d'une courte saison dans l'une des sensations les plus cruelles de son enfance, le froid. Nommé second d'un trois-mâts barque, le *Highland Forest*, il se rend à Amsterdam pour prendre possession du navire. Il gèle à pierre fendre sur toute l'Europe du Nord. Le navire est à quai, coincé dans un canal gelé à l'autre bout de l'Oosterdok. Ni cargaison ni équipage, juste un gardien qui grelotte, déambulant entre la dunette et la proue en fumant sa pipe et en claquant des talons sur le pont creux et sonore ! Le pays est paralysé, aucun acheminement de marchandises. Quais enneigés et glacés, personne. Ponts des navires déserts. Tout est mort, silencieux. Il dépose ses malles dans sa cabine. Le poêle, allumé une heure plus tôt par le gardien, chauffe à peine.

Il sort pour explorer la ville. À son retour, Conrad découvre que la bouteille d'encre qu'il avait posée sur le bord de la table des cartes a éclaté, un long glaçon violacé pend de la planche. Il le décroche et le jette par-dessus bord, joli bruit de caillou qui rebondit sur la glace. Chaque jour il doit sortir pour télégraphier, prendre des nouvelles de ses armateurs écossais. Les réponses tardent. Il traverse la ville enneigée, franchit les ponts, regarde les enfants patiner sur les canaux, les bateliers pêcher au travers de trous percés dans la mince banquise. Vrais tableaux de petits-maîtres hollandais anciens. D'ailleurs il se rend un après-midi au Rijksmuseum pour voir les Rembrandt et quelques marines de Willem van de Velde.

Il paresse une bonne partie de ses journées au Grand Hôtel Krasnopolsky, un établissement luxueux fondé sur le Dam par un Polonais. Un bar avec guéridons de marbre et fauteuils confortables, une salle à manger pleine de dorures qui brillent sous les verrières. Et là, il rédige sa correspondance, note quelques souvenirs dans ses carnets, envoie ses télégrammes. Il dîne de poissons, boit deux cognacs avant de rentrer. Le retour est toujours une épreuve. D'abord il y a la marche difficile sur la neige dure, les rues désertes, le labyrinthe des canaux gelés, la traversée des quais inhospitaliers du dock ouest. Il arrive, escalade la coupée glissante, donne son congé au gardien. Il marche sur le pont en fumant, contemple les minces glaçons pendant des vergues, les voiles soigneusement carguées mais rigides comme du carton, le pont brillant d'un verglas cristallin qui capte les reflets du réverbère tout proche.

Son pas sur la dunette résonne et lui revient en écho comme si les navires proches, les quais pavés, les maisons lugubres de la rive étaient tous composés d'un délicat bois de violoncelle. Il rejoint sa cabine. Il rallume son poêle qui flambe bien mais ne diffuse pas la moindre onde de chaleur. Il se couche tout habillé dans les draps gelés sous des couvertures craquantes. Toutes les images de son enfance reviennent. Il est en Sibérie, il avait surnommé ainsi ces régions d'exil même si à proprement parler ce n'était pas tout à fait la Sibérie. Son père, sa mère et lui grelottent. Ils n'attendent que la mort… Mais non, tout cela est lointain, passé. Il est un adulte, il est libre, il n'est pas très riche mais il a les moyens d'aller déjeuner dans l'un des meilleurs restaurants de la ville et de se réchauffer de mille façons. Il sait que le dégel, ici et maintenant, à Amsterdam ou ailleurs, va venir vite, que tout va se mettre à bouger, les chargements arriver, les cales se remplir, l'équipage déferler, le commandant débarquer, la glace fondre, et les voiles s'amollir.

Deux gendarmes, marchant d'un bon pas, viennent de se profiler sur le quai des Belges. Ils avancent vers la rive droite du Vieux-Port, vers sa terrasse. Conrad est pris d'un léger tremblement. Il a beau se répéter qu'il est un digne citoyen britannique, avec des papiers en règle, qu'il n'a rien à se reprocher, que ce n'est certainement pas vers lui qu'ils se dirigent, et qu'il est tout à fait invisible à leurs yeux, il ne peut supporter cette sourde appréhension. Chez lui, dans le Kent, lorsqu'un uniforme se présente à la porte, que ce soit un postier, un employé des eaux de la ville ou encore, ça peut arriver, un constable de Canterbury ou de la région, il se précipite dans son bureau, s'enferme à clé, attend en fumant cigarette sur cigarette que le visiteur soit parti avant de reparaître. Sa femme et ses fils se moquent de lui. Comment pourraient-ils imaginer qu'il revit chaque fois son cauchemar d'enfant ? Ceux qui avaient arrêté ses parents, et donc lui en même temps, portaient des uniformes semblables, c'étaient des policiers, des soldats. Depuis, il n'a jamais pu supporter leur vue. Certaines tenues bleu marine des capitaines et autres marins, de guerre ou de commerce, l'avaient toujours indisposé. Il s'en tenait à distance. Il avait gardé de ce temps ancien une horreur viscérale de l'uniforme. Lui-même n'avait jamais voulu le porter. Toujours du tweed gris, des gilets de couleur, des manteaux beige ou anthracite. Les deux gendarmes bleus, képi, aiguillettes, bottes, passent devant la terrasse du café, pressés, indifférents, pas un regard sur lui, et continuent leur route vers Saint-Jean. À leur passage, Conrad n'a pu réprimer une légère bouffée de quelque chose qui ressemble à de la haine…

L'*Oriental*, Bangkok. Étrange édifice de bois, le lieu où tous les capitaines de navires se précipitaient le soir, les uns y avaient pris pension pour quelques jours, les autres voulaient quitter pour une soirée leur inconfortable refuge mouvant. Image d'une sorte de faux paradis tropical, avec son vaste hall, ses loggias, ses salons coloniaux où couraient les serveurs avec leurs plateaux chargés de boissons multicolores, ses canapés profonds blottis dans des renfoncements discrets, ses cages pleines d'oiseaux bariolés, ses plantes tentaculaires offrant comme à bout de bras leurs vénéneuses grappes de fleurs aux nuances incroyables, sa terrasse sur le fleuve où il lui était si souvent arrivé de se prélasser à la tombée de la nuit, comme aujourd'hui même il le fait à Marseille, devant une boisson forte, gin ou rhum ou whisky, lorsque les bruits et les cris de la ville commençaient à s'atténuer, que l'agitation des rues et des canaux grouillants de foules sans cesse en mouvement, à pied ou en barque, retombait peu à peu, et que sur l'encre noire de la Chao Praya des essaims d'embarcations remontaient, certaines chargées de longues palmes dont l'extrémité trempait dans l'eau, d'autres débordantes de fruits et de fleurs, bifurquant vers les *klongs* étroits et boueux, se glissant entre les rangées de barges et de chalands, vers les marchés nocturnes… La sombre silhouette du Wat Arun se détachait sur un couchant bariolé de rose et de turquoise, des nuances qu'aucun peintre n'aurait pu rendre avec exactitude sauf à être qualifié de kitsch, oui, c'était le mot à la mode depuis la guerre. Tout était « kitsch » maintenant.

Il avait tenté de dresser une sorte de portrait de cette ville, le premier endroit du monde où il avait découvert, après être passé par tant de villes catholiques, anglicanes ou musulmanes, la puissance fascinante du bouddhisme. Centaines de Bouddhas alignés dans des temples d'or, grand Bouddha couché de quarante mètres de long, autels populaires où fumaient les bâtons d'encens… Qu'était devenue la cité flottante composée de planches, de branches, de palmes ? Sans doute était-elle maintenant tout autre, peut-être constellée d'immeubles, banques, consulats, bureaux de commerce ? Il se souvient qu'il regardait fasciné ces immenses grappes de jacinthes d'eau qui flottaient dans le courant, se rassemblaient, formaient des îles géantes, s'accrochant mollement aux pontons, faisant prisonnier un gros poisson crevé ou une caisse de bois marquée de pochoirs bleus, se délitant, repartant à la dérive, tournoyant dans le courant. Pour aller où ? Au bout de l'estuaire, à des kilomètres de là, où elles seraient bousculées et brassées par le mascaret avant d'aller pourrir au large ?

Ces heures passées sur la terrasse avaient été pour lui parmi les plus apaisantes de sa vie de marin. Il écoutait avec passion les histoires qui se racontaient. Il tentait alors de retenir les visages de ces personnages anonymes qu'il voyait défiler sur les barques ou sur le quai de la rivière magique. On n'avait même pas besoin de faire un signe. Un serveur accourait dès que votre verre était vide et prenait une nouvelle commande. Le directeur passait souvent de table en table, saluait les étrangers qu'il connaissait déjà, se présentait aux autres, s'asseyait parfois pour une conversation qui se prolongeait tard, évocations de traversées, de commerces, d'aventures d'hier et d'aujourd'hui, nouvelles du jour, échos de l'intérieur de ce pays secret si difficile à pénétrer. Et à la fin, tard dans la nuit, lorsque la terrasse était presque déserte, le directeur vous trouvait toujours une barque pour vous ramener à votre bord, où que ce soit, en amont ou en aval sur le fleuve.

Une semaine plus tôt, ils ont embarqué la Cadillac à Douvres pour faire route à partir de Calais vers les champs de bataille où son fils Borys avait combattu. L'équipée n'a pas été de tout repos. D'abord, au moment d'embarquer, quelque chose a lâché dans la grue, la Cadillac est tombée à l'eau, il a fallu la remonter sur le pont du navire et la laisser s'égoutter. Ensuite, tout le monde a eu le mal de mer, y compris le chef de famille pourtant marin aguerri. Ils ont roulé vers Armentières sur des pistes souvent défoncées où le chauffeur peinait à contourner des crevasses. Et Borys se perdait. Les hameaux avaient été rasés, seuls des tas de pierres calcinées et des ferrailles témoignaient de l'ancienne présence de maisons, de fermes ou de granges. Des villages entiers étaient en chantier. Dans la campagne, sur des kilomètres, il n'y avait plus aucun arbre, quelques trognons de troncs éclatés et seulement des broussailles sales, fanées, des ronces surtout, qui bordaient les trous d'obus. Les bombes avaient arraché la terre au plus profond, cratères, mélange de cailloux et de sable stérile, la couche arable carbonisée et volatilisée. Ces cuvettes se répétaient à perte de vue sans que rien à l'horizon ne vienne en perturber la régularité. Au fond, des flaques d'eau boueuse, en partie gelées, reflétaient un ciel gris lugubre. Parfois, les voyageurs découvraient une brève rupture dans la succession des cratères, une zone de combats plus intenses, tranchées profondes, elles aussi noyées de glace sale, fortifications de planches éclatées, charpentes déchiquetées, poteaux arrachés, sacs de sable éventrés, carcasses de camions rouillées, la dévastation totale. Tout était couleur de boue. Par endroits se dégageait encore une odeur bizarre. À la fois le bois brûlé, la terre argileuse, la poudre, et de vagues relents de gaz moutarde que croyait reconnaître Borys. Aucune bête, aucun oiseau, un paysage lunaire, un désert minéral, qui, deux ans après la fin de la guerre, ôtait tout espoir de renaissance.

Les ruines s'étaient faites plus abondantes à l'approche d'Armentières, et la route, nettoyée, bordée par deux talus de gravats et de fragments divers, s'enfonçait dans une sorte d'immense champ de ruines qui annonçait la ville. On avait récupéré l'ancienne plaque indicatrice et on l'avait sommairement clouée sur un poteau télégraphique qui avait perdu ses fils. Dans la ville, détruite en partie dès les premiers mois de la guerre, des rues avaient été déblayées, d'autres étaient encore bouchées par les décombres. À côté de bâtiments intacts, des maisons éventrées, greniers ouverts, poutres pendantes, d'autres réduites en poussière, simples trous dans la continuité des rues. On voyait cependant un peu d'animation, des hommes travaillaient sur des échafaudages ou sur les toits, d'autres transportaient des matériaux dans des charrettes ou des brouettes, un semblant de marché sur la place offrait sur ses étals des pommes de terre, des choux, des carottes.

Ils avaient avancé dans la ville pleine de décharges, de plâtras et d'épaves. Borys racontait sa guerre, tranchées, alertes, assauts, nuits, fusées éclairantes, pluies d'obus, gaz. Conrad, accablé par ces images, n'avait plus voulu écouter. À côté d'un garage et de sa pompe à pétrole, un hôtel. Chambres à peine chauffées, des traces d'éclats d'obus dans les murs, les vitres recollées avec du gros papier, la glace de l'armoire fendue de haut en bas, mais, à première vue, pas de punaises dans la literie. Et le dîner, sommaire, avait été honnête. Conrad leur avait fredonné *Mademoiselle from Armentières*, ce refrain, tellement en vogue pendant ces années de guerre, une vraie scie, et il se demandait pourquoi Armentières avait été choisi pour mettre en scène la fameuse Demoiselle. Et de quand donc datait cette chanson ? De cette guerre ? D'une autre ? Ou de pas de guerre du tout ? Il faudrait qu'il demande à l'un de ses amis français.

Le lendemain matin, on devait découvrir que le bouchon du radiateur de la Cadillac avait été volé ainsi que l'écusson du Royal Automobile Club. Grande fureur de Conrad. La famille était repartie vers Arras, traversant d'autres champs de bataille dévastés, Bapaume, Péronne, et ils avaient fait halte à l'entrée de plusieurs cimetières militaires où reposaient des soldats canadiens, australiens, britanniques. Borys n'avait pas retrouvé les sépultures des hommes de son régiment. Sur la route d'Amiens, enfin, le paysage était redevenu normal, avec ses champs labourés, ses haies vives, ses ruisseaux gelés serpentant dans la campagne, ses fermes aux cheminées fumantes et ses hameaux frileux au milieu de bocages encore en partie enneigés.

Borys était resté avec eux jusqu'à Rouen. Il devait ensuite rentrer en Angleterre. À Rouen, un homme était même venu leur rapporter l'écusson volé à Armentières ! Gérard Jean-Aubry était arrivé de Paris par le train et avait ensuite continué avec eux jusqu'à Lyon. Jean-Aubry, son traducteur français, était devenu depuis quelques années un grand ami et la suite du voyage avait été tout à fait sympathique, pleine de conversations enjouées et de haltes dans des villes accueillantes, Orléans ou Nevers. Juste une panne de pétrole, due à la négligence du chauffeur, petit moment de colère vite dissipée par un dîner délicieux dans une auberge bien chauffée. Jessie et Conrad avaient poursuivi seuls la descente de la vallée du Rhône, toujours conduits par le même chauffeur, avaient fait halte à Montélimar où ils avaient acheté, en bons touristes, quelques grosses boîtes de nougat. Et enfin, quittant Montélimar hier matin, ils ont atteint Marseille dans l'après-midi. Ils comptent s'embarquer le surlendemain pour la Corse. Conrad a peine à croire qu'après ces campagnes gelées du Nord, il peut se trouver dans un Marseille presque tiède, en tout cas ensoleillé, sous un ciel bleu limpide.

Mais le Vieux-Port, c'est aussi le souvenir de Thérèse. Début 1876, rentré à Marseille, totalement désemparé par sa disparition si brutale, il s'était perdu dans des aventures effrénées et le plus souvent déraisonnables. Il avait repris les soirées de spéculations et de conspirations au fond des bistrots. Il était reparti, encore vers les Antilles, en juillet, sur l'autre trois-mâts des Delestang, le *Saint-Antoine*, cette fois comme steward. C'était une légère montée en grade ! Le second, Dominique Cervoni, l'avait pris sous sa protection. Au retour, Cervoni l'avait entraîné dans de nouvelles odyssées. Il commandait une tartane que Conrad, plus tard, dans ses souvenirs, avait baptisée *Tremolino*. Ils mouillaient dans les criques de la presqu'île de Giens. Des refuges plus discrets, permettant des camouflages sûrs et des appareillages ignorés des douaniers. Ils allaient revendre du rhum et des lots de cigares rapportés des Antilles. Quelques livraisons, d'armes parfois, sur la côte espagnole, en Corse, à Gênes et en d'autres points des rives méditerranéennes. Jusqu'au jour où la tartane s'était écrasée sur les brisants du cap Creus. Ces saisons-là, Conrad s'était enrichi. Lors de ses retours à Marseille, il menait grande vie. Il fréquentait les salles de jeux. Il gagnait. Il perdait. Il sortait beaucoup le soir. Il avait découvert *Carmen* au Grand Théâtre. Il invitait des dames dans de bons restaurants. Il avait loué une chambre, rue Sainte, tout près du théâtre et des cafés mondains.

Début 78, il avait placé tout son argent dans une affaire que lui avait fait miroiter son ancien patron du *Mont-Blanc*, le capitaine Duteil, encore une contrebande sur la côte espagnole. Échec. Duteil s'était enfui vers l'Argentine. Conrad apprend alors qu'il ne peut plus embarquer sur des navires français. Il n'a pas de permis du consul russe. Il a l'âge d'aller faire son service militaire dans les armées du Tsar. Il n'a plus un sou. Il emprunte de l'argent à ses amis, part pour Monte-Carlo, joue tout et perd. De retour à Marseille, il se tire une balle dans la poitrine, mais pas trop près du cœur, et juste avant l'arrivée d'un de ses amis qu'il a invité ce soir-là. Lorsque son oncle Tadeusz arrive de Pologne, dix jours plus tard, il trouve son neveu debout et rétabli. Il règle ses dettes, finance un nouvel embarquement. Tadeusz transformera ce suicide raté en duel, et c'est la version qui sera diffusée dans la famille et auprès des amis. Un mois plus tard, fin avril, Conrad monte à bord d'un petit vapeur britannique, le *Mavis.* Ses aventures dans la marine anglaise vont durer quinze ans... Il n'était jamais revenu à Marseille avant ce jour...

Vers la fin de la longue route d'Amsterdam à Java, plus de trois mois, le *Highland-Forest* avait eu quelques problèmes avec la tempête. Au beau milieu des manœuvres, un tangon cassé était venu frapper Conrad dans le dos. Avec une telle violence qu'il l'avait catapulté à l'autre bout du pont. Grande douleur, un nerf sans doute blessé... Arrivé à Semarang, le médecin conseille une hospitalisation. Conrad doit rebrousser chemin et se rendre, à quatre ou cinq jours de mer de là, à Singapour, la seule ville d'importance où il pourra être bien soigné. Il embarque à bord d'un petit vapeur, le *Celestial*, qui fait le service des côtes de Java. Il noue des relations avec le second du navire, Frederick Havelock Brooksbank. Frederick, bavard intarissable, ne cesse de lui raconter des histoires. Il est le gendre de William Lingard, fameux marin qui bourlingue depuis des années de l'océan Indien à la mer de Chine, et se livre à toutes sortes de commerces entre les centaines d'îles de cette région si exceptionnelle. Début d'une litanie de récits dont Conrad ne perdra rien.

Installé sur une hauteur, l'*European Hospital* est confortable. Conrad partage une grande salle commune avec seulement deux autres patients. Chacun dans son coin. Les fenêtres grandes ouvertes laissent pénétrer une brise marine tiède et parfumée. Le ciel pendant ces cinq semaines demeure clair. Le blessé dort bien, il somnole aussi dans la journée, sous l'effet des calmants opiacés que le médecin lui donne pour atténuer les névralgies. Il lit beaucoup, prend des notes.

Et il a des rêves sans fin, des rêves apaisés et colorés. Il tente de remettre de l'ordre dans ses idées et dans ses souvenirs. Cela fait dix ans qu'il a quitté Marseille, définitivement pense-t-il, et la succession de ses embarquements, changements d'affectations, personnages rencontrés, moments vécus, tout se brouille dans sa mémoire. Pourquoi ne pas prendre cet accident et cette hospitalisation forcée comme une occasion rêvée ? Lecture, notes, écriture, sommeil, songes… une forme de bonheur.

Après cinq semaines passées à l'hôpital de Singapour, Conrad s'installe au Foyer des Officiers, un grand bungalow séparé du front de mer par une rangée d'arbres et un jardinet étroit planté de bégonias poussiéreux. De la véranda, il voit aller et venir les navires qui se frayent un chemin par les étroits chenaux tracés dans ces amas de sampans et de jonques qui encombrent le port. Le soir, il se rend au *Raffles*. La paye d'un capitaine en second n'est pas très élevée mais l'argent est fait pour filer dès que possible. Depuis ses années marseillaises, il aime les bons restaurants comme les bars des hôtels. Le *Raffles*, loin d'être un palace, seulement un petit hôtel colonial de brique et de bois, proche du port, est vite devenu l'un de ses points de chute. Il y croise d'autres marins, des officiers qui boivent sec et qui ont, eux aussi, des histoires de mer et de terre, les aventures de Lingard à Bornéo, aux Célèbes ou dans la mer de Java. Et, plus il s'absorbe dans ces récits, plus grande est l'envie de s'arracher à son doux farniente, de reprendre la mer. Or un steamer qui commerce avec les ports de l'archipel a besoin, justement, d'un second. Il s'embarque sous les ordres du capitaine James Craig qui partage avec un riche Arabe de Singapour la propriété du navire. Le *Vidar* est un vapeur de fer, gréé en goélette. L'équipage est assez important, trois mécaniciens, un quartier maître, onze matelots et aussi, selon les saisons, plusieurs dizaines de coolies chinois affectés aux chargements, commerce oblige. Cinq ou six comptoirs à livrer régulièrement.

Conrad navigue moins de cinq mois à bord du *Vidar* mais parcourt les côtes de Sumatra, la mer de Java, la côte sud de Bornéo, le détroit de Macassar et la mer des Célèbes. Il est fasciné par cette île de Bornéo, vrai petit continent inviolé, avec ses pics élevés qui surgissent d'une mer de nuages, et ses jungles inhospitalières. Le navire mouille près de caps, d'estuaires ou d'îles dont il se souviendra en détail, même s'il ne les a vus que quelques jours, parfois quelques heures. Il garde en particulier la mémoire de l'une des rivières de l'est de Bornéo, la Pantai, à l'estuaire bien caché par un réseau d'îles, de marécages, de jungles touffues. Chaleur torride, on est à moins d'une centaine de milles de l'équateur, végétation furieusement exubérante, bras d'eau changeant sans cesse de lit, brouillards, îlots dangereux, chenaux en impasse, bancs de sable, montagnes élevées, collines abruptes, crocodiles, orang-outangs, oiseaux et papillons aux couleurs vives, orchidées recherchées…

Le *Vidar* apporte de la céramique et tous les produits manufacturés de la civilisation occidentale dont certains, à Singapour, sont persuadés qu'ils doivent à la longue favoriser la vie des indigènes, peignes, miroirs, casseroles, vaisselles, couteaux de chasse, et, bien sûr, fusils, poudre et balles. Le navire repart chargé de gutta-percha, de rotin, de cire d'abeille, de couffes de poissons séchés ou de concombres de mer dont on raffole dans le reste de la Malaisie, ou encore de nids d'hirondelle cueillis très loin dans les grottes marines de la côte de Bornéo et qui vont alimenter les restaurants chinois de Singapour, de Batavia ou même de Bangkok. Les peaux de crocodile aussi, très recherchées. Des fleurs, monceaux d'orchidées, ou des animaux sauvages dont le commerce est intense dans les grandes villes de l'archipel, au premier rang desquels les orang-outangs dont les nids sont pillés. La plupart des jeunes meurent dans leurs cages avant d'arriver à destination. Et parfois, mais cela ni le capitaine ni son second ne le voient, colis discrets de diamants, d'or, de perles ou d'autres denrées secrètes que les passagers, assis nuit et jour sur leurs ballots, rapportent vers les grands centres de commerce que sont Batavia ou Singapour.

Conrad ne veut pas être le simple second d'un navire commerçant, il aimerait pousser vers la mer de Bali ou la mer de Florès, doubler les Célèbes, monter aux Moluques, voire naviguer jusqu'à la Papouasie, mais il n'est ni explorateur ni seul maître à bord et il se contente de ce que les tournées du *Vidar* lui offrent, ce qui n'est déjà pas si mal. En remontant la Pantai pour la première fois, il vit ses premières grandes émotions de marin. Il a l'impression de pénétrer dans un monde vierge, un lieu oublié de tous. Il n'avait jamais imaginé que les jungles pouvaient être aussi épaisses, impénétrables. Ni aussi sonores : mille cris les plus étranges, oiseaux, singes, fauves, et mille sortes de stridences, crissements, crépitements, stridulations d'insectes invisibles. Le vapeur remonte jusqu'à un confluent entre deux rivières, la Segah et la Telai. Et là, se trouve un village, Berau, où le propriétaire du navire possède un comptoir.

Il y a d'autres comptoirs et, en particulier, celui d'un certain Olmeyer, que Conrad découvre lors de sa première arrivée, debout sur la jetée et attendant un poney chargé à Dongala, sur la côte des Célèbes, juste en face. C'est à Berau que Conrad apprend tout de la région, les conflits brutaux entre sultans rivaux de Bornéo ou des Célèbes, la concurrence entre marchands hollandais et britanniques, les incursions de pirates venus de tribus du Nord, les discrets trafics d'esclaves, les rivalités religieuses entre Chrétiens et Musulmans, les imbroglios politiques et sociaux. En somme un modèle de société qui vaut pour toutes les autres sociétés du monde. Et l'amorce d'une saga romanesque, mais il ne s'en doute pas encore.

Quelques années plus tard, à Londres, alors qu'il attendait un nouvel embarquement, il lui revint précisément en mémoire cette incroyable rencontre avec le vieil Olmeyer. C'était un ancien chercheur d'or qui avait fondé une famille, bâti une importante factorerie pour le compte de Lingard et qui survivait là, captif de cet envoûtement morbide de la jungle. Conrad, enfermé dans sa chambre, écrivit comme un forcené, changeant Olmeyer en Almayer, ressuscitant autour de lui tous ces personnages rencontrés au bord de sa rivière, Européens perdus, Malais en guerre, marchands, trafiquants, sultans, aventuriers légendaires… Et de ce lieu si bien caché au cœur de la forêt tropicale, il avait fait le cadre de plusieurs romans et nouvelles, laissant même resurgir certains de ses personnages dans d'autres romans encore. Il avait écrit un jour à Marguerite : « Ce qui m'ennuie le plus, c'est que mes personnages soient si réels. Je les connais si bien qu'ils ligotent mon imagination. »

Lors de chaque retour à Singapour, Conrad quittant sa cabine ou le Foyer des Officiers rejoignait le bar du *Raffles*. Il y restait fumer durant des heures, cigarettes, cigares ou pipe, parlant avec ses compagnons d'oisiveté. Jamais Conrad n'avait révélé le nom de sa rivière. Et plusieurs lecteurs, des curieux, des critiques, avaient fait l'hypothèse qu'il s'agissait d'une pure invention. Il ne voulait pas dévoiler le nom de cette région devenue pour lui comme un décor imaginaire, un trésor. Elle existait bien pourtant cette rivière et il se doutait que son accès resterait toujours aussi difficile, qu'il faudrait bien des années, des siècles peut-être même, avant que ce paysage ne se transforme.

Ces saisons-là furent les dernières qu'il passa dans la région. Il n'eut plus aucune occasion de revenir à Singapour ni à Bornéo. Au cours des années, bien plus tard, il découvrit des gravures ou des photographies montrant le *Raffles*. Des pages de réclame dans des revues luxueuses, comme celles que font imprimer les compagnies de navigation pour leurs passagers, en montraient les métamorphoses. Sur le modeste bâtiment s'étaient greffés des galeries, des vérandas, des jardins à pelouses et palmiers, des serres, de longues bâtisses, des dépendances, d'autres bars, des cafés, plusieurs restaurants, bref une folie bourgeonnante. De l'ancien petit hôtel ne restait plus que le squelette devenu le lobby du palace. Ce qui l'amusait, c'était que dans les guides touristiques on le donnait maintenant, lui Conrad, comme l'un des clients historiques du palace avec Rudyard Kipling. Ce n'était de son temps qu'une minuscule bicoque, un hôtel de dix chambres. Il n'y avait jamais dormi, juste bu quelques verres avec d'autres marins, mais son portrait, lui avait-on rapporté, figurait près du bar, avec ceux de célébrités des lettres, du théâtre, du cinématographe et de la politique coloniale…

De tous ses embarquements, celui de 1890 lui a laissé les plus cuisants souvenirs, il était commandant certes, mais, suprême vexation, marin d'eau douce ! Voyage d'autant plus insolite qu'il s'était alors souvenu d'un épisode de son enfance. *Un jour, en posant le doigt au beau milieu du cœur de l'Afrique, alors blanc sur la carte, je déclarai que plus tard j'irais là. Les moqueries de mes copains se justifiaient parfaitement. J'eus moi-même honte de m'être laissé aller à de simples rodomontades. Rien n'était plus éloigné de mes espérances les plus folles. Et pourtant c'est un fait que, quelque dix-huit ans plus tard, un minable petit vapeur à roue que je commandais se trouva amarré à la rive d'un fleuve africain.* Ce blanc sur la carte, c'était aujourd'hui le Congo belge. Conrad avait été engagé pour prendre le commandement d'un bateau sur le fleuve. Il embarque à Bordeaux sur le *Ville de Maceio*, le 10 mai, lenteur de la ligne, escales à Ténériffe, Dakar, Conakry, Freetown, Grand-Bassam, Grand-Popo, Libreville, enfin, après un bon mois de mer, arrivée à Boma. En doublant la côte du Dahomey, près de Grand-Popo, il voit un vaisseau de guerre français bombarder un village. De Boma, il gagne en vapeur Matadi.

Longue attente d'une quinzaine de jours et puis une caravane se met en route vers l'est du pays, avec plusieurs responsables de l'expédition et une foule de porteurs. Montagnes, plaines, marécages, jungle inextricable, collines... Parfois un cadavre humain en décomposition au bord du chemin. Mauvaises nuits, tam-tam et moustiques. Insomnies. Les voyageurs, épuisés, ravagés par la fièvre, contraints de s'arrêter dix-sept jours à Manyanga pour se reposer. La caravane repart. Le 29 juillet, Conrad découvre au bord de la piste un squelette humain ligoté à un poteau. Partis le 28 juin, les hommes parviennent à Léopoldville le 2 août. Le navire qu'il doit diriger, le *Florida*, n'étant pas en état, Conrad prend place à bord du *Roi des Belges*, commandé par un Danois, Ludwig Rasmus Koch. Ils accompagnent l'expédition qui remonte le fleuve pour porter secours à un autre petit navire, le *Ville de Bruxelles*, immobilisé loin en amont, puis le *Roi des Belges* doit pousser jusqu'à Stanley Falls. À la tête de l'expédition, le directeur de la Société du Haut-Congo, Camille Delcommune, celui qui a engagé Conrad. Les deux hommes se détestent aussitôt.

Conrad repère soigneusement le fleuve et prend des notes. Après quatre semaines, le vapeur parvient à Stanley Falls. Koch tombe malade et Delcommune nomme Conrad commandant. Redescente du fleuve, avec Koch alité, et un jeune Français, Georges-Antoine Klein, qui meurt à bord. De retour à Léopoldville, Conrad prend conscience qu'il est entouré d'ennemis. Ces gens ne songent qu'à s'enrichir, sont des meurtriers, des accapareurs voraces. Son attitude réprobatrice lui a valu de solides haines. Il est très souffrant. Fièvres, dysenterie, dégoût total de ce qu'il vient de voir et dont il a l'impression de se faire complice. À la fin de l'année, il se sauve, revient en Europe, malade et meurtri. Il est atteint de la malaria et son délabrement physique a déclenché une autre maladie encore, la goutte.

Jusqu'alors, il partageait les idées faciles et banales des autres Européens. La colonisation apportait des bienfaits à des populations à la fois primitives et délaissées, la médecine, la technique, l'éducation… Les diatribes anticolonialistes de ses amis révolutionnaires marseillais, quinze ans plus tôt, l'avaient laissé assez indifférent. Même s'il était comme eux avide de liberté et ennemi de toute tyrannie, il pensait que les Blancs avaient une mission civilisatrice. Il s'était à peine renseigné sur le Congo belge avant de partir. Il ignorait que ce territoire gigantesque appartenait à un seul homme, le roi Léopold II, et que sous les beaux discours de progrès du monarque se camouflait le plus grand chantier de pillage jamais imaginé. Rapines forcenées liées à des massacres d'une ampleur sans précédent, il s'en rendait compte maintenant. Cette vision du vaisseau français canardant à mort des pauvres nègres dans leur jungle avait été la première étape de sa désillusion. Puis ce squelette enchaîné à un poteau. Et ensuite tout ce dont il a été témoin et ce qu'on lui a rapporté, le ramassage de l'ivoire, éléphants abattus par milliers, caoutchouc acheté à bas prix à des indigènes devenus esclaves, trompés en outre par des balances faussées pour peser le caoutchouc, mise en sujétion de villages entiers, châtiments corporels, fouet, mutilations, enlèvements et viols de femmes, prises d'otages dans les villages pour contraindre les hommes au travail, mises à mort par justice expéditive, employés blancs recrutés parmi les pires voyous qui font régner la terreur. Le Congo de Léopold, c'était l'esclavage, le fouet, la torture, les colons fous et sanguinaires. L'horreur totale !

Il revivra jour après jour une partie de ces émotions terribles en écrivant une longue nouvelle, « Un avant-poste du progrès », puis, plus tard encore, un court roman, *Au cœur des ténèbres.* Et la douleur morale de cette année-là est demeurée en lui jusqu'à ce jour où, paisible, il regarde, une ultime fois peut-être, ce calme Vieux-Port où tout pour lui a commencé quarante-cinq ans plus tôt. Il a écrit à son ami Cunningham Graham qu'il voulait apprendre l'espagnol afin de lire la vie des grands conquistadors. *Ne serait-ce que pour oublier les méfaits des conquistadors modernes. Leurs exploits pèsent déjà bien assez lourd sur les consciences, non pas comme le réveil d'instincts humains oubliés mais comme celui d'une bête énorme et monstrueuse. Léopold est leur Pizarre et Thys leur Cortez. Ils recrutent leurs « lanciers » sur les trottoirs de Bruxelles et d'Anvers, parmi les souteneurs, les sous-offs, les maquereaux, les petites frappes et les ratés de tous bords !*

Il rapportait de cette expérience des souvenirs affreux. Mais aussi, paradoxe, des méditations plus paisibles sur l'étrangeté de sa vie.

Au milieu du fleuve, sur une petite île qui se nichait, toute noire, dans l'écume du flot inégal, une petite lumière solitaire brillait faiblement, et je me dis avec émotion : « Je suis à l'endroit précis de ma vantardise enfantine. »

Une grande mélancolie m'envahit. Oui, je me trouvais en cet endroit même. Mais aucun ami fantomatique ne se tenait à mes côtés, aucune noble évocation ne me hantait ; rien d'autre que le souvenir impie d'un « scoop » prosaïque de journaliste et la connaissance déplaisante de la plus ignoble mêlée autour d'un butin qui ait jamais enlaidi l'histoire de la conscience humaine et de l'exploration géographique. Quelle conclusion pour les réalités idéalisées dans les rêves éveillés d'un gamin ! Je me demandais ce que je faisais là, car en vérité il ne s'agissait que d'un épisode imprévu, presque incroyable aujourd'hui, de ma vie de marin. Pourtant le fait demeure : j'ai fumé une pipe à minuit au cœur même du continent africain, et je m'y suis senti très solitaire.

Assis face au port comme un bon bourgeois rêveur, il se moque doucement de lui-même et de son bref accès de rage au moment du passage des gendarmes tout à l'heure. S'il n'était pas devenu marin et n'avait pas navigué pendant toutes ces années, années durant lesquelles l'ardeur de la jeunesse s'était peu à peu atténuée, peut-être serait-il devenu un véritable anarchiste. Lors des périodes les plus brouillonnes de son adolescence, il aurait sans doute été capable de tuer un policier russe, ou même de lancer une bombe sur un groupe de cosaques pour venger la mort de ses parents. Il s'était apaisé mais, après son expérience du Congo, il n'avait plus d'illusions et la Grande Guerre avait achevé de dissoudre en lui les moindres restes d'espoir. Il pensait qu'au fond de l'être quelque chose d'indéracinable faisait obstacle à toute véritable émancipation. Darwin lui avait fait comprendre que l'homme n'était qu'une espèce animale parmi d'autres. Conrad avait écrit à l'un de ses amis ces formules inspirées par la lecture d'Anatole France : « L'homme est un animal méchant. Sa méchanceté doit être organisée. Le crime est une condition nécessaire de l'existence organisée. La société est essentiellement criminelle — ou elle n'existerait pas… » Il ne savait comment échapper à ce terrible paradoxe, ni comment élaborer, s'il avait dû le faire, une pensée politique satisfaisante. Il y avait des principes qu'il fallait sauvegarder, liberté, égalité, mais tout, dans le déroulement des faits historiques dont il était témoin, semblait s'opposer à leur application. Il se réfugiait, sans y trouver une grande consolation, dans sa citoyenneté britannique. Au cours de ses milliers d'heures de mer, au hasard des livres qu'il pouvait pêcher ici ou là, il avait lu Rousseau, Godwin, Thoreau, Stirner, Kropotkine, Proudhon, quelques autres encore. Aucun ne l'avait entièrement satisfait. Peut-être un peu plus Schopenhauer, le pessimiste, et Nietzsche, plus optimiste. Les anarchistes à bombes le fascinaient, c'est vrai, mais lui faisaient aussi horreur, et il en avait fait le thème d'un roman. Pourtant il comprenait bien leur révolte. Si la chute du Tsar l'avait réjoui, il pensait que les bolcheviks, qui maintenant avaient pris le pouvoir par la force et le meurtre, seraient pires encore…

Février 90, Conrad, tout à son affaire du Congo, prêt à s'y engager, était venu à Bruxelles. Il en avait profité pour rencontrer un cousin, Alexandre Poradowski, très malade et qui devait mourir deux jours plus tard. Il avait fait connaissance de sa femme, Marguerite. Française, elle était la nièce de Paul Gachet, le médecin d'Auvers-sur-Oise qui collectionnait Cézanne, Daumier, Pissarro et avait accueilli chez lui Van Gogh. Marguerite, quarante-deux ans, écrivain, était une très belle femme, assez mondaine, bien introduite dans les milieux littéraires. Aussitôt, forte attirance entre le jeune homme et celle qu'ensuite il avait appelée sa « tante ». Ils avaient correspondu pendant des années. Il se confiait à elle, lui faisait part de ses états d'âme, de ses mésaventures tropicales, et, malgré l'humour permanent de ses missives, il exprimait toujours beaucoup de tendresse. Amoureux, il ne savait si ce sentiment était partagé mais Marguerite répondait fidèlement à toutes ses lettres. À chacun de ses passages à Bruxelles ou à Paris, il lui rendait visite et dînait avec elle.

Au point que son oncle Tadeusz l'avait mis en garde contre ce flirt. D'une part, la différence d'âge le heurtait, « elle a largement fait son temps ! » écrivait cyniquement l'oncle à son neveu ; en fait elle n'avait que neuf ans de plus ! D'autre part, il comprenait bien que les deux tourtereaux partageaient la même passion pour la littérature et cette passion pouvait les entraîner vers une tout autre passion. Mais Conrad n'avait pas cessé pour autant d'écrire à Marguerite, du Congo, d'Australie, de l'île Maurice, de Londres, de Rouen, des lettres tristes où il se plaignait de son ennui, de ses maux, de son éloignement, et d'autres plus gaies où il témoignait de sa hâte à la retrouver.

Il souffrait. Ses maladies contractées au Congo l'abattaient. Il écrivait à sa « tante ». *Il faut traîner le boulet de son individualité jusqu'à la fin. C'est ce que l'on paye pour le privilège infernal et divin de la Pensée ; de sorte que dans cette vie il n'y a que les Élus qui sont des forçats — la bande glorieuse qui comprend et qui gémit mais qui foule la terre au milieu d'une multitude de fantômes aux gestes maniaques, aux grimaces idiotes. Que préférez-vous : idiot ou forçat ?* Elle lui avait répondu qu'elle l'aimait comme il était, ou comme il se croyait être, idiot ou forçat.

Au cours de l'été 95, il avait rendu visite à Marguerite à Paris alors qu'elle séjournait chez les Gachet. Ils dînaient au milieu des tableaux impressionnistes que Conrad n'appréciait que modérément malgré les explications patientes de Marguerite. Pour la taquiner, il appelait cela « l'école de Charenton »... Un soir, il lui avait proposé de l'épouser. Elle s'attendait sans doute à une telle demande. Elle avait marché de long en large devant les Cézanne et les Pissarro, avant de lui répondre le plus aimablement possible. Elle lui avait dit qu'elle n'envisageait pas de se marier. Elle désirait rester célibataire et ne voulait surtout pas le forcer à prendre des décisions, à se sédentariser. Elle serait toujours pleine d'amour et d'amitié pour lui, mais, elle insistait, elle préférait sa liberté.

Il était reparti pour Londres. Au cours des années qui avaient suivi, les deux amis s'étaient revus plusieurs fois. Comme ils s'étaient promis de tout se dire, il lui avait annoncé son mariage, elle l'avait interprété comme une sorte de dépit amoureux. Elle l'avait néanmoins félicité. Elle avait rencontré le couple en Angleterre quelques années plus tard, était restée une amie de la famille. Ils lui rendaient visite lors de leurs voyages en France. Elle avait traduit plusieurs des nouvelles de Conrad.

Se trouver à nouveau sur le quai du Vieux-Port est peut-être un signe, une injonction. Voilà, ce serait le moment de faire le bilan. Vieil homme ? Il ne saurait dire. Quand commence la vieillesse ? À vingt ans ? À cinquante ? À la naissance ? Mais au bout du rouleau, oui sûrement, encore une expression française qu'il affectionne, qu'il préfère au *the end of the tether* britannique, formule dont il s'est servi pour l'un de ses titres. Évoque la corde, la chaîne. Prisonnier donc. Tandis que rouleau donne l'impression qu'on peut rouler encore un peu. Rouleau, on a roulé. Roulé sa bosse, comme disent encore les Français. Ou la loterie de la vie, la roulette ! Le mot lui fait peur maintenant, il sait qu'il aurait pu devenir un redoutable joueur. Ou encore le rouleau, comme on nomme ces grosses et belles vagues à l'approche du rivage où elles vont terminer leur course, s'écraser, s'effacer, mourir… Oui, il peut désormais se considérer comme un vieil homme, il n'a pourtant que soixante-trois ans. Sa vie lui semble comptée. Plus pour longtemps. Quelques années à peine ou même, peut-être, quelques mois. Le corps ne se trompe pas. Ni les battements de son cœur.

Il aimerait écrire encore quelques bons récits. Il n'a plus la puissance de travail de ses années de maturité, lorsqu'il avait quitté définitivement la marine et que, redevenu terrien, il s'était attelé à cette tâche bien plus ingrate consistant à s'asseoir chaque matin devant un tas de feuilles blanches à l'éclat toujours trop agressif pour ses yeux fatigués, et rédiger ligne après ligne, pendant des heures et des heures. Des histoires à peine inventées, qu'il puisait dans les innombrables notes griffonnées, nuit après nuit, au cours des longues veilles de navigation ou durant les mornes journées d'attente d'un embarquement au foyer des officiers d'un port de l'océan Pacifique. Et qu'il devait recopier patiemment avec sa vieille Remington un peu rouillée par l'humidité britannique, et passablement grinçante, ou bien donner à taper à Jessie ou parfois dicter à sa secrétaire, toutes les deux toujours fidèles au poste comme de bons timoniers.

La plus éprouvante des maladies qu'il avait contractées au Congo était due, selon les médecins, à un moustique. Pas le plus terrible, celui qui aurait pu le tuer très vite. Non, un autre, qui donnait une version atténuée de la maladie tropicale, pensait-on, paludisme ou malaria. Ça commençait discrètement. Petit frisson, léger coup de vent frais qui vous frôle et disparaît aussitôt. Puis un frémissement plus profond, une sensation de froid dans le dos et dans les jambes. Sans importance, les premières fois on n'y fait guère attention. Mais, signal révélateur : au bout de plusieurs crises, on a appris à reconnaître la chose. Et puis, brutale, l'attaque, un instant après. Des frissons dans tout le corps, des tremblements, tout bouge, les mains, les bras, les jambes, le dos, le dos surtout, la colonne vertébrale qui se courbe et se tord de mille façons, on ne peut plus se tenir, on est glacé, même s'il fait quarante degrés à l'extérieur, on est au pôle Nord, on voudrait être enfoui sous des couvertures, des draps de laine de mérinos, de vigogne, au fond d'un puits de mohair, de flanelles, de bouillottes, de briques chaudes, de matelas, et tout ça ne sert à rien car, sous ces épaisseurs étouffantes et lourdes, on tremble encore, on est pris dans un froid qui semble vous tuer à petit feu, il aime cette image paradoxale.

Et les dents qui claquent, mais si fort, c'en est ridicule, une vraie danse macabre, on aimerait empêcher cela, serrer les mâchoires, conserver un air digne et sévère, peine perdue, les castagnettes font leur joli effet qui impressionne les témoins, s'il y en a. Les tremblements convulsifs du corps sont tels qu'ils font tomber les masses de couvertures. Seul, on est perdu, personne pour vous recouvrir, vous enfouir, vous protéger, vous parler, vous faire patienter, et de toute façon jamais assez d'accessoires pour vous emmitoufler, c'est un enfer !

Et puis, ça se calme. Mais on est anéanti. On délire. On ne sait plus où l'on est. On est trempé, entièrement, des pieds à la tête, on a rendu toute l'eau de son corps. On a soif. On finit par s'endormir, ou plutôt somnoler. La fièvre a baissé. On se croit revenu à la vie normale.

On n'a plus une idée en tête. Il faut réapprendre à vivre et à penser. Or la douleur a tout envahi, crâne, articulations des bras et des jambes, dos, et on n'a qu'une envie, dormir pour retrouver la vraie vie du corps. Pas si facile, beaucoup d'énergie pour se dresser hors de la couche, se lever, poser pied à terre, marcher, reprendre le cours normal, on titube, les sens se brouillent, la tête tourne, on est obligé de se recoucher.

Étrange expérience. Pas libéré pour autant. Puis ce sont les intestins qui se rebellent. Enfin, à force de médicaments douteux, on parvient à reprendre une vie à peu près normale. Mais avec cette hantise qu'à tout moment ces maux ne reviennent brusquement vous tourmenter, même lorsqu'on est tranquille à son poste de veille sur le pont d'un voilier élégant qui vogue sur les flots, indifférent à ce qu'il vous arrive…

Il était né dans la langue polonaise et il l'avait cultivée sous l'influence de son père avec d'autant plus d'énergie que l'occupant voulait à tout prix russifier, langue comprise, les territoires qu'il dominait. À la maison, on parlait français chaque jour, c'était la langue du pays de la liberté, celle de la grande culture européenne. Les Français étaient les alliés de la Pologne. L'intelligentsia polonaise était souvent réfugiée en France, et l'espoir d'un changement politique ne pouvait venir que de ce pays. Une autre langue avait fasciné son père Apollo, l'anglais. Chaucer, Shakespeare, Pope, Swift, Byron…

Conrad avait peiné avec l'anglais. Il lisait en revanche couramment le français. Institutrices françaises, pure langue de Molière, Racine, La Fontaine, Voltaire, Vigny, Hugo. Il s'était baigné avec bonheur, dès son plus jeune âge, dans la musique et les idées de cette langue. Il avait fini par la parler couramment avec juste une pointe d'accent marseillais due à son séjour prolongé dans la ville et au contact des marins provençaux. Il se souvenait de la phrase que lui avait lancée son institutrice, du perron de la maison, lorsque les soldats russes étaient venus le chercher pour l'emmener en exil avec son père et sa mère : « Surtout n'oublie pas ton français, mon enfant ! » Il ne l'avait jamais oublié ! Pour l'anglais c'était autre chose. En débarquant pour la première fois en Grande-Bretagne à vingt ans, Conrad ne pouvait articuler que quelques mots. Et les dizaines de tirades de Shakespeare qu'il connaissait par cœur, avec l'accent imaginaire si particulier qu'il s'était forgé, ne pouvaient lui être d'aucun secours !

Il avait rencontré beaucoup de difficultés à pénétrer dans la langue vivante, celle des navires, celle de la rue, celle des bureaux, et il n'avait pas réussi à se débarrasser de son curieux accent. Pourtant l'anglais l'avait séduit. Il avait encore dans l'oreille l'écho des ingénieurs bruyants qui festoyaient dans la salle de restaurant où ils avaient fait halte, Pulman et lui, en franchissant le col du Gothard. Un autre épisode l'avait aussi beaucoup frappé, les mots lancés une nuit du haut du pont au moment où leur bateau-pilote marseillais accostait un grand navire britannique. « *Here whe are !* » avait dit simplement un matelot ou un officier, dans le noir, loin au-dessus de lui et, il n'aurait su dire pourquoi, comme d'un coup de baguette magique, la langue l'avait alors séduit.

La longue et fine Cadillac a quitté le cottage depuis une bonne demi-heure au moins. Ils roulent dans la campagne si verte et si touffue, à travers les collines du Kent. Le paysage se dénude peu à peu. Moins d'arbres, plus désert maintenant, de douces ondulations du paysage. Des pâturages, des troupeaux de moutons à tête noire. Une petite brise qui vient de face. Soudain, c'est la mer, étalée devant eux, au creux d'un vallonnement, assez loin mais cependant très nette, belle comme dans un tableau. Grise et verte, reflets or et argent. La voiture continue encore et s'engage sur une piste qui mène à une large esplanade, dernière étape, à l'à-pic de la mer.

— Voilà, dit Conrad, on peut descendre maintenant.

Il arrête le véhicule. Serre le frein et vient ouvrir la portière. La jeune femme, jolie et gracieuse, lui donne la main et saute à terre. Il l'entraîne au bord de la plateforme. La mer est là, à leurs pieds. Très bas, plus d'une centaine de mètres. On n'en perçoit pas vraiment les remous, seulement les minces rides sur la surface grise. L'horizon est vaste, excitant. Quelques voiliers, beaucoup de steamers.

— Vous vouliez voir le Channel, dit-il. Eh bien, le voilà !

— Et en face ?

— Eh bien, en face, c'est la France. Le Pas-de-Calais…

— C'est là que vous avez commencé…

— Si l'on peut dire. Mais à l'autre bout ! Tout au sud ! À Marseille, il y a belle lurette comme disent les Français. Je ne sais pas ce qu'est la lurette mais je sais que pour eux ça représente un bon bout de temps ! Quelques dizaines d'années. J'avais dix-sept ans…

Elle rit. Elle est contente. Une percée de soleil, la mer change soudain de couleur, elle est maintenant vert sombre. L'après-midi déjà bien avancé. Les navires bougent lentement, longs panaches de fumée, les uns s'éloignent vers la côte de France, d'autres se rapprochent de l'estuaire de la Tamise à leur gauche, plusieurs encore vers le pied des falaises, sous eux.

— Je peux prendre des notes ? demande-t-elle.

— Avec ce vent vous aurez du mal à écrire. Attendez que nous soyons rentrés. Devant une tasse de thé ce sera plus facile. Vous savez, les entretiens sont des pièges. Pour la journaliste comme pour l'interrogé.

Il hésite.

— J'aimerais relire le texte avant que vous ne le donniez à votre journal.

— Bien sûr ! Mais j'ai tant de questions à vous poser que je ne sais quand nous pourrons terminer !

— Aucune importance, nous aurons tout le temps. Vous pourrez même rester dîner. Et nous avons des chambres d'amis.

Conrad reste un long moment silencieux face à l'horizon qui s'assombrit vite. Le vent secoue les boucles de la jeune femme. Il a l'impression d'avoir déjà vécu une scène semblable. Elle se demande ce qui peut l'inquiéter en cet instant. Il pense à elle. Il trouve qu'avec sa crinière éclatante, sa silhouette svelte et cette élégance des gestes, elle est vraiment belle. Trop belle… « Elle est à croquer », a-t-il écrit à l'un de ses amis proches. Il a hâte de la dévorer.

Il avait connu des navires qui brûlent, des navires qui coulent, des voiliers et des steamers, des rapides et des lents, d'inconfortables et de douillets, de vastes et d'étroits, des bordés de bois et des coques d'acier, il lui restait à connaître aussi le navire inutile. Fin 93, on lui propose un poste de commandant en second sur un vapeur l'*Adowa.* Appartenant à la Fenwik and Co., et affrété par la Compagnie des Transports franco-canadiens, le navire doit passer à Rouen et embarquer des émigrants français vers le Canada, avec une première escale à La Rochelle. Conrad traverse la Manche à bord du vapeur commandé par le capitaine Fred Paton. Le navire mouille le 4 décembre sur le quai de la Seine, devant les beaux quartiers, puis, faute de passagers, on le remorque plus en aval, face aux tristes zones ouvrières de la ville, faubourgs de Rouen d'un côté, maisons grises de Petit-Couronne sur l'autre rive. C'est le plein hiver, il fait un froid terrible. On patiente. Pas d'émigrants, pas de responsables, pas de nouvelles. Conrad reste à quai. Attente interminable, il rêve. Il aimerait devenir pilote sur le canal de Suez, bonne paye, beaucoup de temps libre pour la lecture, excursions au Caire, les Pyramides, à Alexandrie, dans la vallée du Nil, les temples égyptiens, ou en mer Rouge. Il a depuis peu trente-six ans, il serait temps qu'il s'établisse et gagne bien sa vie…

Il n'a presque rien à faire, veiller à ce que la chaudière soit maintenue en état par les mécaniciens et que les dortoirs pour émigrants restent propres et bien aérés. Il sort en ville, il lui faut marcher beaucoup, des quais encombrés du port jusqu'aux alentours de la gare où il fréquente les brasseries, ou bien, selon l'humeur du jour, jusqu'au cours Boieldieu, où il s'installe au café Victor… Il y lit la presse française et anglaise, y boit de la bière alsacienne, y déjeune aussi parfois. Malgré le froid, il aime jouer au touriste, il visite l'Hôtel-Dieu où Flaubert a vécu ses premières années, explore les rues anciennes avec leurs maisons à colombages, tous ces décors d'un autre temps qui font rêver, l'aître Saint-Maclou, la cour des libraires de la cathédrale, la rue du Gros-Horloge… Un dimanche de janvier, il prend même un fiacre pour se rendre au manoir de Pierre Corneille, encore un Français dont il a quelques dizaines de vers en tête…

Et, jour après jour, il surveille les librairies, à l'affût des textes de ses écrivains favoris. Daudet, très malade paraît-il, ne semble plus écrire que pour le théâtre. Maupassant, mort quelques mois plus tôt, et dont deux recueils de nouvelles ont été publiés au cours des dernières années. Et, ça tombe bien, Conrad découvre *La Vie errante*, ses récits de voyage. Il y a aussi dans la librairie rouennaise le récit de Flaubert sur son voyage en Bretagne, un texte qu'il ne connaît pas. Et *Aziyadé* de Loti, qu'il achète, délaissant le dernier Zola, auteur pour qui il a toujours la même réticence. Il complète ses achats avec les dernières plaquettes de Verlaine, les *Poèmes tragiques* de Leconte de Lisle, et *Les Trophées* de Heredia qui viennent de paraître.

Rapportant ces brassées de livres et de brochures à bord, il se réjouit de cette oisiveté à laquelle le forcent l'absence de clients pour le voyage et les atermoiements des affréteurs du navire. Quand il estime qu'il a un peu trop lu, Conrad reprend la rédaction du roman qu'il a commencé à Londres, *La Folie Almayer*. Après plus d'un mois d'attente, à la mi-janvier, les armateurs envoient un télégramme donnant l'ordre de ramener le vapeur en Grande-Bretagne. La Compagnie des Transports franco-canadiens a déposé son bilan. Pas d'émigrants, pas de Canada, pas de traversée de l'Atlantique…

De tous les navires à bord desquels il a servi, celui qui avait eu sa préférence, celui pour lequel il avait eu un véritable coup de cœur en le découvrant, c'était l'*Otago*. Bien entendu parce que c'était le premier navire qu'il commandait en propre. Il était au foyer des officiers de Singapour en janvier 1888 lorsqu'on lui avait proposé de devenir le capitaine d'un voilier qui se trouvait alors à Bangkok et dont le commandant était décédé peu avant. Il fallait amener le navire en Australie avec une cargaison de teck.

Le voici donc reparti à bord d'un vapeur de ligne pour la capitale du Siam où est mouillé l'*Otago*. Six jours de mer. En remontant la Chao Praya vers les débarcadères du centre de la ville, il avait eu le temps d'apercevoir son navire au mouillage sur la rivière près d'un chaland rempli d'énormes troncs. Il avait ressenti une véritable émotion au moment où le navire, chargé d'une lourde bille de teck, avait eu une sorte de frémissement de la poupe à la proue. C'était un trois-mâts barque affrété par Jucker, Sigg and Co., société spécialisée dans le commerce des bois tropicaux. Navire de taille modeste mais d'une joliesse appréciable, une vraie maquette de voilier pour exposition d'art nautique. Coque en fer de profil effilé, gréement exemplaire, équipage de neuf personnes avec lui-même, le commandant. Petit navire, petite société, mais l'*Otago* était un véritable animal de course.

Ils avaient rencontré de grands calmes sur le golfe du Siam après le départ de Bangkok, ce serait plus tard le sujet d'un court roman. Une fois dans les bons vents, Conrad avait pu faire établir toute la voilure, et même extraire des soutes à voiles qui sentaient passablement le moisi tout un lot de focs, de trinquettes et de voiles d'étai, sans doute rangées humides quelques semaines auparavant. Il avait alors découvert l'élégance du navire qui se jouait des vagues avec une désinvolture de poulain espiègle. Les cinq étages de voiles carrées sur la misaine et sur le grand mât, les magnifiques courbes des focs sur l'avant, les voiles d'étai au centre, la brigantine et son flèche sur le mât d'artimon, le foc, le diablotin, la marquise autour de l'artimon… La voilure déployée dans l'alizé était d'une splendeur incomparable, un délice.

Le jeune commandant de l'*Otago*, très fier, avait conservé dans ses papiers l'entrefilet nourri annonçant l'arrivée du navire en Australie. Entouré de gros crayon bleu et découpé aux ciseaux dans le *Sydney Morning Herald*. « Le trois-mâts barque en fer *Otago* est entré dans le port hier en provenance de Bangkok avec une pleine cargaison de teck. Son capitaine rapporte qu'il a eu des brises légères dans le golfe du Siam, ainsi que dans les mers de Chine et de Java. Il a franchi le détroit de la Sonde le 15 mars. L'alizé du sud-est, très faible, l'a poussé jusqu'à 26° sud. Il a doublé le cap Leeuwin le 15 avril, puis essuyé une forte tempête d'ouest. La tempête a soufflé avec violence pendant deux jours avant de s'apaiser. Le navire s'est parfaitement comporté et bien qu'ayant embarqué une grande quantité d'eau, n'a pas subi d'autres dégâts. Le cap Otway a été relevé le 28 passé et Wilson Promontory le 2. Il a eu des vents de NNE dans le détroit de Bass ; vendredi et samedi dernier, il a essuyé une très forte tempête d'ouest, qui a tourné au SSO, ne cessant d'inonder les ponts. Le phare de Hornby a été reconnu dimanche à 20 heures et l'*Otago* est entré dans le port hier à 9 heures, à la remorque de l'*Irresistible*. Il mouille au large d'Elisabeth Bay. »

Lors de ses sorties avec les pilotes de Marseille, et même au cours de ses premiers voyages vers les Antilles, il avait encore en lui toute cette énergie adolescente, cet enthousiasme naïf qui lui faisait imaginer un destin héroïque, des aventures sublimes, des rencontres étonnantes. Il ne pouvait deviner que la vie ne correspondait pas nécessairement aux aspirations de la jeunesse, qu'elle était toujours beaucoup plus complexe, sournoise, décevante que dans les romans. La vie de marin surtout, qui manquait de témoins directs pour en exalter le prestige, même si des brassées de romans maritimes depuis un bon siècle avaient rendu les lecteurs familiers du moindre espar ou de la moindre élingue, sans oublier sabres, canons, grappins d'abordage ou encore le sinistre Jolly Roger qu'on avait mis à toutes les sauces, avec ses orbites vides et ses deux tibias croisés, et qui servait d'emblème favori pour tous les garçonnets boutonneux de la planète. Emblème de mauvais augure car, même s'il n'y avait plus de pirates, ou du moins plus trop, la menace permanente de la mort subite était, en effet, le secret bien caché du métier de marin.

Il avait voulu témoigner de cet esprit chevaleresque de sa propre jeunesse en prêtant certains de ses sentiments à Jim, l'un de ses personnages préférés. *Sur le premier pont, dans le brouhaha de deux cents voix, il lui arrivait de se laisser aller à vivre en esprit, par anticipation, la vie de marin des récits d'aventures. Il se voyait sauver des passagers de navires qui sombraient, abattre des mâts dans un ouragan, franchir un mascaret à la nage avec un filin ; ou encore, naufragé solitaire, à moitié nu et sans chaussures, marcher sur des récifs découverts par la marée, à la recherche de coquillages pour ne pas mourir de faim. Il tenait tête à des sauvages sur des rivages tropicaux, étouffait des mutineries en haute mer, et dans un frêle esquif ballotté sur l'océan, il soutenait le courage d'hommes désespérés. Et toujours il était un modèle de dévouement à son devoir, et aussi inébranlable qu'un héros de roman.*

L'été 88, alors qu'il commandait l'*Otago*, Conrad avait fait un aller et retour entre Sydney et Melbourne pour transporter du blé. Ses commanditaires l'avaient ensuite chargé d'apporter à l'île Maurice une cargaison de savon, de suif et d'engrais… Conrad voulait du nouveau. Il propose de passer non pas par le sud de l'Australie pour affronter le Pacifique jusqu'au bout de l'océan Indien, mais par le nord, par le détroit de Torrès. C'était un trajet plus dangereux, une sorte de défi… Contre toute attente, les armateurs avaient accepté. D'abord une belle tempête au départ de Sydney. Ensuite la nécessité de naviguer bien au large de la Grande Barrière de Corail et de ses furieux récifs, qui avaient été le cauchemar du capitaine Cook. Puis, après neuf jours d'une mer inclémente, une fois monté le plus au nord du golfe de Papouasie, la descente de la grande passe du Nord-Est et l'entrée du détroit parsemé d'îles basses et de récifs, une courte escale à l'île Thursday. Conrad était aux anges, c'était enfin l'aventure : il avait parcouru, capitaine aux commandes de son propre navire, le chemin des grands navigateurs, était passé là où Torrès puis Cook s'étaient frayé un chemin. Et, laissant sur bâbord l'île Possession où le grand capitaine anglais avait abordé pour la première fois, l'*Otago* avait pénétré dans la mer d'Arafura. Des jours de navigation, la mer de Timor puis l'entrée dans l'océan Indien.

Après cinquante-quatre jours de mer, Conrad aborde à Port-Louis. Deux mois d'escale et une double histoire d'amour. Il s'amourache d'Alice, la fille illégitime d'un shipchandler mauricien, une petite sauvageonne de dix-sept ans, cloîtrée par son père et qui reste tout le jour en chemise, à demi nue, immobile et mutique. Il lui rend visite dans un enclos exotique. *C'était vraiment un jardin magnifique : des pelouses vertes et lisses, avec un somptueux enchevêtrement de parterres de fleurs au premier plan, s'étendaient autour d'un bassin d'eau sombre qu'encerclait une margelle de marbre ; et, au fond, le feuillage massif d'arbres divers masquait le toit des maisons voisines. On se serait cru à cent lieues de la ville. C'était une solitude aux couleurs éclatantes, assoupie dans un chaud et voluptueux silence. Là où les ombres immobiles s'allongeaient sur les plates-bandes et dans les recoins ombreux, les masses de couleurs de ces fleurs donnaient une impression d'extraordinaire magnificence.*

Amour à peu près impossible. Le capitaine de trente ans, raffiné, élégant, qui détonne parmi les nombreux marins plus grossiers, rend visite à Alice chaque jour, reste près d'elle, ils ne se parlent pas. L'histoire, malgré leur désir de plus en plus fou, n'a pas de conclusion, juste une très furtive étreinte, un baiser.

À la même époque, Conrad, fréquentant la bonne société, courtise une jeune Française de vingt-six ans appartenant à une vieille famille de l'île, un véritable coup de foudre. Il apprend bientôt qu'Eugénie est fiancée à un pharmacien de Port-Louis. Il se trouve ridicule, il prend la fuite. Pour faire plaisir au père d'Alice, il a accepté d'embarquer plusieurs tonnes de pommes de terre dont il ne sait que faire. Reprenant la mer fin novembre, il n'arrive à Melbourne que début janvier. Pendant la traversée, il est obligé de faire ouvrir la cale, de jeter les quelques pommes de terre pourries, d'aérer le chargement. Mais à Melbourne, où règne une terrible sécheresse, il revend très cher sa cargaison, que les Australiens viennent en foule acheter. Un sourire de la fortune… Ce sera le titre de l'une de ses nouvelles, la plus tendre, la plus amusante…

Tout est sombre, verdâtre. Il est sous l'eau, il a les yeux ouverts. Les algues molles remuent au rythme du courant. De troubles profils de petits poissons vont et viennent dans son champ de vision. Une silhouette plus grande passe au fond de la scène. C'est une femme, allongée, flottant entre deux eaux, ses longs cheveux dénoués, son corsage blanc et sa grande robe sombre ondulent autour de son corps. Une Ophélie… Visage rond, très pâle. Les yeux grands ouverts vers lui mais qui sans doute ne voient pas. Il croit la reconnaître. Il voudrait lui parler, lui poser des questions depuis si longtemps restées sans réponse. Il parle quand même. Pourquoi ? Qui t'a fait cela ? On t'a tuée ? Lui ? Ou bien tu t'es donné la mort ? Pour quelle raison ? Qui t'a abandonnée ? Qui t'a poussée à ça ? Lui ? Moi ? Quel chagrin ? Quelle querelle ? Quel désespoir ? Quelle fureur soudaine ? Pourquoi la noyade ? Pourquoi en cet endroit précis ? Pourquoi une telle cruauté pour ceux qui vont te survivre ? Ceux qui t'aimaient ? Comment en es-tu arrivée là ? Pourquoi m'as-tu abandonné ? Pourquoi n'as-tu pas attendu ? Le corps de la femme glisse avec indifférence et sort de sa vision. Il n'y a plus que les petits poissons. Il se réveille trempé de sueur, retour de paludisme.

Il déteste ce cauchemar. Il est mécontent de cet accès de mélodrame. Il ne veut pas se laisser reprendre à ce genre de vision macabre. Il repousse cette femme et ce souvenir, et toute la gluante nostalgie qui l'accompagne. Ce qui est fait est fait. Ce qui est mort est mort. Aucun compte à demander à qui que ce soit. Il ne faut pas que les morts viennent tourmenter les vivants. Sauf peut-être dans les pages qu'il va écrire. Mais cette fois c'est lui qui en sera le maître, le seul maître à bord de ses romans. En attendant, il lui faut prendre de la quinine…

Si l'on excepte la dépression, la goutte et les crises de paludisme, la chose dont il a le plus pâti dans sa vie, il n'en parle jamais, ce n'est pas un sujet de conversation assez noble, et d'ailleurs, on peut dire qu'à cette heure il s'en est plutôt bien tiré, la chose donc, ce n'est ni l'exil, ni la solitude, ni même la maladie, mais bel et bien la gêne financière. Dettes, emprunts, découverts bancaires, sollicitations, aumônes, retards, autres prêts pour rembourser les premiers, cauchemars perpétuels… Il aurait aimé être riche. Pas très riche, bien sûr, mais juste assez. Suffisamment pour ne pas souffrir sans cesse du manque de l'essentiel. À un moment, il s'en souvient aujourd'hui, il aurait aimé par exemple diriger une entreprise de pêche à la baleine parce que, disait-on, c'était très rentable. Rêve ridicule évidemment. Ou gérer une mine d'or. Mais où, comment ? Ou même, plus simplement, posséder un bon petit trois-mâts barque à lui qu'il mettrait au service de divers commerces lucratifs. Ou encore s'adonner à la récolte des perles sur la côte d'Australie du côté de la Grande Barrière de Corail ou dans une île de Polynésie. Enfin dix projets différents lui passaient chaque jour par la tête. Il aurait fallu trouver la mise nécessaire dès le départ. Et puis non ! Quelle folie ! Quelles successions d'inquiétudes, d'angoisses, quelles ruines potentielles !

En lisant la biographie de celui qu'il imaginait avoir rencontré à Marseille en 75, il avait découvert que cette obsession avait été aussi celle de son camarade : des années à se battre sans en tirer rien d'autre qu'une affreuse maladie mortelle. Comme si tous les garçons de leur génération, après avoir lu les aventures d'Edmond

Dantès ou du capitaine Nemo, avaient fait ce rêve inspiré de triompher par la force et par la richesse, de devenir des Eiffel, des Lesseps, des Pereire, ou encore des Talabot. Qu'importait si les origines de cette fortune n'étaient pas tout à fait pures ? Le lent déroulement de l'histoire effaçait peu à peu les tares originelles et les épurait, génération après génération. Et les écrivains, une fois riches, avaient tout leur temps pour écrire ! S'ils avaient encore envie d'écrire !

Conrad avait écrit deux mille lettres au moins, l'équivalent de plusieurs romans, à ses amis, à ses agents, à ses banquiers pour réclamer de l'aide, des avances, des prêts, des dons, il avait passé des années à jongler avec les dettes, à retarder les échéances, à emprunter à l'un pour rembourser l'autre, à ruser avec l'argent mais, bizarrement, toutes ces humiliations ne l'avaient pas réellement affecté. D'ailleurs, banquiers, agents littéraires, éditeurs, amis l'appréciaient beaucoup, même si parfois ils laissaient éclater quelques signes d'impatience. Enfin, Conrad n'était pas du genre fourmi ! Plutôt cigale ! Vous chantiez ? Oui, il chantait et il aimait aussi ne se priver de rien.

Il s'est levé très doucement, a traversé la chambre, s'approchant de la baie vitrée, puis écartant un pan du rideau. Le jour se lève. Marée basse. Large étendue de sable mouillé sous un léger crachin. Mince barre grise de la mer lointaine, une frise plus claire où brisent les vagues. Silhouette noire d'un homme seul, une bêche sur l'épaule droite, un seau à la main gauche, s'éloignant vers la partie découverte de l'estran. Longue méditation, le front contre la vitre fraîche. Il aime ce moment de l'aube qui dans ce pays dure si longtemps, traînant même à l'infini au printemps. Sous les tropiques le jour semble toujours se lever brusquement, comme par surprise.

Sur la terrasse devant l'hôtel, les tables et les chaises empilées, les parasols repliés, c'est la guerre, peu de clients sur la côte, presque personne dans l'hôtel. De l'autre côté du bras de mer étroit, les canons, les tranchées, la boue, les cadavres, les bombardements… Il se retourne. Dans le grand lit, à plat ventre au milieu du désordre des draps froissés, la jeune femme dort, sa chevelure rousse étalée, cachant en partie ses épaules nues. Il perçoit son très léger souffle. C'est un vrai bonheur de la regarder dormir, autant de bonheur, mais sous une forme plus calme, plus adoucie, que de l'avoir tenue la nuit entière dans ses bras et de s'être laissé aller à toutes les fureurs et les extases qu'elle suscitait.

Il sourit en pensant aux regards ironiques ou désapprobateurs des personnels de l'hôtel la veille. Les autres voyaient bien qu'il ne s'agissait pas d'une jeune femme dînant avec son père venu lui rendre visite. Jeune maîtresse, vieil amant. Sans doute, dans n'importe quel autre établissement de Grande-Bretagne, leur aurait-on demandé leurs papiers et refusé de recevoir un couple illégitime et de toute façon aussi mal assorti. Dans un palace de ce rang, avec des clients d'un tel chic, et manifestement opulents, pas question de faire des chichis.

Ils avaient fort bien dîné, délicieuse soupe de palourdes et turbot poché, accompagnés d'un bordeaux sec. Promenade sur les planches du front de mer, ils fument, elle ses cigarettes américaines, deux ou trois Camel, une nouvelle marque, lui un havane superbe provenant d'un lot acheté au bureau de tabac de Saville Row, la semaine précédente. Elle lui fait goûter ses cigarettes, mélange turc et américain, assez doux. Il lui prête un instant son cigare. Elle tousse. Ils rient. Non, ne pas avaler la fumée ! Ils vont jusqu'au bout du front de mer. Le temps fraîchit, une petite pluie commence à tomber. Ils rentrent.

— Vous êtes réveillé ?

Elle s'est assise dans le lit, rejetant les draps. Elle cherche sa chemise de nuit qui doit être en tapon sous l'amas des draps. Elle ne la trouve pas, elle se lève, vient vers lui, l'embrasse sur les lèvres.

— Vous êtes debout depuis longtemps ?

— Non, quelques minutes seulement.

Il est chaque fois fasciné par la couleur extraordinaire de ses pupilles. Une Américaine ! Une rousse aux yeux bleus ! Et belle à mourir ! Elle va vers le canapé, il la regarde. Elle se saisit de sa robe de chambre. Elle s'en enveloppe et revient vers lui.

Elle était venue le voir la première fois comme journaliste. Elle avait été bien accueillie dans la famille. Jessie et elle étaient même devenues amies. En fait, elle s'était éprise de lui très vite. Il avait ressenti de la joie en découvrant cette affection. Il n'était donc pas si vieux à ses yeux à elle ! Au cours de leurs promenades, dans les chemins de campagne non loin de la maison, ils laissaient pédaler devant eux le jeune John, onze ans, et ils parlaient. De sexualité en particulier.

Il est très réservé en général sur ces sujets. Mais elle est une vraie libertaire, elle pense qu'on devrait parler ouvertement de l'amour. Elle a lu Havelock Ellis, Krafft-Ebing, Freud. Elle lui raconte quelques cas saugrenus qu'elle a trouvés dans la *Psychopathia sexualis*. Ça le fait beaucoup rire. Elle a eu de nombreux amants, elle en parle sans aucune gêne, elle a même été plusieurs fois tentée par des femmes, expérience intéressante, dit-elle. Elle pense que si le sexe était vécu avec moins de tragique, de sens de la possession, de jalousie, beaucoup de choses s'arrangeraient dans le monde. Moins de folie, moins de crimes, moins de guerres. Conrad est sceptique.

— Tout cela pour vous faire comprendre, mon cher, que je suis amoureuse de vous et prête à coucher avec vous. Quand vous voudrez, où vous voudrez !

Dit sans façon, au beau milieu de la conversation, en riant et en applaudissant les coups de frein et dérapages de John sur les graviers du chemin.

— Mais je pourrais être votre père !

Il a dit cela sans aucune conviction, juste pour la provoquer un peu. En vérité, il est amoureux d'elle depuis qu'elle est apparue chez eux le premier jour. Elle se tourne vers lui, les yeux rieurs.

— Oui, je sais, vous avez juste trente ans de plus que moi. Quelle importance ? Ce n'est pas l'âge qui compte, mais le désir ! Est-ce que je vous plais, au moins ?

Bien sûr qu'elle lui plaisait et le plus difficile avait été d'organiser d'autres occasions de rencontre assez loin de chez lui. À Londres ou à Brighton…

Ils sont tous les deux côte à côte devant la fenêtre et ils regardent la plage. Toujours la même silhouette, cette fois arrêtée. L'homme bêche le sable et parfois se baisse pour ramasser quelque chose qu'il jette dans son seau. Elle lui saisit le bras.

— Merci !

— Merci pourquoi ?

— Pour cette nuit, c'était délicieux.

— Mais pour moi aussi…

Un peu plus tard, lorsqu'il ressort de la salle de bains, elle est allongée de côté sur le canapé dans sa robe de chambre lilas et or dont un pan retombant découvre ses longues jambes jusqu'au milieu des cuisses. La main gauche soutenant le menton, ses cheveux en cascade autour de ses épaules, elle regarde dans le vide. Elle a l'air d'une princesse exotique. Une Cléopâtre, une Salomé, une Didon, comme on en voit chez les peintres orientalistes. Il lui parle en français cette fois, ça lui permet de la tutoyer.

— Jane, tu es belle ! Tu devrais poser pour un peintre !

— Je l'ai déjà fait.

— Ah bon ? Où est le tableau ?

— Ça, je n'en sais rien. C'est une affaire qui s'est assez mal terminée.

Elle le regarde et lui sourit.

— Comment peux-tu supporter ces cols durs ? On dirait que tu es né avec. Un ancien marin ! Col dur et cravate ! Tu ne pourrais pas passer au col de chemise mou comme la plupart des hommes aujourd'hui ? C'est fini le XIXe siècle ! Et puis ça te donne un air raide, trop sévère. Je sais moi maintenant que tu es beaucoup plus tendre que tu n'en as l'air !

Une nuit de mars 83. Il est dans une chaloupe avec trois marins. Deux autres barques près d'eux avec le capitaine, les officiers, le reste de l'équipage. Tous regardent leur navire en flammes à quelque distance. Le chargement de charbon avait chauffé, fumé puis explosé, arrachant tout le dessus du pont, précipitant Conrad au bas de la dunette, cheveux et moustache roussis, le corps rompu, des douleurs partout. On avait évacué le navire qui maintenant brûle, haute flamme verticale à peine bousculée par un très léger vent, épaisse fumée voilant par moments les étoiles. Les trois mâts continuent à donner à la silhouette noire de la coque l'apparence d'un navire fantôme.

Parfois un sursaut brutal du foyer jette sur la nuit une gerbe de braises crépitantes et d'étincelles géantes, puis la fournaise reprend son ronflement sourd, sa dévoration que personne ne pourrait plus arrêter. Rien à faire, seulement regarder la chose se consumer. Conrad imagine ce qui va se produire, ce contact titanesque entre cette masse de quatre cents tonnes de charbon incandescent et les eaux froides de la mer lorsque la coque d'acier finira par se fendre et s'ouvrir tout grand. Combat explosif entre le feu et l'eau, celle-ci finissant toujours par triompher.

Des heures plus tard, le navire, réduit à sa coque, supporte toujours l'incendie qui illuminait la mer. Mais ils n'ont pas l'occasion d'assister à la plongée finale ni au choc des deux monstres, feu et eau. Le jour commence à se lever, le capitaine donne l'ordre de s'emparer des rames, le petit convoi de chaloupes prend la direction de la terre au nord, s'éloignant vite du navire dont ne demeure sur l'horizon que l'épaisse colonne de fumée noire qui monte dans le ciel puis disparaît soudain. L'ensemble, fer et feu, a dû enfin plonger.

Il est donc là, assis au même endroit sur le Vieux-Port, ou à peu près. Il a du mal à mesurer cette folle distance temporelle. Qui était ce jeune homme avide de nouveauté dans ce printemps marseillais ensoleillé ? Qui est ce presque vieillard aujourd'hui méditant sur les centaines d'aventures baroques de sa vie trop bien remplie ? Impossible de communiquer avec cet autre, sorte de fantôme d'un passé en partie effacé. Il aimerait lui parler, d'ami à ami, lui dire que le contrat a été accompli, et, si cela n'a pas toujours correspondu à ce qu'il imaginait alors, les grandes espérances ont été au-delà de tout ce qu'il pouvait imaginer. Selon d'autres routes, d'autres hasards, d'autres bifurcations. Des rencontres imprévisibles, des aventures étonnantes. Mais évidemment, la course du temps ne va que dans un seul sens et les tables tournantes du vieil Hugo ne sont que des charlataneries. Pourquoi donc, pendant que nous y sommes, ne pas communiquer avec Baudelaire ou avec Dante ? Il songe avec nostalgie à ces moments divins qu'il est seul à posséder aujourd'hui.

« Je voudrais qu'à cet âge on sortît de la vie ainsi que d'un banquet ! » disait La Fontaine que son père lui faisait apprendre quand il avait à peine six ans. Et le fabuliste le ramène à Baudelaire, toute la poésie française est là, à sa disposition, il a tout retenu. *Bientôt nous plongerons dans les froides ténèbres*… Oui, les froides ténèbres sont proches mais que faire de plus ? Et comme il l'avait déjà imaginé dans ses premières rêveries sur le Vieux-Port à son arrivée de Pologne, peut-être qu'un autre, un jour, assis à cette même place, pensera à ce jeune homme de dix-sept ans et aussi à son double de soixante-quatre, et en tirera quelque réflexion nouvelle. À supposer que quiconque s'intéresse jamais à sa vie et à ses aventures…

Durant près de vingt ans, des embarquements, de longues traversées, des nuits et des jours en mer. Il est souvent enfermé dans sa cabine, attentif au moindre bruit, à la moindre modification du régime du navire, changement de cap, coup de vent, alerte… Prêt à tout instant à bondir sur la dunette, huit marches raides, et à surgir au côté de l'homme de quart, tel un diable de sa boîte. Mais il est là, assis sa plume à la main, et il écrit. Il prend des notes. Des bribes, des sensations, des visions, des images qu'il ne faut pas laisser partir, ciels, mers, instants, nuées, îles lointaines, navires qui filent à l'horizon, menaces, inquiétudes…

Et aussi des moments plus longs, plus nourris, des histoires racontées, entendues dans des ports, au Foyer des Officiers ou ailleurs, transformées, insérées dans d'autres récits, reprises, trouvant enfin une forme qui sera peut-être modifiée plus tard. Il écrit et, en même temps, autre chose s'écrit en parallèle, l'aventure qu'il est en train de vivre, son navire qui progresse, les incidents du bord, les escales prévues, les retards, les personnages, les décors… Et qui donneront d'autres notations, d'autres brouillons, d'autres transformations… Comme un musicien, il compose sur plusieurs registres à la fois. Polyphonie marine… Et un jour, il doit laisser tout en plan. Le voyage se termine. Escales. Responsabilités. Bureaucratie, paperasses, commerce, armateurs, câbles, accords, nantissements, surveillance de nouveaux chargements. Et invitations en ville. Autres rencontres, nouveaux récits, confidences, ragots. Enfin nouvel appareillage pour des semaines de mer, encore…

Depuis que le marin est devenu sédentaire en Angleterre, il passe ses journées dans la pièce qui lui sert de bureau et de bibliothèque. Instable, le capitaine ! Six maisons successives jusqu'à cette dernière, la plus confortable. Grande table ronde placée près de la cheminée, son bureau. Sur le dessus de la bibliothèque ou sur la tablette de la cheminée, les photos de son oncle, de son père et de sa mère, de ses deux fils avec Jessie, de plusieurs de ses amis. Deux bouquets de roses dans des vases en porcelaine de Chine, toujours des fleurs dans toute la maison. Au-dessus de la cheminée, une grande estampe ancienne, d'après un tableau de Joseph Vernet, montrant le port de Marseille sous Louis XV.

Une bonne provision de papier blanc empilée à sa droite. Son stylo à la main, bien rempli, un porte-plume classique de rechange, on ne sait jamais, et un flacon d'encre en cas de besoin. Et qui n'éclatera pas comme celui d'Amsterdam !

Il noircit ses feuillets, les pose sur un tas, à même le tapis. Puis, autre tas, c'est un nouveau chapitre. Quelques feuillets au bord de la cheminée, près de la carafe pleine d'eau et du verre. Deux atlas ouverts sur le canapé, les îles de l'océan Indien et de la mer de Chine, Bornéo, les Célèbes… Les cartes se sont bien complétées au cours des dernières décennies ! Quand il a démarré dans la carrière, les grands blancs au centre des îles ou des continents abondaient encore.

La plume crisse sur le papier, écriture rapide, page après page, le feuillet déposé, un autre aussitôt, le silence autour de lui. Parfois il jette un coup d'œil à l'un de ses carnets posés devant lui et tenus ouverts par des galets ramassés au pied des falaises, lors de promenades à Douvres ou à Sandgate. Peu de ratures d'abord, seulement lors de ses relectures. D'autres piles, les travaux de la veille, des chapitres tapés à la machine qu'il relira lorsqu'il fera une pause. Les heures passent, très courtes, trop courtes. Les pages s'accumulent. Il y en a maintenant partout. Sur le fauteuil, sur le canapé près des atlas, sur la cheminée, trois piles de plus. La pièce est encombrée. Interdiction d'ouvrir la porte, pas de courant d'air ! Le gros chien de John veille, couché derrière la porte. Lui non plus ne pénètre jamais dans la pièce.

Vers midi, Jessie frappe. C'est l'heure d'un lunch léger. Il sort avec précaution. Souvent, il chantonne. Il s'est attaché à *Carmen*, vieux souvenir marseillais. Grand Théâtre, ténor polonais ! Il sifflote l'air d'Escamillo, un de leurs chiens a été nommé ainsi, ou l'air de Carmen, Si tu ne m'aimes pas je t'aime !, et, en marchant au pas de façon comique pour faire rire les enfants, celui de la garde montante, avec l'accent marseillais et en roulant les *r*. Parfois, il ne veut pas sortir de son bureau, Jessie lui fait apporter un plateau et il dévore tout, très vite, en relisant ses dernières pages. Quand les douleurs reprennent, paralysant sa main droite, il la guide avec la gauche. Il songe au peintre Renoir, les pinceaux attachés à ses doigts rhumatisants à l'aide de chiffons. Un autre artiste de son « école de Charenton » ! Il a un peu changé d'avis sur les impressionnistes du docteur Gachet. Il aime Monet, Cézanne et Gauguin. On dit même autour de lui qu'il est un écrivain « impressionniste », il ne comprend pas trop pourquoi. Il avale un de ses médicaments à base de laudanum et n'oublie pas non plus la colchicine contre sa goutte. Il se sent mieux. Les jours filent, les piles sont de plus en plus épaisses. Il aime cette paisible régularité, cet enfoncement progressif dans le silence et dans l'oubli du décor. Moments hypnotiques, exactement comme la navigation au large. Perte des repères, espace et temps. Embarquement dans une croisière au long cours…

Lorsqu'il était enfant et qu'il lisait des romans, Daniel Defoe, Fenimore Cooper, Victor Hugo, Jules Verne, les livres lui semblaient faire partie de sa vie. C'étaient des objets précieux, qui pouvaient se translater dans n'importe quelle langue. Il avait devant les yeux l'exemple de son père, infatigable traducteur des grandes littératures anglaise et française. Conrad n'imaginait pas qu'il puisse exister des pays, des peuples, des civilisations sans livres. Il aimait ces développements de caractères, de personnages, ces intrigues qui peu à peu s'échafaudent, ces moments dramatiques, ces guerres, ces batailles, ces voyages, ces amours, ces issues incertaines, la mort parfois. Même si les romans paraissaient copier la vie, il lui semblait que la vie était rarement aussi pleine de surprises. Et les romans se multipliaient, saison après saison, grouillaient dans toutes les langues et recouvraient la vie, la remplaçant même souvent.

Au début, il n'avait pas l'idée d'écrire. S'il avait pris des notes, c'était pour fixer souvenirs, images et leur perpétuel renouvellement. Jusqu'au jour où l'envie s'était imposée, simplement à la réminiscence de la silhouette de ce personnage debout sur un ponton, au bord d'une rivière de Bornéo. Et écrire lui était soudain apparu comme une activité toute naturelle et même la seule chose véritable à laquelle il avait été en quelque sorte prédestiné.

Plus tard, il avait révisé son jugement sur le roman. Il avait rencontré des peuples sans livres et découvert qu'ils n'en étaient pas moins « romanciers ». Ils écoutaient à la veillée de vieux sages, des sorciers, des chamans, qui racontaient, sans lassitude, ça pouvait durer des nuits entières, la geste de leur peuple, les faits d'armes, les histoires d'amour, la vie et la mort des héros. Exactement comme « Homère », il l'avait appris enfant par son père, n'était que la transcription écrite d'anciennes épopées scandées par les aèdes bien avant que l'écriture ne soit inventée sur les rives de la Méditerranée. Le conteur faisait vivre des personnages disparus depuis longtemps ou qui, peut-être, n'avaient jamais existé. Il soudait ensemble des épisodes étrangers jusqu'à leur donner une forme nouvelle qui allait à son tour déclencher l'éclosion, l'invention d'autres récits, et ça n'avait plus jamais cessé au long des siècles. Donc, dans son esprit, s'était insinuée cette idée, qui n'était sans doute pas originale, que l'écrivain était, d'une certaine façon, le sorcier ou le chaman de son peuple. Il s'était longtemps interdit d'y penser. Lorsqu'il avait ouvert les écluses de sa mémoire, le flot avait commencé à se précipiter. Et depuis, ça n'avait jamais cessé, une vraie cataracte.

Jessie et lui avaient appris à leurs deux fils à dire toujours la vérité. « Le mensonge était la chose à bannir absolument si l'on voulait devenir un gentleman. La vérité sauvera le monde. Celui qui dit la vérité sera toujours gagnant. La vérité triomphe toujours du mensonge, etc. » Personne ne croyait vraiment à ces préceptes. Conrad moins que tout autre. Il était sans doute le plus grand menteur de tous. D'abord il n'avait jamais raconté à Jessie les détails de sa jeunesse, de ses aspirations d'alors, de ses amours. À quoi bon l'accabler de détails enfouis et de personnages disparus depuis longtemps ? Ensuite, lorsqu'il écrivait des histoires, il s'inspirait de faits réels, escales, navires, commerces, ambitions, heurts entre personnages, décors, déroulements, dénouements. Mais ils étaient transformés, déformés, recombinés de façon à créer une autre réalité, un autre monde, un monde qui appartenait justement à l'univers du mensonge.

On se moquait parfois de lui parce qu'il avait tendance à exagérer tout ce qu'il racontait, son côté « marseillais » disait Jessie. Mais ses « exagérations » étaient une façon de rassembler des faits ou des personnages afin que la cohérence de ses récits reste entière. Après tout, la vie n'avait d'intérêt que si elle parvenait à composer un récit, un roman logique. La violoniste d'un café-concert de Montpellier l'avait vivement ému un jour de 1906. Des années plus tard, il en avait fait l'héroïne d'un roman qui se déroulait à des milliers de kilomètres de là, près de Bornéo. Il avait lu dans les journaux le compte rendu d'un procès pour abandon de navire. Il l'avait pris pour trame de l'un de ses meilleurs romans. Il n'avait jamais rencontré Lingard, n'en entendant parler que par des marins ou par ses neveux, il en avait fait le personnage central de plusieurs récits, personnage vrai et cependant complètement faux.

Quand il travaille dans son bureau, été comme hiver, on entretient le feu dans la cheminée. Il peut ainsi jeter ses notes et ses brouillons dès qu'il les a recopiés. Et surtout il ne supporte pas l'humidité britannique. Pourquoi donc n'était-il pas resté en Provence ? Il a besoin de chaleur, il a besoin de combattre les rhumatismes qui viennent si souvent le tourmenter. Il ne peut travailler à l'aise que dans la tiède torpeur du feu de bois. Et lorsqu'il lève les yeux, le mouvement vif des petites flammes l'inspire aussitôt. C'est comme une musique. C'en est une d'ailleurs avec les craquements des bûches, les sifflements de la sève en fusion, le crépitement des étincelles. Il a besoin de cette présence et il se dit que ces flammèches ou ces plus longues flammes bleues, rouges, jaunes, sont comme des personnages qui s'agitent devant lui, attendant qu'il leur donne une identité, un corps, une vie, des aventures. Bien sûr, elles sont trop rapides, il ne pourra jamais les suivre, mais il les aime, c'est sa seule superstition de chaque jour. Il travaille dans la musique des bûches à défaut de celle des sphères. Il aime son bureau et ses flambées…

Assis là quelques semaines plus tôt, il avait levé les yeux et observé les flammes bleuâtres qui dansaient dans le fouillis d'un petit fagot provenant de grosses billes de peuplier déchiquetées en fines lamelles blanches. La tranche fendue de ces buchettes, leur forme éclatée, leur blancheur crue avaient fait jaillir aussitôt une image violente, une image de désastre. Une réminiscence de plus, flamboyante, dans la confuse succession de toutes celles qui se dévidaient parfois au cours de ses heures de veille, de réflexion et d'écriture. C'était à bord du *Saint-Antoine*, lors de son troisième voyage dans le golfe du Mexique. Ils avaient échappé de peu à un ouragan qui avait dévasté les côtes et les ports des îles proches de Porto Rico et des petites Antilles.

En s'approchant de la baie de Saint-Thomas, où il devait charger du charbon, le navire avait heurté des caisses, des espars, des débris méconnaissables flottant sur la mer. Le capitaine Escarras avait donné l'ordre d'affaler et de progresser à très petite vitesse. Et, à mesure que le navire s'enfilait dans le goulet menant au port, le spectacle avait été plus effrayant encore. La baie de Saint-Thomas, ouverte au sud, fermée par plusieurs îles, entourée de collines élevées, était l'une des mieux protégées des Caraïbes. Et son port, petite rade dans la grande rade, l'un des plus sûrs. C'était un lieu de trafic intense où séjournaient toujours, au mouillage sur rade ou amarrés à quai, des dizaines de navires, des voiliers mais aussi des vapeurs qui venaient se réapprovisionner en eau et en charbon. L'ouragan avait dévasté la ville, arrachant les toits, abattant les murs de pierre, et détruisant tous les navires.

Une vingtaine d'entre eux avaient été jetés sur les quais défoncés, et même bien au-delà, certains avaient crevé des murs, leur étrave pénétrant loin dans les maisons du port. La plupart étaient couchés, fracassés, vergues brisées en miettes, élingues, drisses et haubans entremêlés, voiles roulées, tordues, déchiquetées, amassées en paquets confus. Quant aux navires au mouillage, ils avaient coulé net. Dans les eaux moins profondes, on voyait dépasser des gréements hachés, des étraves cabossées, des cheminées tordues, des ferrailles déjà un peu rouillées et faisant saillie hors de l'eau, menaçantes. Et partout, le long de la rive, s'accumulaient tonneaux, mâts, planches, rames, fragments de balustrades à colonnettes, panneaux d'écoutilles, pelotes monstrueuses de cordes et de filins. Quelques épaves, qui n'avaient pas coulé, avaient été rassemblées. Arrimées les unes aux autres, elles formaient un monstrueux agglomérat où se succédaient les ponts avec leurs tronçons de mâts. Ces coques mutilées servaient de ponton où des marins déguenillés, certains portant des bandages, entassaient les objets les plus incongrus qu'ils repêchaient dans on ne savait trop quel but, peut-être pour les revendre plus tard.

Le désastre datait d'une dizaine de jours, les visions les plus horribles avaient été effacées, tous les noyés repêchés et inhumés, les grands blessés rassemblés dans un hôpital de fortune, il ne restait que le spectacle d'une terrible ruine matérielle. On avait déblayé une partie des quais et installé des planches et des mains-courantes le long des maçonneries défoncées afin que les gens puissent circuler. Bureaux d'armement, office des douanes, restaurants, hôtels avaient repris tant bien que mal leurs routines. Une foule mélangée circulait dans les rues entourant le port, marins, officiers, douaniers, policiers, passagers des paquebots, habitants de l'île, enfants… Les badauds venaient lire les tableaux arrière de bricks ou de sloops qu'on avait alignés contre une façade comme des pierres tombales, *Ocean Bird*, *Lizzie*, *Midas*, *Peterel*…

Escarras, prudent, avait fait mouiller l'ancre à deux encablures du rivage, dans une zone proche de la rive sud du port où les épaves étaient moins nombreuses. Tandis que le capitaine visitait les agents commerciaux à la recherche de sa cargaison, Conrad errait dans la ville, tournant autour du port et de la petite baie. Il était fasciné, attiré par les moindres détails, souvent incongrus, tous ces objets de marine réduits à l'état de débris sans nom, ces vaisseaux devenus caricatures d'eux-mêmes, cet embrouillamini de fils et de câbles qui n'auraient plus jamais aucune fonction.

Alors qu'il aurait dû être accablé par cette vision de fin du monde, il était en proie à une sorte d'exaltation joyeuse, de curiosité malsaine. Étonné de sa réaction, il cherchait à l'analyser. Il voulait comprendre pourquoi un tel désastre pouvait avoir une si grande puissance de séduction. Peut-être la joie d'être vivant ? Non. L'orgueil d'être témoin d'un événement incroyable ? Non, ce n'était pas seulement cela. Autre chose, une sensation plus insidieuse, venue de plus profond. Et, plusieurs fois, il devrait être témoin de catastrophes, naufrages, explosions, incendies, éruptions volcaniques, et ressentir les mêmes sentiments étranges et mêlés.

La tempête, hantise des marins, et contre ce type de cauchemar, nul remède. Ni somnifère ni opium. La tempête est crainte et, bizarrement, toujours un peu espérée. Elle met à l'épreuve le navire et le courage des hommes. Lorsqu'elle survient, on sait qu'elle devait arriver et qu'il n'y a aucun moyen au monde pour l'éviter, sauf à naviguer seulement dans des baies tranquilles, loin du large, ou encore sur des lacs. Pourtant, même sur des lacs, Conrad l'a vu un jour à Genève, un beau petit grain peut tomber des montagnes et faire chavirer la plus stable des embarcations. Il en avait connu plus qu'il ne l'aurait imaginé à ses débuts. Dans la Manche, dans l'Atlantique, dans la mer de Chine, au large de l'Australie, dans l'océan Indien…

La tempête est toujours la même, bourrasque, vagues déferlantes qui noient le pont et emportent l'accastillage, coups de boutoirs furieux qui semblent être les derniers avant l'éclatement de la coque, voiles arrachées, vergues et mâts cassés, navire ingouvernable… Mais aussi chaque fois différente, chacune a son mode d'action, son annonce et sa fin particulières, sa violence et son acharnement, son style pourrait-on dire. Il faut ruser, maintenir le cap, faire semblant d'affronter un coup de vent très ordinaire.

L'une des tempêtes qui lui avait laissé le plus vif souvenir était celle qu'il avait subie lorsqu'il était commandant de l'*Otago*, au large de la côte australienne, peu après le cap Leeuwin. Plus tard, il avait pris plaisir à la décrire. *Ce fut une rude et longue tempête, nuages gris et mer verte, gros temps assurément, mais tout de même ce qu'un marin appelle maniable. Sous deux huniers fixes et un ris dans la misaine, le navire semblait lutter de vitesse avec une mer si longue qu'elle ne masquait pas la voilure dans l'entre-deux des lames. Les crêtes solennelles et mugissantes arrivaient par l'arrière, passaient avec un furieux bouillonnement d'écume au niveau du pavois, filaient en avant avec des sifflements et des rugissements : et le petit navire, piquant du nez dans l'écume bouillonnante, poursuivait sa course dans un creux lisse, vitreux, comme une vallée profonde entre deux cimes de la mer qui obstruaient l'horizon devant et derrière. Son audace, son agilité, ses merveilleuse qualités nautiques, son air de courage et d'endurance exerçaient une telle fascination que je ne pus m'arracher à ce merveilleux spectacle pendant ces trois jours inoubliables de tempête que mon second, enchanté lui aussi, se plaisait à appeler « une fameuse poussée ».*

Ce qui lui paraissait le plus curieux, c'est qu'à aucun moment au cours des quinze ou vingt tempêtes qu'il avait vécues, dont trois au moins auraient pu être fatales, il n'avait eu peur de mourir. D'abord, chaque fois, tous ses maux, rhumatismes, fièvres, douleurs, courbatures, disparaissaient à l'instant. Et il se sentait invulnérable, il savait qu'il allait triompher. Il était facile dans ce cas d'être héroïque ! Mais à peine arrivé au port, ou dans des eaux plus calmes, il se demandait quelle lubie, quelle folie avait pu alors s'emparer de lui. Quel orgueil insensé ! Quel délire ! Ce courage n'était qu'un aveuglement stupide ! Et cependant, au fond de lui-même, sa part superstitieuse, espèce de noyau obscur, était toujours certaine que sa vie était programmée pour autre chose. Chaque tempête était un signe de ce destin bizarre. Il faudrait s'arrêter un jour et en témoigner…

Il est désormais célèbre comme écrivain de la mer, bien que ce terme ne lui plaise guère. D'ailleurs la plupart de ses romans se passent surtout à terre, parfois sur des rivières. L'exotisme fou de la vie maritime, avec ses exils lointains, ses torpeurs tropicales, ses langages particuliers, vous valent certes un prestige infini. Comment peut-on être marin ? Comment peut-on supporter cette lenteur, cet ennui ? Quelle est donc cette force irrésistible qui vous pousse loin des sociétés humaines ? Que cherchez-vous ? Que fuyez-vous ? Combien de temps cela va-t-il durer ? Mais la vérité est plus complexe. Était-ce l'océan sans limites, les ruses de la navigation et la découverte de terres lointaines qui l'avaient attiré ? N'était-ce pas plutôt quelque chose de plus secret, de plus profond, une sorte de punition que lui, l'orphelin, aurait recherchée en courant par tous les vents vers les plus lointains pays de la planète, les antipodes même si l'on comptait l'Australie, cultivant grâce aux navires avec un soin maniaque l'ennui et la lenteur ? L'exil total. L'exil entretenu avec soin.

S'il avait choisi la navigation à voiles, c'est bien parce qu'elle offrait quelque chose d'unique. Un artisanat antique presque immuable et néanmoins savant. Un mode de vie exceptionnel, où le temps ne manquait pas, où toutes les dimensions auxquelles étaient attachés les terriens s'abolissaient du fait même du morne mode de locomotion choisi. Et aussi une façon d'évoluer en marge, sous d'autres lois, en compagnie de très petites sociétés singulières, dans un monde si particulier qui tenait à la fois de la prison et de la plus extrême liberté. Une vie où seule la pensée, pure, délivrée de toutes les contingences de la vie matérielle, ou presque, pouvait se déployer. Des rêveries prolongées sous la voûte étoilée, face à des horizons nocturnes qui étaient à la fois l'image de l'infini et celle du néant.

Et, en même temps, la mer sécrétait une horreur profonde, implacable, viscérale, indicible. Elle vous terrorisait, et c'était pire que les plus violents cauchemars d'enfance. Elle vous rappelait à chaque instant votre ridicule et prétentieuse ambition. Naviguer était toujours dangereux. Au large, on risquait toujours une catastrophe, et, la plupart du temps, ni l'habileté ni l'intelligence ne pouvaient vous sauver. Collision, dérive, échouage, incendie, voie d'eau, gîte du fret, tempête, homme à la mer, naufrage, les fortunes de mer étaient légion et celui qui aurait l'impression de voguer en toute tranquillité sur l'océan ne pourrait qu'être qualifié d'âne. Conrad savait que chaque marin, comme il l'avait lui-même maintes fois éprouvé, pense sans cesse à la chute, au fracas de l'abordage, à l'enfoncement rapide du navire, enfin à la noyade, suprême supplice achevant la succession de tous ces coups du sort. La plongée dans le gouffre glacé, l'asphyxie, les poumons qui s'emplissent d'eau, l'agonie vécue dans les ténèbres, le froid de la mort *perçu* avant même qu'on soit tout à fait mort… Aucun espoir, aucune sauvegarde, l'abîme…

Une des composantes de cette horreur de la mer qu'il avait ressentie au cours de ses vingt années de navigation était cet affrontement permanent avec la mort. Menace quotidienne, rendue à tout moment visible, exercice d'équilibre périlleux, peur dissimulée prenant le corps en entier. Chaque année des navires coulaient à pic, engloutissant avec eux équipages et passagers. Lors des grandes tempêtes de l'automne 1880, plusieurs centaines de navires britanniques avaient fait naufrage. La presse de l'époque rapportait que les décomptes de la Lloyd's avaient annoncé la perte de 130 navires en une seule journée ! Cette saison-là, il y eut en moyenne 150 pertes de bâtiments par semaine près des côtes d'Angleterre. Il découvrait ces chiffres aux escales en consultant les journaux.

Les naufrages, pensait Conrad, étaient le tribut qu'il fallait payer à ce désir ou ce besoin de l'être humain de sans cesse se déplacer. Il avait eu une chance extraordinaire, il n'avait jamais fait naufrage. Et pourtant au moins six des navires sur lesquels il avait navigué n'avaient pas tardé à couler. Il avait embarqué à Marseille fin avril 78 sur le navire britannique *Mavis*. Cargaison de charbon pour Constantinople. Détour par la mer d'Azov, chargement de graines de lin. Retour à Lowestoft à la mi-juin. Il quitte le navire. Deux ans plus tard, le *Mavis* coule sur la côte française. Le *Skimmer of the Sea*, plusieurs courts trajets de Lowestoft à Newcastle, puis le petit caboteur fait naufrage. Autre embarquement, le *Duke of Sutherland*, juillet 79. Retour à Londres en octobre. Trois ans après le navire fait naufrage en Nouvelle-Zélande. Il en avait été de même avec l'*Annie Frost*, un embarquement de l'été 81, le navire sombre l'année suivante. Le *Highland Forest*, que Conrad avait fréquenté en 87, s'était jeté sur un récif australien quatorze ans après. Et il n'oubliait pas surtout le *Palestine*, qu'il avait vu brûler en 83 au large de Sumatra face à l'île de Bangka.

Lorsqu'il se rappelait ces sinistres, il avait du mal à se défendre d'une forme de superstition. Il lui semblait que le destin l'avait protégé, préservé. Plusieurs fois, il avait été écarté de l'aventure et de ce fait sauvé. Ainsi avec l'*Annie Frost* : Conrad était heureux de connaître enfin la Chine, il s'en faisait une joie. Au Havre, où on livre une cargaison, accrochage au bord du quai, il tombe à l'eau avec son équipement, et il est blessé. De retour à Londres, il est hospitalisé. Le navire part sans lui et coule dans l'Atlantique, au retour de Chine. Il en était de même de l'explosion du *Palestine* qui ne l'avait pas tué mais au contraire lui avait permis de vivre un spectacle unique. Ou bien de la chute de l'espar qui l'avait sérieusement blessé mais pas tué, et envoyé pour plusieurs semaines méditer à l'hôpital. Quel sens pouvait bien avoir ce genre d'incident ?

En remontant encore plus haut dans le passé, alors qu'il était lui-même souvent très malade, c'était sa mère puis son père qui étaient morts, mais lui qui avait survécu. C'était Thérèse qui avait disparu, pas lui… Il avait perdu depuis longtemps la foi catholique et les superstitions bien polonaises de son enfance. Il ne croyait ni à la Providence ni à la prédestination. Ni même aux dieux, bien que, comme Ulysse, poursuivi par la rage de vengeance du dieu des mers, Poséidon, il eût peut-être été protégé par Athéna ! Et pourtant il ne pouvait s'empêcher de penser que si le destin, appelons-le ainsi pensait-il, faute d'autre terme, lui avait offert de tels cadeaux, il lui devait une sorte de tribut. Non pas remercier par des rites superstitieux cette entité aveugle et douteuse, le destin, mais faire quelque chose de tout cela, sa vie, ses aventures, ses échecs comme ses bonheurs. Il y avait peut-être plusieurs façons, il ne connaissait que l'écriture. Et donc, oui, il avait écrit…

La mer, les mythologies de la mer et de la marine, les récits, les contes, les légendes, tout cela participait de cette espèce de folie qui entourait le métier. On pouvait toujours trouver toutes sortes d'arguments poétiques ou commerciaux, lyriques ou religieux, pratiques ou cyniques à l'appel de la mer, il n'en restait pas moins que des milliers de pauvres garçons s'embarquaient et, très vite, découvraient l'absolue cruauté de ce monde sans mémoire et sans merci. Ensuite, ils faisaient semblant d'aimer cela. Il avait essayé de définir cette fatalité. Il ne savait pas s'il y était parvenu mais ce qu'il avait écrit traduisait à peu près ce qu'il ressentait. *La mer est incertaine, arbitraire, informe et violente. Sauf quand la majesté changeante du ciel lui vient en aide, il y a quelque chose d'inepte dans sa sérénité, quelque chose de stupide dans son courroux, qui est interminable, illimité, persistant et futile — un être gris et chenu qui se déchaîne tel un ogre incertain de sa proie. Son immensité même est lassante.*

Personne n'était obligé de s'aventurer sur la mer. L'humanité aurait pu rester une immense tribu d'agriculteurs sédentaires, se méfiant du moindre rivage, de la moindre vague, pas du tout désireuse d'aller voir ailleurs. Mais voilà, l'Histoire avait été tout autre, personne ne pouvait demeurer en place, même devant des barrières apparemment infranchissables, et la malédiction était venue de là. Il fallait accepter à la fois les dangers terribles que les récits recensaient et les plaisirs édéniques qu'ils nous promettaient. Les îles, les continents, les climats, les fruits, les plages et les soleils inconnus. Sans oublier les sirènes ! Les vahinés dont les hommes du capitaine Cook et de Bougainville s'étaient repus, découvrant soudain, à une époque où personne n'y croyait plus, un vrai éden d'avant la chute, sans limites, sans péché. Mais ces beaux et vaillants marins avaient apporté au paradis deux maladies mortelles, le commerce et la syphilis…

Déjà en 75, lorsqu'il contemplait les navires alignés dans le Vieux-Port, et surtout lorsqu'il poussait ses promenades vers La Joliette, il savait qu'il était le témoin de la fin d'une ère. On rangeait d'un côté les navires classiques à voiles, de l'autre les navires à vapeur. Les deux catégories ne se partageaient pas exactement entre les deux ports. Il y avait bien sûr de longs paquebots, de gros cargos, des remorqueurs à hélice, des sous-marins même, dans les bassins de La Joliette, mais aussi des navires à voiles d'assez grande ampleur, clippers, bricks, trois-mâts barques et trois-mâts carrés. Dans le Vieux-Port s'agglutinaient les embarcations plus petites, qu'elles soient à vapeur ou à voiles, sauf parfois un magnifique voilier à trois ou même quatre mâts qui venait se pavaner en plein centre-ville. Près d'un demi-siècle plus tard, les deux modes de locomotion se faisaient encore concurrence. Pour combien de temps encore ?

On pouvait penser, à le lire, qu'il était un farouche adepte de la voile. Il n'en était rien. Il aimait bien entendu ces grands voiliers à la carène élégante et au gréement impressionnant. Des étages de voilure, qui défiaient la raison, apportaient aux navires une beauté qu'aucune cheminée ne donnerait jamais. Le maniement des embarcations était difficile, demandait une grande maîtrise, du courage dans les décisions, la collaboration de nombreux matelots et officiers. La lenteur était peut-être un handicap pour les armateurs, mais le rythme de vie à bord de ces navires n'avait rien de commun avec ce qu'on connaissait aujourd'hui. La plupart des voyages de passagers ou des transports de marchandises se faisaient désormais à bord de navires à vapeur. La voile resterait comme un sport un peu snob ou une attraction élégante et Conrad se réjouissait d'avoir connu cette période qui, après plusieurs siècles, s'achevait, donnant naissance à ce nouveau mode de propulsion. Propulsion qui elle-même n'avait sans doute rien de définitif. Déjà le charbon cédait du terrain au pétrole, et qui pouvait deviner quelles autres métamorphoses, formes des navires, machines, carburants, modes de propulsion, puissance, lignes océanes, la marine connaîtrait dans l'avenir ?

De même qu'il avait découvert, grâce à son *Otago*, que les coques d'acier se mariaient très bien avec un gréement classique et assuraient même une plus grande sécurité que les coques de bois, il n'était pas un adepte à tout prix du vent dans les voiles. Il avait apprécié certains navires à vapeur et l'habileté et le courage pouvaient se déployer aussi bien à bord d'un steamer que d'une goélette. La voile demeurerait comme un grand moment esthétique dans l'histoire de l'humanité, un peu comme les temples grecs ou les cathédrales gothiques.

On n'avait pas à la pleurer, non, aucune nostalgie, c'était ainsi, la vie des formes, il n'en avait été qu'un modeste témoin et artisan.

Avril 1912, la nouvelle avait éclaté. Le *Titanic*, fleuron de la White Star, 269 mètres de long, 46 000 tonneaux, 67 000 tonnes à plein, pouvant transporter 3 500 passagers, y compris les 900 hommes d'équipage, le plus luxueux navire jamais conçu, venait à peine d'appareiller de Southampton pour son voyage inaugural vers New York. Fêtes, danses, concerts, festins. Dans la nuit limpide et glaciale du 14 avril, vers minuit et demi, un iceberg devant le navire lancé à pleine vitesse. Déchirure dans la coque, ruée des eaux dans les compartiments de l'avant. Le paquebot réputé insubmersible met deux heures et demie à couler. 1 600 rescapés mais plus de 1 500 disparus. Des scènes effrayantes rapportées par les journaux. Une catastrophe macabre…

Conrad, comme tout le monde en Grande-Bretagne, aux États-Unis, en Europe, avait suivi le feuilleton d'horreur écrit jour après jour avec complaisance par la presse. L'impossibilité de contrôler une telle calamité, de donner la moindre cohérence à un cataclysme aussi imprévu. Les soutiers qui s'escriment au fond pour maintenir les chaudières. Ceux qui sont emprisonnés par la fermeture des cloisons étanches et ne pourront remonter vers la surface. La confusion terrible à chaque étage, dans les sept ponts successifs. Les grilles qui séparent les trois classes et qui empêchent tant de passagers de se sauver. Les canots, qui auraient pu contenir beaucoup plus de personnes, et qui sont mis à l'eau n'importe comment. Les pauvres gens qui se jettent dans les eaux glacées. Ceux qui, abandonnés, fabriquent des radeaux de fortune avec des transatlantiques et des bouées. La montée des eaux dans les cabines, les salons, les bars, les restaurants, les escaliers, les ascenseurs. L'engloutissement inexorable de tout, décors, sculptures, tableaux, mobilier, vaisselles, appareils de navigation. Les derniers SOS. La proue du navire qui se casse et qui plonge. La poupe qui bascule à la verticale, pluie de survivants qui vont être entraînés dans le maelström final. Cris, adieux, sanglots, serments, promesses, paniques, lâchetés, héroïsmes, sacrifices, alliances échangées, bébés, orphelins, les riches qui prennent les premières places, la troisième classe sacrifiée. L'orchestre qui joue jusqu'à la fin et sombre avec le navire…

Conrad avait été abasourdi par les monceaux de bêtises mélodramatiques imprimées dans la presse. Et plus encore par l'incompétence des commissions d'enquête, la niaiserie des ingénieurs, le cynisme des armateurs. Il avait réagi en écrivant. Il avait mis en cause la démesure de ces nouveaux paquebots, des hôtels Ritz flottant, et l'imprévoyance des architectes navals, avec ces cloisons étanches incomplètes, ou ces canots de sauvetage qu'on n'avait même pas équipés de moteurs alors qu'un luxe de nouveautés techniques avait été déployé dans tout le reste du navire. « *Il est difficile de croire qu'il existe des gens incapables de passer cinq jours de leur vie sans une débauche d'appartements, d'orchestres, de cafés, et autres raffinements exquis.* » Le naufrage n'était pour lui « *ni un drame, ni un mélodrame, ni une tragédie, mais la simple manifestation d'une folle arrogance* ».

Curieusement, il avait eu l'intuition que la catastrophe du *Titanic* était comme un signe avant-coureur de ces temps nouveaux, et, deux ans plus tard, lorsque la guerre avait éclaté, elle lui était apparue comme une sorte de conséquence logique de ce règne de la technique. L'incompétence et les oublis des inventeurs de paquebots avaient entraîné la mort des soutiers, des matelots, des employés, des passagers modestes, qui se trouvaient les plus exposés. Cette fois les plans des politiciens, des états-majors, des généraux, avec leurs merveilleux jouets modernes, tanks, canons, bombes, aéroplanes, avaient préludé au massacre de milliers de jeunes gens à qui on n'avait jamais demandé leur avis.

Il avait lié l'histoire de ce naufrage à un autre dramatique accident qui s'était produit, cinq ans plus tard, pendant la guerre, à Halifax, au Canada, l'explosion du *Mont-Blanc*. Halifax était le port le plus proche du lieu du naufrage du *Titanic*, proximité toute relative, plus de 800 milles marins quand même, et ses pêcheurs étaient venus dès les lendemains du drame recueillir la foule des cadavres qui flottaient sur l'océan glacial. Puis, comme le lui avait raconté l'un de ses amis capitaine au long cours, ils ne s'étaient pas contentés de ce devoir funèbre. Ils avaient aussi ramassé tout ce qui flottait, brassières de sauvetage, transatlantiques, restes de décors, mâts, bouées, rames. Et dans le port canadien, une cynique industrie touristique était née : on vendait très cher ces souvenirs et les plus habiles artisans sculptaient des figurines dans le beau bois d'ébène des chaises longues. En décembre 1917, donc, dans la rade d'Halifax, un cargo français, le *Mont-Blanc*, était entré en collision avec un norvégien, l'*Imo*. Le navire français contenait 2 400 tonnes d'explosifs divers destinés au champ de bataille européen, surtout du TNT qui avait tendance désormais à remplacer la dynamite. Incendie, dérive dans le port, le *Mont-Blanc* saute, boule de feu aveuglante de 6 kilomètres de haut, onde de choc qui détruit tout sur son passage, quais, murs des immeubles, arrache les rails de chemin de fer, volatilise les toits, déracine les arbres, et tue sur le coup 1 600 personnes dont la plupart des badauds qui s'étaient rassemblés sur le rivage. 400 autres décèdent ensuite, 9 000 blessés, plus de deux kilomètres carrés de la ville entièrement rasés, une des ancres du *Mont-Blanc* projetée à 3 kilomètres de là, raz de marée avec une vague de 18 mètres de haut, les vitres cassées jusqu'à 16 kilomètres de la ville, le bruit entendu jusqu'à 400 kilomètres, la plus grosse explosion jamais enregistrée dans l'Histoire…

Cet incroyable accident, qui avait été aussi relayé par les journaux et magazines de l'époque, avait particulièrement frappé Conrad. D'abord parce que le navire qui l'avait occasionné s'appelait *Mont-Blanc*, nom du premier trois-mâts sur lequel il avait navigué à Marseille entre 74 et 75. Ensuite parce que, toute sa vie, il s'était senti poursuivi par une sorte de leitmotiv qu'il avait appelé « le thème de la dynamite ». Il s'était éveillé à la vie d'aventure en entendant les ingénieurs du Saint-Gothard parler anglais dans l'auberge où lui et Pulman avaient fait halte, puis dès le lendemain, en percevant les sourdes détonations qui venaient des épaisseurs de la montagne. Il avait lui-même convoyé une fois, en tremblant un peu, une cargaison de dynamite. Il avait à plusieurs reprise assisté en Europe ou en Asie à de grands travaux portuaires élaborés grâce à la dynamite. Le premier titre de son roman *Chance* était *Dynamite*. Et un jour, plus de trente ans après le Saint-Gothard, à l'affût de toutes les nouveautés posthumes du philosophe, il avait découvert cette phrase de Nietzsche : « Je suis de la dynamite. » Il s'était senti, une fois de plus, en communion avec le penseur allemand. Il était, lui aussi, de la dynamite.

Il a vu tant de ports qu'ils finissent par se confondre. Litanies de passes, d'îles, de phares, de quais, d'appontements, de hangars, de remorqueurs, de manœuvres hasardeuses, de cargaisons, de personnages insolites… Lorsqu'il les évoque, il lui reste quelques images ou quelques scènes. S'il en veut davantage, il se replonge dans ses papiers, ses carnets, les cartes marines qu'il a conservées, parfois même les souvenirs et les récits d'autres voyageurs, ou bien, ça peut lui arriver, les guides pour touristes. Mais les seules images qui tournent comme un cinématographe suffisent à stimuler son imagination et raviver ses souvenirs. C'est ce qu'il appelle son « poème des ports ». Amsterdam, glace, neige et encre gelée… Le Havre, heurt d'un quai, chute dans l'eau avec sa malle… Dakar, premières foules de Noirs… Rouen, lecture de Flaubert, chez Flaubert donc, en hiver… Bordeaux, hangars aux fortes senteurs de cacao… Ajaccio, les îles Sanguinaires et le phare de Daudet… La Guaira, l'immense continent menaçant qui se profile derrière la montagne… Londres, les docks délabrés des bords de la Tamise vers Whitechapel, marcher durant des heures entre les entrepôts et les wharfs, dans le quartier horrible et merveilleux de Dickens et de Jack l'Éventreur… Singapour, hôpital calme, tiède brise marine, rêveries romanesques et bar du *Raffles*… Sydney, veilles joyeuses au quai Circulaire, ivrognes gais, soirées agitées… Batavia, barges de fleurs… Semarang, rixe de marins malais saouls… Port-Adélaïde, la livraison du courrier après cent jours de mer à bord du *Torrens*… Liverpool, des quais pavés à l'infini, sous la pluie… Saint-Pierre, mouillage au pied de la Pelée qui, depuis, a explosé, rasant la ville, autre cataclysme à ajouter à sa collection… Plymouth, brume, pluie fine, le souvenir du *Mayflower*… Calcutta, l'odeur du jute dont on bourre les cales du *Tilkhurst*… Saint-Thomas, brutal cimetière marin antillais… Lowestoft, premiers pas émus en terre britannique… Port-Louis, deux amours exotiques, et puis roses ou pommes de terre… Bangkok, fouillis de jacinthes d'eau, terrasse de l'*Oriental*… Douvres, premier port comme terrien et comme passager… Marseille enfin, la merveille, la jeunesse… la ville où s'est décidée toute sa vie… *Et je me rappelle ma jeunesse, ce sentiment qui ne reviendra plus — le sentiment que je pouvais durer éternellement, survivre à la mer, au ciel, à tous les hommes, ce sentiment dont l'attrait décevant nous porte vers des joies, vers des dangers, vers l'amour, vers l'effort illusoire — vers la mort : conviction triomphante de notre force, ardeur de vie brûlant dans une poignée de poussière, flamme au cœur, qui chaque année s'affaiblit, se refroidit, décroît et s'éteint — et s'éteint trop tôt, trop tôt — avant la vie elle-même.*

Six heures, la nuit est maintenant tout à fait tombée sur le Vieux-Port. À la terrasse il commence à faire un peu frais. Il fait signe au garçon, commande un dernier rhum avant de se décider à partir. Il perçoit les échos des rires et des conversations à l'intérieur de la brasserie, un monde lointain, étranger. Sa méditation du bord de l'eau aura duré à peine deux heures, le vieil Ulysse va devoir rentrer à l'hôtel, retrouver sa Pénélope, se préparer à descendre dîner en ville dans un bon restaurant… Il n'aura sans doute plus jamais l'occasion de revenir sur le port. Il sort son étui, prend un nouveau cigare, un manille cette fois, l'allume. Il a toujours sur lui deux ou trois cigares tout prêts, du papier à cigarettes et assez de tabac dans une petite blague. Des moments paisibles comme celui-ci sont de plus en plus rares. Dans le Kent, malgré son retrait à la campagne, il y a beaucoup d'agitation. Surtout en fin de semaine, les visiteurs sont nombreux, les sujets de conversation multiples, littérature, voyages, navigation, échos d'Angleterre et de Pologne, politique aussi, les suites du traité de Versailles et les premiers pas de la Société des Nations préoccupent ses hôtes, on ne rêve que de la paix ! La guerre de Troie a bien eu lieu !

Les fenêtres des immeubles sur les pentes de la colline de Notre-Dame de la Garde, les lumignons électriques des cafés sur le quai d'en face, les fanaux et les feux de position des barques et des navires, les alignements de réverbères composent toute une fantasmagorie d'éclats lumineux et colorés, métamorphose progressive du port qui se traduit aussi par l'abondance et l'agitation des reflets sur la surface mouvante des eaux. Il retrouve avec plaisir les zigzags et les arabesques de ses songes diurnes ou nocturnes de jadis, il replonge dans le magma confus de ces moments rêveurs. La seule différence c'est qu'il n'a plus de projets. Son avenir est limité, il n'y inscrit aucune entreprise, il n'y voit aucun dessein, aucune passion nouvelle, sa seule et simple survie… *Encore un instant, monsieur le bourreau…*

La ville est là, autour de lui, derrière lui, devant lui, immense, pulsante, pesante, toujours changeante, complètement indifférente à sa présence à lui. À dix-sept ans, nouveau Nemo, nouveau Dantès, il avait l'impression d'avoir la force et la puissance, d'être capable d'agir à volonté sur les êtres, les choses et les éléments, de régner sur cette ville dont il croyait maîtriser les mystères et les secrets… C'était le printemps, et aujourd'hui, comme si sa vie n'avait duré que quatre longues saisons, c'est l'hiver. Aurons-nous droit à un ultime printemps ?

Cette nuit qui s'est abattue sur le port, allumant comme par enchantement tout ce grouillement de lumières électriques, lui rappelle ses soirées nonchalantes au bord des quais, les lumières bien moins nombreuses alors, mais la fascination aussi intense. Assis là, il rêve à tant de choses, aux voiliers et aux steamers, aux voyages, aux marins, aux conspirateurs, à la langue française, aux Grecs du Lacydon, à Thérèse et à Marie-Thérèse, à Marguerite, à Alice, à Eugénie, à Jane aussi, toute proche encore, aux cordiers et aux lavandières, à la peste et au choléra… Il regarde distraitement vers l'arrière du port et l'embouchure de la Canebière. De la pénombre surgit la silhouette d'un personnage à la démarche sautillante, un jeune homme armé d'une canne, comme lui aujourd'hui, il longe le bord, danse un moment au-dessus des aussières et des chaînes, se tourne vers la terrasse, s'approche. Soudain, éclair, coup de foudre aussi violent que ceux qu'avaient déclenchés l'amour et la mort de Thérèse. Le vieux Conrad se souvient des mots qui l'avaient tant frappé et qui s'étaient pourtant effacés de sa mémoire depuis toutes ces années.

Elle est retrouvée !
Quoi ? L'éternité.
C'est la mer mêlée
Au soleil…

REMERCIEMENTS

Ce roman, imaginé il y a de nombreuses années après lecture d'un article de G. J. Resink (*Forum der Letteren*, 1971), a bénéficié de conversations et d'échanges épistolaires avec Claudine Lesage et Alain Dugrand, ainsi que d'informations glanées en 2011 à Marseille auprès de Patrick Boulanger (Chambre de commerce et d'industrie de Marseille, musée de la Marine), Simone Rizoulières et Laurent Védrine (musée d'Histoire de Marseille). Je tiens à remercier surtout Aurélia et Marie-José Jaubert, Philippe Bernier et Jean-Loup Champion pour leurs relectures attentives.

DU MÊME AUTEUR

Romans

VAL PARADIS, Gallimard, « L'Infini », 2004 (« Folio » n° 4313).

UNE NUIT À POMPÉI, Gallimard, 2008 (« Folio » n° 5041).

TABLEAUX NOIRS, Gallimard, 2011.

AU BORD DE LA MER VIOLETTE, Gallimard, 2013 (« Folio » n° 5963).

Essais

LE COMMISSARIAT AUX ARCHIVES, Barrault, 1986.

PALETTES, Gallimard, « L'Infini », 1998.

MICHEL FOUCAULT, UNE JOURNÉE PARTICULIÈRE, Aedelsa, 2004.

L'ART PRIS AU MOT, en collaboration avec Henri Scepi, Dominique Moncond'huy et Valérie Lagier, Gallimard, 2007.

LUMIÈRE DE L'IMAGE, volume 1, Gallimard, 2008 (« Folio » n° 4683).

LUMIÈRE DE L'IMAGE, volume 2, D'ALICE À FRANKENSTEIN, Gallimard, 2011 (« Folio » n° 5284).

Entretiens

DINA VIERNY. HISTOIRE DE MA VIE RACONTÉE À ALAIN JAUBERT, Gallimard, « Témoins de l'art », 2009.

Traductions

Allen Ginsberg, OM..., DOCUMENTS ET ENTRETIENS, Éditions du Seuil, « Tel Quel », 1973.

Edgar Allan Poe, NE PARIEZ JAMAIS VOTRE TÊTE AU DIABLE, ET AUTRES NOUVELLES NON TRADUITES PAR BAUDELAIRE, Gallimard, 1989 (« Folio Classique » n° 2048).

Préfaces

Alexandre Corréard et Jean-Baptiste Savigny, LE NAUFRAGE DE LA MÉDUSE, Gallimard, 2005 (« Folio Classique » nº 4262).

Joseph Conrad, LA LIGNE D'OMBRE, Gallimard, 2010 (« Folio » nº 5046).

PORTRAITS POUR UN SIÈCLE, Gallimard - Roger Viollet, 2011.

277223

Composition Igs
Impression Maury Imprimeur
45330 Malesherbes
le 12 mai 2015.
Dépôt légal : mars 2015.
Numéro d'imprimeur : 198253

ISBN 978-2-07-046342-8. / Imprimé en France.